Petra Richartz



Verschleppt

## Buch

Sara Cooper ist Chefermittlerin bei der Polizei in San Diego und versucht, eine Reihe von Entführungsfällen aufzuklären. Mehrere Kinder sind verschwunden und es gibt keinerlei Spuren. Das Ganze scheint außer Kontrolle zu geraten, als eine Kinderleiche entdeckt wird. Eine nervliche Zerreißprobe beginnt, bei der immer neue Wendungen auftreten und Sara bald nicht mehr weiß, wem sie noch trauen kann und welcher Spur sie nachgehen soll. Jemand spielt ein perfides Spiel mit ihr, bei dem sie eigentlich nicht gewinnen kann. Auch ihr Ehemann Matt Cooper, von dem sie seit zwei Jahren getrennt lebt, nimmt dabei zunehmend eine zentrale Rolle ein. Eine Rolle, die Sara nicht gefällt...

Impressum

Titel: Verschleppt

Autorin: Petra Richartz

Coverbild: © andreiuc88, fotolia.com

ISBN-13: 978-1481061032

ISBN-10: 1481061038

**Für Mary-Omi**

## Kapitel 1

Juni. Die Sonne brannte erbarmungslos vom blauen Himmel. Er schwitzte, als er versuchte, den kleinen Kinderkörper aus seinem Auto zu hieven. Die Temperaturen lagen immer noch bei über 30 Grad, sein T-Shirt war nass. Er benötigte mehrere Anläufe, den Jungen aus dem Kofferraum zu heben. Sein Atem ging keuchend und er holte mehrmals tief Luft. Hoffentlich wacht der Junge nicht frühzeitig auf, dachte er sich, aber das Betäubungsmittel sollte noch mehrere Stunden wirken. Sein Ziel war fast erreicht. Die Hitze machte ihm jedoch deutlich zu schaffen, seine Bewegungen waren schwerfällig und abgehackt.

Der Boden war trocken und staubig, seine Schuhe waren dreckig. Der Staub wehte immer wieder auf. Er musste den Jungen ablegen und sich die Augen reiben, sie brannten schrecklich. Schweiß und Tränen vermischten sich. Er fluchte und kramte ein Taschentuch aus seiner Hosentasche. Seine Augen beruhigten sich nur langsam, während er sie abwischte. Nachdem er wieder klar sehen konnte, nahm er den Kleinen erneut auf den Arm und trug ihn weiter. Er versuchte, leise zu sein, obwohl weit und breit niemand zu sehen oder zu hören war. Sein Blick ging nervös in alle Richtungen, seine Aufregung war zu spüren, war es doch seine erste Entführung. Er atmete tief ein und beruhigte sich langsam.

Er war angekommen. Ein angenehmer Windstoß wehte durch sein Gesicht, er lächelte und genoss die Erfrischung. Auf dem Boden lag ein Laubhaufen und unzählige Blätter wehten umher, ansonsten herrschte absolute Stille. Er legte den Kleinen vorsichtig neben sich ab und beseitigte die Blätter, bis der Griff zu einer Luke zu sehen war. Er zog fest daran und sie öffnete sich, ein lautes Knarren war zu hören. Er blickte neben sich zu dem Jungen, doch der rührte sich weiterhin nicht. Ein boshaftes Grinsen zeichnete sich um seinen Mund ab. War doch alles einfacher als gedacht. Wie zutraulich diese Kinder sind. Bringen die Eltern denen nicht bei, dass man nicht mit Fremden reden soll, fragte er sich selbst und schüttelte mit dem Kopf. Er ging die Stufen ein wenig hinunter und machte den Lichtschalter an. Das Licht flackerte auf. Wirklich funktionieren tat es schon lange nicht mehr. Er hievte das Kind über seine Schulter. Er stöhnte. Die Treppe führte weiter hinunter, Stufe für Stufe. Unten angekommen, ging er durch eine Tür. Sie war nicht verschlossen. Dahinter führte ein Weg nach rechts und einer nach links. Das Licht flackerte weiter, aber er konnte den Gang erkennen. Er ging nach links. Der Gang war ungefähr zehn Meter lang, die Decken waren sehr niedrig und jeder Schritt hallte. Die Geräusche machten ihm selbst immer Angst. Am Ende des Ganges war wieder eine Tür, auch diese war nicht verschlossen. Er atmete tief durch, als er das Verlies vor sich sah. So lange hatte er darauf hingearbeitet, jetzt war es endlich soweit. Er ging die Stufen hinab und legte seine Last in einer Art Zelle ab. Eine Pritsche hatte er dort platziert und eine Flasche Wasser. Er wäre zu gerne dabei, wenn der Knabe aufwacht. Er wird denken, er ist in einem Alptraum. Was er mit ihm vorhat, wird er erst später mitbekommen, aber dann wird es ihn mit einer riesigen Sturzwelle treffen. Er ging die Stufen langsam und schleppend wieder hoch und blickte sich noch einmal um. Er war zufrieden. Das Spiel hatte begonnen.

## Kapitel 2

*3 Monate später*

Ein herrlicher Spätsommertag in La Jolla, einem noblen Stadtteil von San Diego, einem beliebten Ort für Touristen. La Jolla liegt direkt am Pazifik, etwa 14 Meilen nördlich von Downtown San Diego und ist bekannt für seine teuren Restaurants, Designer-Boutiquen und edlen Antiquitätenhäuser. Dazwischen erstreckt sich der Windansea Beach, ein El Dorado für Surfer, Segler und Sonnenfreaks – auch an diesem Tag. Die Sonne stand schon tiefer und spiegelte sich auf dem Meer. Am blauen Himmel waren die Kondensstreifen eines Flugzeuges zu sehen. Sara Cooper saß mit ihrer besten Freundin Kelly Turner am Strand und versuchte, ihren ersten freien Tag seit langer Zeit zu genießen. Sie blickte einer Truppe von jungen Männern hinterher, die gerade mit ihren Surfbrettern Richtung Meer liefen und dabei lautstark jubelten. Sie überlegte, wann sie das letzte Mal so ausgelassen war, sie wusste es nicht. Sara musste sich richtig zwingen, diesen Tag am Strand zu verbringen, sie steckte bis zum Hals in Arbeit.

Beide hielten einen Becher Cappuccino in der Hand und sahen Noah, Saras kleinem Sohn, beim Fußballspielen zu. Sieben kleine Kinder stürmten hinter einem Ball her und rannten sich dabei immer wieder um. „Vielleicht sollte es Noah mal mit Klavierspielen versuchen“, alberte Kelly. Obwohl es nicht mehr so glühend heiß war wie in den letzten Tagen, war es immer noch proppenvoll am Strand, vor allem Familien prägten das Bild. Kinder tollten herum, spielten mit ihren Boogie Boards im Wasser, warfen Frisbee oder bauten einfach Sandburgen. Sara hatte kein Auge dafür, sie war Chefermittlerin bei der Polizei in San Diego und hatte die letzten Monate durchgearbeitet. Sie versuchte, eine lange Kette von Entführungsfällen aufzuklären – bisher vergebens. „Sara, was ist los?“ Kelly stupste ihre Freundin mit der Schulter an, die verträumt zu Noah guckte, der immer wieder im Sand lag, aber trotzdem den Spaß seines Lebens hatte. „Was meinst du?“, Sara wurde aus ihren Tagträumen gerissen. Kelly knuffte sie in den Arm. „Hallo?? Ich habe dich Wochen nicht zu Gesicht bekommen und du bist total abwesend. Was ist los? Seit Monaten wirkst du so traurig. Ich mache mir wirklich Sorgen. Ist es dieser Fall?“ Sara vergrub ihr Gesicht in ihren Händen, verweilte einen Moment und schaute Kelly dann an - den Tränen nahe. „Ich weiß nicht, was passiert ist. Ich habe nahezu alles falsch gemacht. Ich bin 32 Jahre alt, habe meine Ehe kaputt gemacht, meinen Sohn vernachlässigt und für was? Für einen Job, der mich nicht loslässt und den ich noch nicht einmal beherrsche.“ Sara starrte auf ihren Cappuccino-Becher und Tränen liefen ihre Wangen herunter. „Drei Kinder sind bereits verschwunden. Drei! Und was haben wir: Nichts. Absolut nichts! Und was tue ich? Ich habe diesen wundervollen Jungen und schaffe es noch nicht einmal, ihn an seinem

Geburtstag zu besuchen." Kelly nahm ihre Freundin in den Arm. „Kleines, du bist eine tolle Polizistin. Das weißt du. Ich kenne niemanden, der mit so viel Leidenschaft seinem Beruf nachgeht." Kelly verweilte einen Moment, um ihren folgenden Worten noch mehr Gewicht zu geben. „Und schau dir Noah an. Er liebt dich über alles – egal, was du tust. Hör auf, dich zu bemitleiden. Du hast dich damals für diesen Weg entschieden. Jetzt musst du auch dazu stehen." Die Worte taten Sara sichtlich weh. Kelly war die Einzige, die ihr so etwas sagen konnte, ohne dafür angebrüllt zu werden. Seit mittlerweile elf Jahren kannten sich die beiden und sind im wahrsten Sinne schon durch dick und dünn gegangen. Sara fragte sich oft, warum Kelly immer noch für sie da ist und nicht schon längst das Weite gesucht hatte. Kelly sah Sara mahnend an, diesen Blick kannte sie nur selten von ihrer Freundin. Sie schlug einen ernsten Ton an. „Aber es ist nie zu spät, Sara. Nimm dir einfach mehr Zeit für ihn. Er wird dir sonst langsam entgleiten." Sara klammerte sich an ihrem Becher fest. Sie wusste, dass Kelly recht hatte. Beide schwiegen.

Die Meeresoberfläche breitete eine weiche Decke über die Küste, die Sonnenstrahlen zauberten einen glitzernden Film auf den Ozean. Sara genoss den Blick. Das Meer war ruhig, weder blau noch grün, nicht richtig schwarz, sondern irgendetwas dazwischen. Von Wellen war weit und breit nichts zu sehen und so saßen die Surfer auf ihren Brettern und alberten herum. Ein Schwarm Pelikane schwebte über die Wasseroberfläche, eine leichte Brise wehte den Geruch von salziger Luft ans Ufer. „Hallo Ladies.“ Sara und Kelly zuckten zusammen. Matt. Matt Cooper, Saras Exmann, also Beinahe-Exmann, stand hinter ihnen. Als er um sie herumtrat, blinzelten beide ihn gegen die Sonne an. Er beugte sich herunter und drückte den Frauen einen Kuss auf die Wange. Er hatte Coop dabei, den kleinen Mischlingshund, den sie sich damals noch gemeinsam aus dem Tierheim geholt hatten. Noah hatte so gebettelt, dass Sara und Matt schließlich weich wurden. Coop war so aufgeregt, dass er schwanzwedelnd Sara und Kelly abschleckte und fast vor Freude einen Herzinfarkt bekommen hätte. Kelly versuchte den kleinen Vierbeiner zu bändigen – vergeblich. Er zog unentwegt am Ärmel ihres Shirts. „Du kleines Fellknäuel, lass los. Sofort.“ Matt und Sara lachten.

„Hattet ihr einen schönen Tag?“ Matt setzte sich vor die beiden, zog seine Jacke aus und stocherte mit seinen Händen im Sand rum. Er trug einen grauen Kapuzenpulli und eine Jeans, die an den Knien zerrissen war. Sara lächelte. „Ja, wir hatten viel Spaß und haben viel zu viel Eis gegessen." Alle schmunzelten. Matt war ein attraktiver Mann. Das fiel Sara jedes Mal noch auf, wenn sie sich sahen. Er war sportlich, immer leicht gebräunt und mit seinen 33 Jahren ein durchtrainierter Mann. Surfen war sein Leben. Der Ozean war sein Hafen, sein Spielplatz, seine Zuflucht. Die Narbe an seinem Kinn, nur ein schwacher weißer Strich unter seiner Unterlippe, hatte er sich vor 15 Jahren beim Surfen zugezogen, als eine Welle ihn unsanft von seinem Brett wuchtete und dieses gegen sein Kinn hämmerte. Als Anwalt war er gezwungen, unter der Woche im Anzug rumzulaufen. Daher freute er sich umso mehr, dass er in seiner Freizeit nur Jeans, Turnschuhe und T-Shirt tragen durfte. Seine blondbraunen Haare hatte er unter einem Baseball-Cap verdeckt. Das machte er schon, seitdem sie sich kannten - mittlerweile seit 19 Jahren.

„Daddy, Daddy!" Noah erspähte seinen Vater und kam angestürmt und sprang ihm auf den Rücken. Seine Knie waren ganz schmutzig. „Na, du kleiner Profi. Hast du es allen gezeigt?" Matt stand auf, wirbelte Noah durch die Luft und die zwei lachten. Coop sprang wie verrückt an beiden hoch und wollte Noah ein Begrüßungsküsschen geben. Noah hatte letzten Monat seinen 7. Geburtstag gefeiert und war ein richtiger kleiner Prachtkerl. Mit seinen blonden Strubbelhaaren und seinen blauen Augen kam er sehr nach seinem Dad. Sara beobachtete die zwei. Für einen Moment war alles wieder wie früher und sie verspürte etwas wie Glücklichsein.

„Schatz, kommst du bitte. Wir müssen zu meiner Mutter.“ Hannah Caulfield, Matts Freundin, kam den Strand entlang und winkte allen fröhlich zu. „Oh nein, die kleine Schlampe“, flüsterte Kelly. Sara sah ihre Freundin ernst an und gab ihr einen Stups. Kelly lächelte. Hannah kam zu ihnen und gab als Erstes Noah einen Kuss und wuschelte ihm durch das blonde Haar. Seit knapp neun Monaten war Matt mit ihr zusammen. Mit ihren 20 Jahren war Hannah schon eine der älteren Damen, die Matt seit der Trennung als Freundin hatte. Seine Schwäche – junge hübsche Frauen, die ihm allesamt zu Füßen lagen. Keine dieser Beziehungen hielt lange. Sie waren Zwischenfreundinnen, wie es Matt nannte. Mit Hannah war es aber was anderes. Sie machte ihn glücklich und sie liebte Noah. Die drei wirkten wie eine kleine harmonische Familie und das versetzte Sara jedes Mal einen Stich. Aber sie konnte nichts gegen Hannah sagen. Anfangs versuchte sie, sie zu hassen, aber das gab sie schnell auf und mittlerweile akzeptierte sie Hannah an Matts Seite. „Schön, dich zu sehen, Sara. Hallo Kelly!“, sagte Hannah freundlich. Sara zog ihre Strickjacke enger zusammen und lächelte Hannah an, wogegen Kelly ihr konsequent ihre Abneigung entgegenbrachte. Sara wusste nicht, warum sie es tat. Wahrscheinlich, weil Kelly dachte, dass das eine gute Freundin tun muss. Sara fand es irgendwie süß. „Alles klar. Wir kommen. Los Champion. Pack deine Sachen." Matt gab Noah einen liebevollen Klaps. Sara und Kelly standen auf und wischten den Sand von sich. Noah suchte seinen Rucksack und seine Jacke. Sara nahm den Kleinen in den Arm. Noah hielt sich an ihr fest. „Bis bald Mommy, ich lieb dich! Mach's gut, Tante Kelly." Kelly warf ihm einen Handkuss zu. Noah rannte mit Hannah los. „Wer zuerst am Pier ist."

Matt schaute den beiden hinterher, er wirkte zufrieden, soviel konnte Sara erkennen. Sie schaute schnell woanders hin und beobachtete kurz das Treiben an der Promenade oben. Die Leute schlenderten an den Geschäften vorbei, genossen die Aussicht und die letzten Sonnenstrahlen. Matt atmete tief ein, so dass es Sara hören konnte. Er musterte sie ernst. „Sara, ist alles in Ordnung? Du machst keinen guten Eindruck." Sara versuchte zu lachen, was ihr nicht wirklich gelang. „Ach, ich hab die letzten Nächte nicht so gut geschlafen, ansonsten geht es mir gut. Vielleicht eine anrückende Erkältung." Matt sah sie an und sie wusste, dass er ihr kein Wort glaubte. Er lächelte trotzdem und nahm sie in den Arm. Eine warme, beruhigende Geste. „Meldest du dich nächstes Wochenende? Noah vermisst dich sehr. Er würde sich freuen, wenn du wieder mehr Zeit mit ihm verbringst." Sara hielt Matt fest. „Ja, ich melde mich. Versprochen!" Sie schloss die Augen, weil sie wusste, dass sie es wahrscheinlich nicht einhalten konnte. Matt wollte etwas sagen, doch da klingelte Saras Handy.

Sara ließ ihn sofort los, ging aus Hörweite und war in einer anderen Welt – in ihrer Welt als Polizistin. Während sie aufgeregt in ihr Handy sprach, betrachtete Matt sie eine Weile und sein Blick verriet leise Enttäuschung. Sara bekam nicht mal mit, als er langsam ging. Coop guckte noch einmal zu Sara und rannte dann Matt hinterher. „Ich muss los!" Sara klappte ihr Handy aufgeregt zu, hob ihre Jacke auf, die ihr zuvor noch als Decke am Strand gedient hatte, gab Kelly einen flüchtigen Kuss und rannte los. „Was ist denn passiert um Gottes Willen?", rief Kelly ihr hinterher. Sara blieb stehen und drehte sich um. Kelly blickte für wenige Sekunden in ihr Gesicht. Alles, was sie in ihrem Blick sehen konnte, war Verzweiflung.

## Kapitel 3

Sara lief weiter in Richtung Pier, wo sie ihren Wagen geparkt hatte und stieg ein. Ihr Auto war ein alter verbeulter Ford Sierra, der ihr seit elf Jahren treu ergeben war. Sie drehte den Schlüssel im Zündschloss und nach anfänglichen Problemen sprang der Wagen an, worauf ein Schwall warmer Luft aus den Lüftungsschlitzen strömte. Aus dem Radio ertönte „Ain't no mountain high enough" in der Cover-Version von Diana Ross. Sara hasste das Lied und schaltete das Radio aus, ebenso die Belüftung. Stille. Sara schloss die Augen, versuchte sich zu sammeln und verharrte einige Sekunden. „Ein viertes Kind!", flüsterte sie vor sich hin.

Sie atmete tief durch und fuhr los. Laut Navigationsgerät brauchte sie 29 Minuten bis zum Tatort. Sie fuhr los und kam an ausgedehnten Parkanlagen, Shopping Malls, Boutiquen, Kinos, Bars und Restaurants vorbei. Menschen säumten die Straßen und Sara hätte nur allzugerne ihr Leben gegen eines dieser unbeschwerten Leute eingetauscht. Ihr Weg führte sie schließlich am Mission Boulevard entlang, weiter auf dem Sunset Cliff Drive - einer wunderschönen Küstenstraße. Doch diese Schönheit Kaliforniens nahm Sara schon lange nicht mehr wahr. Tausend Gedanken strömten durch ihren Kopf. In den letzten drei Monaten waren bereits drei Kinder verschwunden. Alle auf die unterschiedlichsten Arten – ohne jeglichen Zusammenhang. Die ganze Welt schien von dieser Entführungsreihe zu sprechen, aber keiner wusste etwas Genaues. Es waren zwei Jungen und ein Mädchen. Alle im Alter zwischen sieben und zehn Jahren. Sie schienen willkürlich ausgesucht worden zu sein. Kein Erpresserbrief, kein Anruf. Nichts. Keine Spur vom Entführer. Keine Forderung, absolut nichts. Das Ermittlerteam wurde in den letzten Monaten von anfangs vier Leuten auf mittlerweile 20 Cops aufgestockt. Aber auch das brachte nichts. Sara war verzweifelt, sie wusste nicht weiter. Sie hatten sämtliche Maßnahmen veranlasst. Alle Nachbarn wurden akribisch befragt, nach ähnlichen Fällen in der Vergangenheit wurde gesucht, sämtliche Pädophile in der Gegend observiert – ohne jeglichen Erfolg.

Das Navigationsgerät zeigte an, dass sie ihr Ziel unmittelbar erreicht hatte. Point Loma, eine gute Wohngegend in San Diego. Gepflegte Vorgärten, liebevoll gestaltete Hausfassaden schlängelten sich die Straße lang. Diese Idylle sollte aber schnell zerschmettert werden. Die pulsierenden blauen Lichter mehrerer Streifenwagen durchbrachen das friedliche Muster und ließen alle, die sich diesem Ort näherten, wissen, dass hier etwas Schreckliches passiert war. Sara atmete durch. Von weitem konnte sie erkennen, dass auch schon die Presse vor Ort war. „Woher wissen diese Aasgeier immer sofort Bescheid?“, ärgerte sie sich. Sie parkte ihr Auto, wenn man das so nennen konnte - halb auf der Straße, halb auf dem Gehweg. Die untergehende Sonne strahlte immer noch vom Himmel und spiegelte sich auf den Fenstern der anderen Autos.

Als Sara ausstieg, kam ihr Lilly Preston, ihre Kollegin, schon schnellen Schrittes entgegen. Ohne sie zu begrüßen, fragte Sara ungeduldig: „Was haben wir?“ Lilly kannte es nicht anders und präsentierte ihr den bisherigen Kenntnisstand. „Bryan Gore, zehn Jahre alt. Er kam nach der Schule nach Hause, hat gegessen und wollte ein paar Körbe in der Einfahrt werfen. Plötzlich war er verschwunden. Die Haushälterin hatte nur einen Moment nicht hingesehen.“ Die beiden waren am Haus angekommen. Großes Chaos herrschte, Polizisten hatten den unmittelbaren Tatort abgesperrt. Beamte in weißen Overalls sicherten Spuren. Die Einfahrt war mit einem leuchtend gelben Flatterband abgesperrt, auf dem mit großen Buchstaben POLICE LINE, DO NOT CROSS stand. Der Basketball des Jungen lag in der Einfahrt.

Schaulustige drängten sich um die Absperrung, ebenso wie unzählige Reporter, TV-Teams und Fotografen. Ein Reporter steuerte geradezu Richtung Sara, Alan Lundberg von der San Diego Tribune. Er war immer einer der ersten am Tatort und hetzte mit jedem seiner Artikel gegen Sara und ihr Team. Er war mittlerweile der Star, wenn es um die Berichterstattung ging. Als er an Sara herantrat, konnte sie sein Rasierwasser riechen. Sein Jackett war ihm zwei Nummern zu groß und seine dunklen Haare hatte er zu einem Zopf zusammengebunden. „Sgt. Cooper, es ist das vierte Kind! Können Sie immer noch nichts aufweisen? Wir wollen endlich Antworten! Und zwar JETZT!“ Sara wollte erst kommentarlos an ihm vorbeigehen, Lilly atmete schon auf. Doch dann blieb Sara stehen, drehte sich um und schnauzte ihn an. „Pass mal auf, Lundberg! Kümmere du dich um deinen Scheiß und misch dich nicht in Sachen ein, von denen du keine Ahnung hast. Und jetzt verpiss dich und lass mich meine Arbeit machen!“ Lilly sah, wie Sara ihre Hand zu einer Faust schloss und hoffte, dass sich Sara nicht gehen lässt – wie so oft in der Vergangenheit. Sie fragte sich immer wieder, warum sich Sara einfach nicht im Griff hatte. Mit jedem neuen Fall wurden ihre Wutausbrüche unberechenbarer. Lilly hatte einmal versucht, Sara darauf anzusprechen, aber auch sie wurde nur unschön angefahren. Seitdem behielt sie ihre Gedanken lieber für sich.

Ein Polizist hob das gelbe Band hoch und nickte den beiden Frauen zu. Sie betraten das Haus. Es war ein großes helles Anwesen mit hohen Wänden im typischen Vorstadt-Stil, den die Amerikaner so liebten. Das ganze Haus war voller Beamter in weißer Schutzkleidung. Kommoden und Schränke wurden durchwühlt. Alles wurde genauestens durchsucht und auch hier wurden sämtliche Spuren gesichert. Lilly gab Sara weiße Latex-Handschuhe, damit sie keine Fingerabdrücke hinterließ. Beide zogen sich Überschuhe an und gingen durch einen langen Korridor, der mit einem edlen Teppich gesäumt war. An der Wand hingen Familienfotos. Sara blieb vor einem Bild stehen, das einen Jungen mit braunen Locken zeigte. Der Kleine lächelte mit einer großen Zahnlücke und einem frechen Blick in die Kamera. Das musste Bryan sein. „Wo steckst du, kleiner Mann?", flüsterte Sara und sah das Bild eindringlich an, als hoffte sie, eine Antwort von ihm zu bekommen. Sie steckte das Bild samt Rahmen ein und ging weiter. Vom Flur ging es links hinein in die Küche, die mit großen hellen Fliesen ausgestattet war. Das Sonnenlicht schimmerte durch die heruntergelassenen Jalousien. In einer Vitrine sah man ein edles Speiseservice, das wahrscheinlich immer nur zu besonderen Anlässen aufgetischt wurde. Alles war an seinem Platz - blitzblank geputzt. Nicht ein Teller stand rum, es herrschte eine penible Ordnung. An einem großen Keramiktisch saßen die Haushälterin, die völlig aufgelöst war, und Shawn O'Grady, Saras Kollege. Shawn nahm gerade ihre Aussage auf und versuchte dabei, die ältere Dame immer wieder zu beruhigen. „Was genau haben Sie gesehen? Ist Ihnen irgendetwas Ungewöhnliches aufgefallen? Jede Kleinigkeit ist wichtig. Vielleicht ein Fremder vor dem Haus oder ein seltsamer Anruf?" Die Frau weinte nur und konnte kaum sprechen. „Nein, nein. Alles war wie immer. Wo ist Bryan?", stammelte sie immer wieder. Shawn reichte ihr ein Taschentuch, welches wohl nicht das erste war, wenn man den Berg betrachtete, der auf dem Tisch lag. Er sah Sara und Lilly an und schüttelte den Kopf, was heißen sollte: Hier kommen wir nicht weiter. „Wo sind die Eltern?", fragte Sara. „Die Mutter ist zusammengebrochen und mit einem Schock ins Krankenhaus gebracht worden. Der Vater ist auf Geschäftsreise irgendwo in Europa und konnte noch nicht erreicht werden. Wir sind dran", antwortete Lilly, immer ihren Notizblock in der Hand. Sara kniff ihre Augen zusammen und dachte nach. „Wir fahren zur Mutter ins Krankenhaus", erwiderte sie schließlich.

In dem Moment kam Cruz Rodriquez dazu, der vierte im Haupt-Ermittlerteam der Division *Kindesentführung*. „Das halte ich für keine gute Idee, die Frau ist völlig am Ende. Sie hat Beruhigungsmittel bekommen. Gib ihr eine Weile und...", Sara ließ ihn nicht aussprechen und fauchte ihn an. „Wir haben keine Weile! Verdammt noch mal. Ein Junge ist verschwunden, jede Sekunde zählt. Wir fahren ins Krankenhaus." Sie war gereizt. Der schroffe Ton ihrer Aufforderung ließ alle zusammenzucken. Sie sah, wie sich Cruz und Lilly einen betroffenen Blick zuwarfen. Sara schloss die Augen: „Tut mir leid, Leute. Meine Nerven liegen einfach blank." Das Team verharrte und keiner rührte sich. „Shawn, was ist mit einer Fangschaltung? Falls sich der Mistkerl meldet. Wovon wir mal nicht ausgehen dürfen." „Fangschaltung wird gerade eingerichtet. Die Jungs sind dabei." Sara sah auf ihre Uhr. „Shawn, du bleibst hier und befragst die Nachbarn. Die Kollegen sollen prüfen, ob es in der näheren Umgebung Überwachungskameras gibt. Kontrolliert Nummernschilder verdächtiger Fahrzeuge und so weiter. Pass auf, dass keine Spuren übersehen werden. Das fehlt uns gerade noch. Sie sollen insbesondere die Einfahrt nochmal umkrempeln." Sara, Lilly und Cruz gingen aus dem Haus. Sara ignorierte dieses Mal die Rufe der Journalisten - zur Beruhigung von Cruz und Lilly. „Wir nehmen mein Auto“, sagte Sara. „Na, wollen wir mal hoffen, dass es anspringt“, murmelte Cruz, aber so, dass es Sara hören konnte. „Halt die Klappe, Cruz. Sonst kannst du nebenherlaufen.“ Auf dem Weg zu Saras Auto gingen sie an dem mobilen Einsatzzentrum vorbei, das mittlerweile eingerichtet war. Hier konnten Nachbarn oder Passanten Hinweise abgeben.

Lilly nahm auf dem Beifahrersitz Platz. Cruz begnügte sich mit der Rückbank, nachdem er mehrere Kaffeebecher, Kleidungsstücke und Pizzakartons zur Seite geräumt hatte. „Hm, gemütlich hier“, sagte er trocken. „Fehlt nur ein Mini-Kühlschrank und ich ziehe ein.“ Sara warf ihm nur einen bösen Blick durch den Rückspiegel zu. Cruz und Sara arbeiteten schon lange zusammen, genaugenommen seit acht Jahren. Obwohl beide einen teilweise harten Umgangston miteinander pflegten, schätzte Sara ihren Kollegen sehr – als Cop und als Mensch. Cruz war ein hübscher Kerl, Anfang 30. Er war groß, schlank und hatte dunkles dickes Haar, auf das er merklich stolz war. Cruz war mexikanischer Abstammung und besuchte seine Familie in Tijuana regelmäßig. Es war ja schließlich nur ein Katzensprung von San Diego, wie er immer liebevoll sagte. Sara liebte seinen spanischen Akzent und seine mexikanische Küche. Nicht zuletzt deswegen, weil es immer eine willkommene Abwechslung war, etwas Anständiges zu essen zu bekommen. Cruz lebte mit Dave seit mehr als drei Jahren zusammen. Die Tatsache, dass er schwul war, beruhigte sie in gewisser Form. Sie wusste nicht genau warum, aber es beruhigte sie. Sein Outing hatte er erst vor ein paar Jahren, aber geahnt hatte sie es schon von Anfang an. Nicht wegen seiner Vorliebe für Musicals, sondern vielmehr deswegen, weil er in all den Jahren nie den Versuch unternahm, sie anzumachen. Genau das beruhigte sie wahrscheinlich daran - er lehnte sie als Frau nicht ab. Sie war einfach froh, dass sie ihn hatte.

Anders mit Shawn. Shawn O'Grady. Er war in ihren Augen ein Besserwisser und sie wusste, warum sie ihn gerade am Tatort gelassen hatte. Sie ertrug seine überhebliche Art nicht. Über sein Privatleben wusste sie nichts, es interessierte sie auch nicht. Schon oft waren sie aneinandergeraten und mehr als einmal wollte Sara ihn in ein anderes Team versetzen. Aber da machte ihr jedes Mal ihr Vorgesetzter, Chief David Miller, einen Strich durch die Rechnung. „Obwohl er ein Klugscheißer ist, ist er auch ein guter Cop und du brauchst ihn in deinem Team. Keine Diskussion. Punkt!" Das war der Standardsatz von Miller. Aber insgeheim wusste Sara, dass er recht hatte. Shawn hatte eine außerordentliche Gabe, Dinge zu analysieren und vor allem zu kombinieren. Er kam auf Zusammenhänge, die sie im Leben nicht gesehen hätte. Das gab sie aber nur sehr ungern zu und schon gar nicht in seiner Gegenwart. Es war quasi eine Zweckehe zwischen beiden - und dieser Tatsache waren sich die zwei bewusst.

Schließlich war da noch Lilly, die gerade auf dem Beifahrersitz alle ihre Notizen zum Fall durchging. Lilly Preston, mit ihren 24 Jahren die Jüngste im Team, war vor sechs Monaten frisch von der Academy gekommen. Sara bewunderte ihren Ehrgeiz und ihr Durchhaltevermögen. Lilly war eine hübsche und herzensgute Frau - vielleicht zu gut für diesen Knochenjob, dachte Sara oft. Sie hatte ein markantes Gesicht und ihr Kurzhaarsschnitt passte perfekt dazu, ihr weißes Leinenkostüm betonte ihre zierliche Figur. Sara wusste gar nicht, ob Lilly einen Freund hatte. Sie hatte bisher keinen erwähnt, aber das musste ja nichts heißen. Ihr gutes Aussehen und die funkelnden grünen Augen hatte sie von ihrer amerikanischen Mutter, den Akzent und die Ausstrahlung von ihrem britischen Vater, wie sie selbst oft erzählte. Seit dem Augenblick, als sie Lilly kennengelernt hatte, verstand Sara, was mit britischem Understatement gemeint war. Wenn sie sagte, sie habe ein kleines Problem, dann ging es um einen gigantischen

Tsunami an Schwierigkeiten und wenn sie einen leichten Appetit verspürte, bedeutete das soviel wie, dass sie gleich verhungerte. Sara überlegte häufig, ob sie Lilly vielleicht davon abraten sollte, diesen Job weiter zu machen, damit sie nicht so endete wie sie. Aber das war gerade wieder einmal nur ein Gedanke von vielen, der Sara durch den Kopf schoss.

Sie waren in der Innenstadt von San Diego angekommen, die erstaunlich klein war. Wahrscheinlich handelt es sich um die einzige Metropole des Landes, in der ein halbwegs gesunder Mensch problemlos vom Flughafen in die Innenstadt spazieren kann. Sara setzte den Blinker und fuhr auf den Parkplatz des Krankenhauses und schaltete den Motor aus. Von weitem hatte sie schon das leuchtende Schild „Hospital" gelesen und sofort beschlich sie ein ungutes Gefühl. Der Parkplatz war leer, so dass Sara unmittelbar vor dem Eingang parkte. Mittlerweile war der Abend in San Diego eingekehrt und die Dämmerung lag wie ein blasser Streifen am Horizont. Sie stiegen aus und das dunkel wirkende Gebäude lag vor ihnen. Es herrschten immer noch angenehme Temperaturen, trotzdem zog sich Sara ihre Jacke über. Die drei gingen Richtung Eingang. Eine weinende Frau kam ihnen entgegen, die versuchte, ihre Tränen mit einem

Taschentuch zu trocknen. Alle schwiegen. Cruz und Lilly blickten auf den Boden, Sara schaute die Frau betreten an. Sie musste schon viele dieser Gespräche mit Eltern führen, deren Kinder verschwunden waren. Ihr graute jedes Mal davor.

## Kapitel 4

Sie traten durch die große Drehtür und standen in der sterilen Eingangshalle. Sara nahm sofort den typischen Krankenhausgeruch wahr, den sie so hasste. Neben dem Eingang befand sich ein kleiner Kiosk, in dem in diesem Moment eine Frau mit Blumen heraustrat, die ein quengelndes Kind hinter sich herzog. Geradeaus war die Notaufnahme, auf der Tür stand fett: Zutritt nur für Krankenhauspersonal! Ein Arzt eilte gerade durch die Tür. Links ging es zu den Fahrstühlen, rechts war der Empfang, daneben stand eine Reihe von Münztelefonen. „Wie heißt die Mutter eigentlich?“, erkundigte sich Sara. „Amanda Gore, 39 Jahre alt, Lehrerin an der städtischen Grundschule, unterrichtet die Fächer Englisch, Geographie und Geschichte, Vorsitzende des Elternbeirates, Vertrauenslehrerin und Mitglied im La Jolla Beach und Tennis Club“, Lilly las von ihrem Notizblock ab. Sara und Cruz schauten sie verdutzt an. „Danke, Lilly", Sara lächelte. „Ich habe in der Schule angerufen", sagte Lilly, als müsste sie sich rechtfertigen. „Gute Arbeit, Kleines", Cruz schlug ihr kumpelhaft auf die Schulter, so dass sie fast das Gleichgewicht verlor.

Sara ging zum Empfang, sie konnte niemanden sehen. „Hallo? Kann mir mal hier jemand Auskunft geben?" Sara trommelte nervös mit ihren Fingern auf dem Tresen, sie war kein geduldiger Mensch. Plötzlich richtete sich eine ältere Dame hinter dem Tresen auf, die kaum 1,50 Meter groß war. Sie hielt eine Akte in der Hand. Sara schrak zusammen. Die Dame trug einen weißen Kittel, hatte kurze graue Haare und war leicht untersetzt. Auf ihrem Namensschild stand Alice Cross. „Immer langsam mit den jungen Pferden. Mir war nur die Akte runtergefallen und ich musste erstmal alles zusammensuchen. Wie kann ich Ihnen helfen, Herzchen?", fragte Alice freundlich. „Entschuldigung. Police Department San Diego. Sara Cooper. Ich suche eine Frau." Die Frau blickte sie an, sie hatte ein bereitwilliges Lächeln. „Wen suchen Sie denn?". „Amanda Gore. Sie ist vor circa zwei Stunden wegen eines Schocks hierhergebracht worden." „Oh ja, ich war hier, als sie eingeliefert wurde", erinnerte sich Alice sofort und schaute in ihren Belegungsplan. „Das arme Ding, völlig aufgelöst war sie. Sie hat ein Beruhigungsmittel bekommen. Sie liegt in Zimmer 532, 5. Etage." Sara nickte und bedankte sich. Sie gab ihren beiden Kollegen ein Zeichen, Richtung Fahrstuhl zu kommen. „Und, wie gehen wir nun vor?", fragte Cruz, als die Fahrstuhltür aufging und die drei einstiegen. Sara drückte die Nummer 5, sie war in Gedanken. Sie überlegte, wie die anderen Eltern auf das Verschwinden ihrer Kinder reagiert hatten. Eine Mutter hat losgeschrien, eine andere hatte sie nur ungläubig angestarrt. Ein Vater hatte uns bedroht und wollte Shawn sogar eine reinhauen. Es ist erstaunlich, wie unterschiedlich sich Menschen in so einer schlimmen Ausnahmesituation verhalten. Sie fragte sich immer, wie sie wohl reagieren würde. Sie wusste es nicht und sie wollte es nicht wissen. „Sara?!" Cruz wedelte mit seiner Hand vor ihrem Gesicht. Die Fahrstuhltür ging auf. „Wie sollen wir vorgehen?", fragte er erneut. „Behutsam", das war das Einzige, was Sara sagte.

Sie gingen den endlos weiten Flur entlang bis zum Zimmer 532. Ihre Schuhe quietschten auf dem Linoleumboden. „Ein paar Pflanzen täten der Atmosphäre keinen Abbruch. Findet ihr nicht?", fragte Cruz, ohne eine Antwort von seinen Kolleginnen zu erhalten. Sie standen vor der Tür. „Lilly und ich gehen rein. Wir wollen sie nicht mit einem Großaufgebot überrumpeln. Cruz, sprich du bitte mit Shawn und hör, ob es was Neues am Tatort gibt und ob die Nachbarbefragung was ergeben hat." Cruz nickte und holte sein Handy heraus.

Lilly und Sara klopften an und betraten den Raum. Das Zimmer sah aus wie ein normales Zimmer, nicht wie ein typisches Krankenhauszimmer. Keine Geräte waren zu sehen. Ein Arzt war gerade bei Amanda Gore und fühlte ihren Puls. Er schaute auf und kam auf die Frauen zu. „Guten Tag", sagte er leise, so dass Amanda Gore ihn nicht hören konnte. „Robert O'Reilly, ich habe Frau Gore versorgt." Sara gab dem Arzt die Hand und nickte ihm zu. „Wie geht es ihr? Sie wissen ja sicher, was passiert ist." „Ja, der Rettungssanitäter hat uns kurz aufgeklärt. Ein absoluter Alptraum. Die arme Frau. Ich habe auch zwei Kinder und die Vorstellung..." Er stockte. Sara sah ihn ernst an. „Wie ist der Zustand von Frau Gore, Doktor?", fragte sie wiederholt. „Entschuldigen Sie bitte." Er holte Luft. „Sie wurde mit einem Schock eingeliefert. Erst sagte sie gar nichts, dann fing sie schrecklich an zu weinen – schließlich wurde sie richtig hysterisch. Sie hat immer nach ihrem Sohn gefragt. Wir haben ihr dann ein starkes Beruhigungsmittel gegeben. Es müsste langsam wirken. Sie ist schon wesentlich ruhiger, Sie können kurz mit ihr sprechen. Dann sollte sie schlafen. Ich würde sie gerne bis morgen Vormittag hierbehalten." Lilly schrieb alles mit. „Danke, Doktor." O'Reilly verließ den Raum.

Sara und Lilly näherten sich dem Krankenbett. Amanda Gore schlief, zumindest hatte sie die Augen geschlossen. Sara betrachtete sie. Die Bettdecke lag nur über ihren Beinen, der Krankenhauskittel machte sie noch bleicher als sie schon war. Eine unscheinbare Frau, dachte Sara. Eine Frau, deren Leben gestern noch in Ordnung war. In Sara keimte wieder diese Wut auf. Diese Wut auf die Ungerechtigkeit im Leben. Dann öffnete Amanda die Augen, Sara stockte. Es war, als lägen ihre Augen in einer tiefen dunklen Höhle. Das Einzige, was sie sah, war eine unendliche Traurigkeit. Traurigkeit gemischt mit Verzweiflung. „Haben Sie meinen Sohn gefunden?", Amanda Gore klang müde. Ihre Stimme war warm und angenehm. „Guten Tag, Frau Gore. Mein Name ist Sara Cooper, das ist meine Kollegin Lilly Preston. Wir sind von der Polizei und bearbeiten das Verschwinden Ihres Sohnes." Amanda schloss die Augen. Das Beruhigungsmittel schien sie benommen zu machen. „Frau Gore, können wir Ihnen ein paar Fragen stellen?" Amanda Gore nickte mit einem gequälten Ausdruck. „Wann haben Sie ihren Sohn das letzte Mal gesehen?", fragte Sara ruhig.

Amanda öffnete die Augen und starrte aus dem Fenster – als würde sie überlegen. „Ich habe ihn heute Morgen gesehen. Wir haben zusammen gefrühstückt. Er hat mir seine Hausaufgaben gezeigt. Alles war wie immer." Sie sprach sehr langsam mit längeren Pausen. „Dann sind wir gegen 7.30 Uhr zum Auto und ich habe ihn zur Schule gefahren. Im Auto haben wir noch darüber gesprochen, nächstes Wochenende in den Zoo zu gehen. Wissen Sie, er liebt die Koalas so sehr." Sie lächelte. Stille. Sara fing ihren Blick auf. „Um kurz vor acht waren wir da. Ich habe ihn abgesetzt und bin weiter zu meiner Schule gefahren."

In ihren Augen standen Tränen, die gefährlich an ihrem unteren Lid zerrten. „Und jetzt ist er weg. Wer macht so was um Gottes Willen? Mein Bryan hat doch niemandem was getan." Sie fing schrecklich an zu weinen. Sara überlegte, was sie tun sollte. Lilly nahm einen Stuhl, rückte ganz dicht an Amandas Bett und nahm ihre Hand. Sie blickte sie an und schlug einen leisen Ton an. „Frau Gore, hören Sie mir zu. Wir werden alles tun, um Bryan zurückzuholen. Alles Erdenkliche, was in unserer Macht steht. Dafür benötigen wir aber Ihre Hilfe. Jede Kleinigkeit ist wichtig. Bitte überlegen Sie, ob Ihnen irgendetwas aufgefallen ist. Heute oder in den Tagen zuvor." Bryans Mutter biss sich auf ihre zitternde Unterlippe und beruhigte sich langsam. Lilly sprach weiter. „War Bryan irgendwie anders in den letzten Tagen? Hat ihn irgendjemand in der Schule angesprochen? Hat er irgendwas erzählt?“ Amanda atmete tief durch. „Nein, mir ist nichts aufgefallen. Nichts. Oder warten Sie, vor zwei Tagen.“ Sara brachte sich in das Gespräch wieder ein. „Was war vor zwei Tagen?“ „Ich war mit Bryan in der Reinigung bei uns an der Ecke. Da stand ein Mann in der Reihe hinter mir. Wir sind ins Gespräch gekommen. Er erzählte, dass er neu in der Gegend sei und eine Tochter in Bryans Alter habe. Wir haben kurz über Sportvereine hier in der Gegend gesprochen. Während ich bedient wurde, hat er sich mit Bryan unterhalten. Über Baseball, soviel habe ich mitbekommen. Das war es aber auch schon.“ Lilly schrieb jedes Wort mit. „Wie sah der Mann aus? Können Sie ihn beschreiben? Alter, Größe, Haarfarbe? Hatte er einen Akzent? Alles ist wichtig.“ Amanda überlegte, schüttelte den Kopf. „Nichts Auffälliges. Er war ungefähr zwischen 45 und 55 Jahren, circa 1,80 Meter groß, Durchschnittsfigur. Ein ganz normaler Mann. Mir ist nichts Besonderes aufgefallen.“ Amanda dachte angestrengt nach. „Glauben Sie, er hat etwas mit Bryans Verschwinden zu tun?“ „Wir wissen es nicht, Frau Gore. Würden Sie versuchen, mit Hilfe unseres Zeichners ein Phantombild anzufertigen? Trauen Sie sich das zu?“ Sara wirkte aufgeregt. Die erste Spur überhaupt in diesem Fall. „Ich denke schon", nickte die Mutter. Sara sah Lilly an. Lilly registrierte etwas in Saras Blick, das sie während dieses Falles noch nicht bei ihr gesehen hatte. Es war Hoffnung. Bei Amanda wirkte hingegen zunehmend das Beruhigungsmittel, ihr fielen immer wieder die Augen zu. Eine weitere Befragung machte keinen Sinn mehr, aber sie hatten, was sie wollten. Einen Hinweis. Diesem mussten sie nun genauestens nachgehen. Sara und Lilly verabschiedeten sich von Amanda und verließen das Krankenzimmer.

Draußen wartete schon Cruz. „Lilly, sag im Büro Bescheid, dass morgen ein Zeichner zu Frau Gore kommen soll. Wir dürfen keine Zeit verlieren." „Zeichner?", Cruz wirkte irritiert. „Hab ich was verpasst?" Sara klärte Cruz auf dem Weg zum Fahrstuhl kurz auf. „Das ist doch mal eine Spur. Vielleicht führt sie zu irgendetwas. Ich werde vorab prüfen, ob es eine Überwachungskamera in der Reinigung gibt. Vielleicht haben wir ja Glück." Cruz klang zufrieden. „Was ist mit Shawn? Hat er etwas herausfinden können?" Lilly warf Cruz einen Blick zu. „Nein, die Nachbarn haben nichts Außergewöhnliches gesehen. Die Familie soll glücklich sein. Der Vater, Kenneth Gore, ist zwar viel auf

Geschäftsreise, aber Shawn konnte nichts Negatives bei den Befragungen heraushören." „Was ist mit der Spurensicherung?", hakte Lilly nach. „Die Ergebnisse aus der Forensik sind nicht vor morgen Nachmittag zu erwarten. Aber sie rechnen mit keinen bedeutenden Beweisen. Soviel konnten die vom Labor schon sagen. Sie haben eigentlich nur Spuren von der Familie und der Haushälterin gefunden. Vor dem Haus keine Kampfspuren. Nichts. Morgen wissen wir mehr." Sie kamen unten in der Empfangshalle an. Am Empfang saß nun eine andere Dame, die ihnen keine Beachtung schenkte. Die drei gingen durch die Halle hinaus auf den Parkplatz. Es war mittlerweile dunkel. Die bedrückende Atmosphäre im Krankenhaus setzte Sara immer wieder zu. Sie legte den Kopf in den Nacken und atmete die frische Luft ein, um den Geruch von Krankheit und Kummer von sich abzuschütteln.

„Kann ich euch irgendwo absetzen?" Sara sah ihre beiden Kollegen abwechselnd an. „Wir machen Schluss für heute", fügte sie hinzu. „Nein, danke. Ich nehme ein Taxi. Du musst doch in eine ganz andere Richtung, Sara", antwortete Cruz. „Ich fahr mit Cruz. Ich spring unterwegs raus", ergänzte Lilly. „Das ist doch in Ordnung, oder?!" Lilly schaute Cruz fragend an, dieser nickte zustimmend.

„Alles klar, dann sehen wir uns morgen früh um 8 Uhr im Büro." Sara wollte zu ihrem Auto gehen, da blieb sie stehen. „Ach Lilly, Sekunde noch." Lilly drehte sich zu Sara. „Du hast eben im Krankenzimmer toll reagiert bei Frau Gore. Du warst mir eine große Hilfe. Danke." Sara wartete keine Antwort von Lilly ab, drehte sich um und ging zu ihrem Wagen. Lilly blieb kurz stehen und lächelte. Cruz hatte mittlerweile ein Taxi angehalten. Sara saß am Steuer und beobachtete, wie ihre Kollegen wegfuhren. Lilly war zwar noch nicht lange bei der Polizei, um immer eine gesunde Distanz zu den Fällen zu haben, aber heute hatte sie Erstaunliches geleistet. Etwas, das Sara abhanden gekommen war in den letzten Jahren. Lilly hat ihre Arbeit effizient erledigt und trotzdem noch Mitgefühl für die Opfer empfinden können. Eine Gabe, um die Sara ihre junge Kollegin beneidete.

Sie starrte noch eine Weile auf die leere Straße und fühlte sich plötzlich einsam und verlassen. Plötzlich klingelte ihr Handy und sie schrak zusammen. Sie nahm ab, der Anrufer war unbekannt. „Cooper", sagte sie trocken. „Hier spricht Lundberg", ertönte mit einem ironischen Lachen am anderen Ende. Sara war sofort wachsam. Sie wusste, dass der Reporter es auf sie abgesehen hatte. „Was wollen Sie, Lundberg? Fassen Sie sich kurz." „Ich habe ein Angebot für Sie, Cop. Warum arbeiten wir nicht zusammen? Sie liefern mir exklusive Informationen und ich schreibe auch mal ein nettes Wort über Sie. Na, wie klingt das?" Sara konnte nicht fassen, was sie da hörte. Es platzte förmlich aus ihr heraus. „Hören Sie mal genau zu, das ist hier kein Spiel. Es geht um Kinder! Also lassen Sie mich einfach in Ruhe. Das Letzte, was ich tun werde, ist mit Ihnen zusammenzuarbeiten. Kapiert?" Sara war wütend. Lundberg sagte erst nichts, dann flüsterte er: „Sie machen einen großen Fehler!" Dann legte er wortlos auf. Sara lief ein kalter Schauer über den Rücken, sie schüttelte sich, bevor sie ihren Wagen in Bewegung setzte. Ihr Ziel war ihr Zuhause, das es eigentlich gar nicht war.

## Kapitel 5

Es war dunkel. Stockdunkel und kalt. Er bewegte sich schwerfällig, bevor er seine grün-blauen Augen langsam aufschlug, wieder schloss und erneut öffnete, länger diesmal, um beiläufig die unvertraute Umgebung zu registrieren. Er versuchte es zumindest, aber es war zu dunkel, er konnte nichts sehen. Nicht den kleinsten Lichtschimmer, nicht die leiseste Andeutung von

Konturen in der Dunkelheit. Der Geruch von feuchter Erde und Holz stieg ihm in die Nase. Er wusste nicht, wo er war. Er blinzelte.

Als sich seine Augen langsam an die Dunkelheit gewöhnt hatten, konnte er seine Umgebung ein bisschen besser einschätzen. Er war in einer Art Keller, kaum größer als ihre Abstellkammer zuhause. Er blickte sich vorsichtig um. Ein Klappgestell mit Matratze diente als Bett, auf dem er lag. Seine Hände taten weh. Aber wo um alles in der Welt war er? Seit wann lag er hier? Träumt er nur? Nein, dafür war der Schmerz in seinen Gelenken zu real. Es konnte kein Traum sein. Er bekam kaum Luft und hustete. „Hallo?“ Er hörte ein Echo, sein Echo. Keine Antwort, absolut nichts. „Hallo? Wo bin ich?“ Er versuchte aufzustehen. Seine Beine waren wackelig, er knickte mehrmals um, als er seine Kammer abging. Wenn nur dieses stumpfe Hämmern in seinen Kopf aufhören würde. Mit zitternder Hand griff er an die Zellentür. „Hallo?“, rief er leise. Seine Stimme war ebenso zittrig wie seine Hände. Er drehte sich langsam um seine eigene Achse, um ein Gefühl für den Raum zu bekommen. Wobei, da war nicht viel. Was er fand, war eine Flasche Wasser und ein Eimer mit Wasser. In dem Raum stank es fürchterlich.

Er wollte nach Hause, er hoffte, dass jede Sekunde seine Mutter vor ihm stand und ihn nach Hause brachte. Er schloss die Augen und brüllte los. „Hilfe! Ist da jemand? Hilfe." Immer wieder schrie er so laut er konnte, bis seine Stimme nachließ und er nur noch flüsterte. „Mommy, bitte Mom." Er würde ihr nie mehr auf die Nerven gehen und nicht mehr widersprechen. Er würde alles tun. Er wollte nur nach Hause. Aber er begriff langsam, dass dies nicht passieren würde. Angst kroch in ihm hoch, schreckliche Angst bohrte sich in seine Brust. Er hatte einmal in der Schule gelernt, tief einzuatmen. Das versuchte er jetzt. Es half nichts. Panik überkam ihn sekundenschnell – wie eine gigantische Welle drückte sie ihn unter Wasser. Schnell entwickelten sich seine Bewegungen zu einer Folge unbeholfener Posen, die immer unüberlegter und hektischer wirkten. Sein Herz hämmerte lauter, schneller. Er trommelte mit all seiner Kraft gegen die Zellentür. Nichts. Er fing an zu schluchzen, immer heftiger. Bis er schrecklich weinte. Er schrie wieder. „Hilfe!" Immer wieder schrie er um Hilfe. „Hört mich jemand?" Nichts. Er hockte in einer Ecke. Zusammengekauert. Die Kälte war in seinem ganzen Körper angelangt. Er zitterte. Plötzlich vernahm er ein Geräusch. Er verharrte. Ein Schluchzen. Er hörte ein Schluchzen. „Hallo? Wer ist da? Hörst du mich?", fragte er ins Nichts hinein. Stille. Er glaubte schon, dass er sich das einbildete. Doch dann hörte er eine Stimme, eine leise Stimme. Ein Mädchen, ein ängstliches Mädchen. „Hallo, wer bist du?“, fragte die Stimme flüsternd. Er konnte es nicht fassen. Jemand sprach mit ihm. Seine Augen gewöhnten sich langsam an die Dunkelheit und er konnte plötzlich die Konturen eines kleinen Mädchens erkennen, das gegenüber ebenfalls in einer Zelle auf dem Boden kauerte. Er stand auf und ging zum Gitter, mit zitternder Hand umfasste er die Stäbe. „Hallo! Hallo, ich bin Bryan, Bryan Gore.“

## Kapitel 6

San Diego ist eine Marinestadt und es ist die U.S. Navy, die der Innenstadt den Stempel aufdrückt. Egal, zu welcher Uhrzeit oder wo man sich gerade aufhält, man sieht immer einen Marinestützpunkt oder ein Schiff. Sara wählte den vertrauten Weg am Hafen entlang und betrachtete durch die Windschutzscheibe die dort liegenden Flugzeugträger, die im Licht der Hafenbeleuchtung funkelten. Manchmal konnte man sogar in der Bucht ein auftauchendes U-Boot bestaunen, dafür war es heute aber schon zu spät. Nach zehn Minuten Fahrt war Sara zuhause angekommen –

wenn man das als solches bezeichnen konnte. Nach der Trennung von Matt hatte sie sich eine kleine Wohnung in einem Apartmentblock in Point Loma genommen. Eigentlich nur zur Überbrückung, mittlerweile wohnte sie dort aber seit über zwei Jahren. Die ersten drei Wochen hatte sie sogar in einem Motel in Pacific Beach gewohnt. Billig und ohne jeglichen Komfort. Doppelbett, ein festgeschraubter Fernseher, ein modriges Sofa. An der Wand hingen typische Fotos von Strandleben im billigen Rahmen. Eine gläserne Schiebetür führte auf den kleinen Balkon, die immer offen stand und ein bisschen für Durchzug sorgte. Das war eine Zeit, auf die sie nicht stolz war, dachte Sara, während sie an vertrauten Häusern und Vorgärten vorbeifuhr, als sie schließlich ihren Wagen parkte.

Sie stieg aus, blieb einen Moment stehen und atmete die milde Luft ein. Gedankenverloren ging sie über den Parkplatz, hinüber zum Briefkasten, der sich unten am Eingang der Anlage befand. Wie fast immer fand sie darin nur Werbung. Sie warf die Prospekte weg und ging zur Treppe. Die Anlage war als eine Art Rondell gebaut. Zwei Etagen. In der Mitte gab es einen Swimmingpool, der allerdings immer so dreckig war, dass sich niemand traute, darin schwimmen zu gehen. Die Beleuchtung war kaputt –

wie so häufig. Sara regte sich aber nicht mehr darüber auf. Ein Nachbar kam ihr entgegen und grüßte sie freundlich. Sara grüßte ihn zurück, obwohl sie noch nie ein Wort mit ihm gewechselt hatte. Sie nahm langsam eine Stufe nach der nächsten, bis sie in ihrem Gang war.

Sara schloss die Tür auf und trat ein. Sie schaltete das Licht an, warf ihre Tasche auf die Kommode, die direkt am Eingang stand. Die knapp 50 Quadratmeter waren gut geschnitten. Zwei Zimmer, Küche und Bad. Weiß gestrichene Dielen. Dadurch, dass sie ganz oben wohnte, war die Wohnung tagsüber schön hell und sonnendurchflutet. Trotzdem fühlte sich Sara nie wirklich wohl. Aber sie tat auch nichts, um das zu ändern. Die Möbel hatte sie von ihrem Vormieter übernommen. Sie waren nicht besonders schön, aber zweckmäßig. Sie schleuderte ihre Schuhe in eine Ecke und hängte ihre Jacke über einen Stuhl. Sara ging in die kleine Wohnküche, die direkt ans Wohnzimmer anschloss. In ihrer Küche hing kein überflüssiger Firlefanz, sie war pragmatisch ausgestattet. Eine Meisterköchin war sie noch nie gewesen. Früher hatte sie öfter für Matt und Noah gekocht, aber seitdem sie allein lebte, war das eher die absolute Seltenheit. Sie sah keinen Sinn darin, stundenlang in der Küche zu stehen, um letztendlich alleine vorm Fernseher zu essen. Sie nahm schließlich eine der 15 gestapelten Tiefkühlpizzen aus dem Gefrierschrank und schob sie in den Ofen. Dazu schenkte sie sich ein Glas Rotwein ein. Alleine trinken – kein gutes Zeichen. Das war ihr heute aber egal, sie brauchte diese Betäubung, um runterzukommen. Sie ließ sich auf die Couch fallen und lehnte sich zurück. Sie konnte aber nicht abschalten. Egal, wie sie sich hinlegte, auf welche Seite sie sich legte, sie konnte einfach keine bequeme Position finden. Kurz überlegte sie, Noah anzurufen, um ihm eine gute Nacht zu wünschen. Die Uhr aber zeigte mittlerweile kurz vor 21 Uhr, Noah schlief also längst. Sie würde ihn morgen anrufen. Sie hatte so viel falsch gemacht, dachte sie. Sie hatte Matt schon verloren, mit Noah durfte ihr das nicht passieren.

Matt und sie lebten mittlerweile seit über zwei Jahren getrennt voneinander, die Scheidung sollte bald folgen – auch wenn niemand das Wort in den Mund nahm. Sie kannten sich seit der Kindheit, waren lange ein Paar und heirateten vor neun Jahren, zwei Jahre später folgte Noah und das Glück schien perfekt. Doch für Sara wurde ihr Job immer wichtiger. Es war wie eine schleichende Sucht, sie konnte nicht anders und arbeitete oft 24 Stunden am Tag bis an den Rand der Erschöpfung. Sie versäumte

Weihnachten, Geburtstage, Familienfeiern oder einfach Noah ins Bett zu bringen. Sie war kaum da. Matt machte es lange mit, kämpfte um ihr gemeinsames Leben, aber nichts konnte helfen. Auch Paar- und Einzeltherapien schlugen fehl, letztendlich auch deswegen, weil Sara zu den Terminen nicht erschien, da sie diese vergessen hatte oder zu einem Tatort gerufen wurde. Schließlich entschieden sich beide dafür, getrennte Wege zu gehen. Eigentlich war es Matts Entscheidung, weil Sara zu gar keiner Entscheidung in der Lage war. Sie nahm seinen Entschluss hin - ohne Diskussionen. Sie wusste, dass es das Beste für ihn und Noah sei. Nach anfänglichen Schwierigkeiten konnten beide mit der Situation einigermaßen gut umgehen, alleine wegen Noah. Beide bemühten sich im Umgang miteinander. Aber Sara war immer bewusst, dass sie der Grund für die Trennung war. Dieser Tatsache musste sie sich jeden Tag stellen. Ihre Lösung, um dieses schmerzhafte Gefühl zu unterdrücken, lag darin, einfach noch mehr zu arbeiten. Noah lebte seit der Trennung bei Matt. Sara hatte regelmäßiges Besuchsrecht, nahm dieses aber immer seltener wahr. Das Klingeln des Telefons riss Sara aus ihren Gedanken, es lag direkt neben ihr auf dem Sofa. Sie schaute auf das Display und sah, dass es ihre Mutter war. Sie überlegte, ob sie drangehen sollte, entschied sich dann aber dagegen, sie war zu müde.

Sara schaltete den Fernseher an und zappte genervt durch die Sender, aber nichts sagte ihr zu. Sie ließ schließlich eine Talkshow im Hintergrund laufen, in der sich zwei Männer gerade an die Gurgel gingen – unter tosendem Applaus des Publikums. Sara machte den Ton aus. Sie legte eine Decke über ihre Beine und versuchte zur Ruhe zu kommen. Aber sie konnte keinen klaren Gedanken fassen, die heutigen Ereignisse ließen sie wieder mal nicht los. „Dad, was würdest du in dieser Situation machen?" Diese Frage stellte sich Sara oft, wenn sie einen Fall bearbeitete. Ihr Dad, Max Webber, war ebenfalls Polizist – bis er mit Mitte 40 an einem Herzinfarkt starb. Ganz plötzlich ohne Vorwarnung. Für Sara, damals 19 Jahre alt, brach eine Welt zusammen. Sie hatten ein sehr inniges Verhältnis und er schürte ihre Lust an der Polizeiarbeit, obwohl er das gar nicht wollte. Sie war immer neugierig, schon als kleines Mädchen. Jede freie Sekunde wollte sie mit ihm im Streifenwagen fahren. Später erwischte er sie, als sie sich in sein Arbeitszimmer schlich und heimlich seine Akten durchlas. Da war sie gerade mal 15 Jahre alt. Sie war fasziniert von dem Beruf der Polizistin. Mit 18 verkündete sie ihren Eltern schließlich, dass sie vorhabe, zur Polizeischule zu gehen. Ihr Entschluss führte zu einer handfesten Ehekrise: Ihre Mutter, Dana Webber, war strikt dagegen. Sie hätte sie lieber als Ärztin gesehen. Eigentlich wäre ihr alles lieber gewesen. Alles nur nicht Cop. Ihr Dad konnte ihr schlecht diesen Wunsch verwehren, da dieser Beruf auch seine Leidenschaft war. Nach nächtelangen Diskussionen und heftigen Streitereien hatte Sara letztendlich den Segen von beiden bekommen und die Eltern berappelten sich wieder. Sie führten eine glückliche Ehe, abgesehen von den üblichen Kabbeleien. Max Webber hatte nämlich die besondere Gabe, den Job nicht mit nach Hause zu nehmen. Er konnte Beruf und Privates strikt voneinander trennen, zumindest machte das den Anschein. Sobald er Dienstschluss hatte, war er Vater und Ehemann. Diese Gabe hatte er Sara leider nicht mitgegeben, sie war 24 Stunden am Tag Polizistin. Das bedauerte Sara zutiefst, aber sie konnte nicht anders. Mit seinem Tod wurde alles noch schlimmer, besonders ihre Mutter litt sehr unter seinem Tod. Das spürte Sara all die Jahre. Dana Webber machte seinen Job dafür verantwortlich, dass sein Herz nicht mehr mitmachte. Und wahrscheinlich hatte sie recht. Umso mehr sorgte sich die Mutter jetzt um ihre Tochter. Sie rief sie ständig an und mahnte Sara, nicht soviel zu arbeiten. Sara beruhigte sie immer wieder – mit Erfolg, wie sie hoffte. Mittlerweile lebte ihre Mutter in 2. Ehe mit einem Börsenmakler in Miami zusammen. Sie war glücklich und das freute Sara. Zu Weihnachten wollte sie ihre Mutter in Miami besuchen, das hatte sich Sara fest vorgenommen.

Und da war noch ihre Schwester, Jane. Sie hatten schon immer ein schwieriges Verhältnis zueinander. Seit der Trennung von Matt sprach Jane kaum noch ein Wort mit ihr. Ihre Schwester machte sie für alles verantwortlich und warf ihr auch gerne vor, Noah zu vernachlässigen. Jane war Ende 30 und lebte mit ihrem Mann Rick und ihrer Tochter Mia in Los Angeles. Mia war 17 Jahre alt und eine absolute Vorzeigetochter, so stellte sie Jane zumindest dar. Sie führte eine tolle Ehe mit Rick, der ein angesehener Professor an der Universität in L.A. war. Sara wäre gerne eine bessere Tante für Mia gewesen, aber ihre Schwester machte ihr das nahezu unmöglich. Sie hatte die Augen geschlossen, als sie plötzlich von der Uhr am Backofen aus ihren Gedanken gerissen wurde. Sie stand auf, machte sich ihre Pizza fertig, schenkte sich noch ein Glas Wein ein und setzte sich wieder auf die Couch. Doch bevor sie die Hälfte der Pizza aufgegessen hatte, fielen ihr die Augen zu. Sie wusste, dass auch morgen ein anstrengender Tag werden sollte. All ihre Hoffnung setzte sie in das Phantombild.

## Kapitel 7

Lilly hörte ein Geräusch und schlug die Augen auf. Sie befand sich völlig im Dunkeln. Sie spürte ihren eigenen Puls hämmern, ihr Herz schlug wie wild unter ihrem Trägertop. Was hatte sie aus ihrem Tiefschlaf gerissen? War da ein Geräusch in ihrer Wohnung, etwa Schritte? Lilly griff nach ihrer Waffe, die sie seit geraumer Zeit unter ihrem Kopfkissen hatte. Sie hatte Angst, auch nur einen Muskel zu bewegen. Sie erstarrte, ihren Atem hielt sie an. Mit einem Ruck setzte sie sich auf und nahm all ihren Mut zusammen, das Licht anzuknipsen. Nichts. Da war rein gar nichts.

Lilly wusste, dass sie fortan kein Auge mehr zumachen könnte, also stand sie auf. Sie ging nur auf Strümpfen über den grauen Teppich durch das Wohnzimmer in ihre Küche. Es war angenehm kühl in der Wohnung, dank der zentralen Klimaanlage. Über ihre kurze Schlafshorts und dem Top hatte sie noch eine lange Strickjacke gezogen. Sie vergewisserte sich erneut, ob sie die Haustür verriegelt hatte. Jedes einzelne Zimmer ging sie ab und kontrollierte, ob alle Fenster verschlossen waren. Der feste Griff der Verzweiflung hatte sie umschlungen und sie wusste nicht, wie sie sich in diese Situation hatte bringen können. Sie setzte sich an ihren Esstisch, die Kaffeetasse fest umgriffen. Auf dem Herd stand noch das Essen von gestern Abend, das sie mühevoll zubereitet hatte. Als es fertig war, hatte sie aber letztendlich keinen Bissen runter bekommen. Es war, als hätte sie etwas in ihrem Hals stecken gehabt, das auch durch keine zwei Gläser Wein weggespült werden konnte. Draußen war es noch dunkel, es herrschte eine schwermütige Stille. Sie starrte auf ihre Tasse Kaffee, die bis zum Rand noch voll war. Sie ließ ihr Gesicht in die Hände sinken. Zunächst blieb sie still. Es schien, als hätte sie ihre Hoffnungslosigkeit so lange in sich eingeschlossen, dass nichts den Verschluss hätte aufbrechen können. Doch nun begannen ihre Knie zu zittern. Ihr war klar, dass sie sich irgendwann in jüngster Vergangenheit für den falschen Weg entschieden hatte. Eine sonderliche gute Menschenkenntnis hatte sie noch nie besessen, das sagte ihre Mutter schon immer. Da war ihr aber nicht bewusst, dass dieses Dilemma ihr einmal zum schlimmen Verhängnis werden würde. Lilly hatte Angst. Ein bedrohliches Gefühl hatte sich in ihre Brust gebohrt und dort eingenistet. Sie atmete schwer und abgehakt. Was sollte sie tun? Sollte sie sich Sara anvertrauen? Vielleicht konnte sie ihr helfen! Nein, was sollte sie schon tun, niemand konnte ihr helfen. Lilly fing an zu weinen, sie hämmerte mit den Fäusten gegen ihre

Schläfen. Wie konnte das passieren? Warum war sie so schwach gewesen? Sie hätte es wissen müssen - das erste Mal, als sie in diese bestechend dunklen Augen blickte, hätte sie wissen müssen, dass sie sich mit dem Bösen eingelassen hatte.

## Kapitel 8

Der Wecker klingelte, Sara schreckte hoch. Gegen 2 Uhr war sie auf der Couch aufgewacht – geplagt von schlimmen Rückenschmerzen. Sie war ins Bett gekrochen und seitdem nur noch in einer Art Halbschlaf gewesen. Sie schaute auf die Uhr, die neben dem Bett auf einem kleinen Beistelltisch stand. 6 Uhr. Sie stellte den Schlummer-Modus ein und drehte sich noch mal um. Es wurde aber nicht besser. Als der Wecker um 6.15 Uhr erneut klingelte, musste sie sich zwingen, aufzustehen. Mit steifen Gelenken stieg sie aus dem Bett. Draußen war es noch dunkel, sie knipste das Licht an. Wie jeden Morgen band sie sich ihre blonden Haare zu einem Zopf zusammen. Früher trug sie ihre Haare gerne offen, aber seit fast einem Jahr war sie nicht mehr beim Friseur gewesen und dementsprechend sahen die Haare auch aus. Der dunkle Ansatz sprang jedem ins Gesicht, auch wenn es nur Strähnen waren.

Selbst Noah hatte sie schon darauf angesprochen, warum sie zwei Farben im Haar trug. Sie schmunzelte, als sie an Noahs Worte denken musste.

Bevor sie ins Bad ging, machte sie die Kaffeemaschine in der Küche an und regte sich wieder einmal über ihren Nachbarn auf, der plötzlich laute Technomusik aufdrehte. Wie so oft, musste er gerade von seinem nächtlichen Clubgang gekommen sein. Sie schlug heftig gegen die Wand. „Du Penner, hier wohnen auch noch andere! Mach das Ding leiser oder ich komm rüber.“ Die Musik wurde kaum spürbar leiser gemacht, aber Sara betrachtete das als Teilsieg. Bevor sie unter die Dusche ging, machte sie das Radio an, dann ließ sie den kalten Wasserstrahl auf ihren Körper prasseln, dabei fühlte sie sich wieder einigermaßen lebendig. Tropfnass stieg sie aus der Kabine und trocknete sich mit einem frischen Handtuch ab, bis ihre Haut kribbelte. Während sie sich mit der Body-Lotion einrieb, lauschte sie dem Radioprogramm. Sie suchte schließlich einen Sender mit Nachrichten. Vergebens. Sie knipste das Radio genervt wieder aus. Stille. Während sie sich im Spiegel betrachtete, überlegte sie kurz, ob sie etwas Puder auflegen sollte – tat es aber nicht. Sie putzte sich die Zähne, nahm Deo und ging in ihr Schlafzimmer, wo sie wie jeden Morgen verzweifelt vor ihrem Kleiderschrank stand. Sie war geschockt von den Sachen, die dort hingen. Eine Boutique hatte sie seit Jahren nicht mehr von innen gesehen. Ihre Wahl fiel schließlich auf eine Jeans und einen schwarzen V-Pulli. „Wie aufregend“, sagte sie leise vor sich hin. Der Kaffee war fertig, sie machte sich schnell eine Tasse und trank diesen eilig aus, zog ihre Turnschuhe an und eilte nach draußen.

Kurz nach 7 Uhr saß sie im Auto. Der frühmorgendliche Nebel hatte die Stadt noch voll im Griff und hing zwischen den Häusern und Bäumen. Sara hatte vor, sich unterwegs ein Brötchen zu besorgen. Den Gedanken verwarf sie aber schnell wieder, als sie auf die Uhr guckte. Sie wollte vor der Besprechung um 8 Uhr noch kurz ihre Unterlagen ordnen. Chief Miller legte viel Wert auf genaues Arbeiten, dazu gehörte auch ein geordnetes System. „Wäre ich doch nur wie Lilly“, schnaubte Sara, als sie im Department ankam. „Sie hat ihre Notizen wahrscheinlich alphabetisch abgelegt.“ Sara parkte ihren Wagen vor dem Revier und eilte die Treppen in den 3. Stock hinauf. Das war ihr morgendlicher Frühsport. Ihre Schritte hallten durch den leeren Gang. Oben angekommen, stellte sie als erstes die Kaffeemaschine an, noch bevor sie zu ihrem Platz ging. Sie nahm eine Tasse aus dem Schrank und setzte sich an ihren Schreibtisch. Die anderen aus ihrem Team waren noch nicht da, was sie wunderte, denn Shawn war eigentlich immer der Erste, der kam und der Letzte, der ging. Das Büro war ein Großraumbüro. Sara hatte aber ihren eigenen Schreibtisch, ohne dass ihr jemand gegenüber saß. Darauf hatte sie bestanden. Cruz und Lilly teilten sich einen Schreibtisch, Shawn saß auch allein. Sara knipste das Licht der kleinen Stehlampe auf ihrem Tisch an und breitete alles aus, was sie gestern aufgeschrieben oder gesammelt hatte. Es war nicht sehr viel. Seitdem Lilly in ihrem Team war, hatte sie das Mitschreiben von Vernehmungen nahezu eingestellt. Von den Dingen, die nun vor ihr lagen, war genaugenommen nur das Bild von Bryan von Bedeutung, das sie ohne Erlaubnis von dem Sideboard im Hause der Familie Gore entwendet hatte. Lilly und Cruz kamen ins Büro. Wenn Cruz nicht schwul wäre, könnte man meinen, die beiden hätten was miteinander, dachte Sara. „Guten Morgen, Sonnenschein“, Cruz kniepte Sara zu. Sara verdrehte nur die Augen. „Halt die Klappe, Cruz.“ Lilly lachte und ging weiter zu ihrem Schreibtisch. Die Kaffeemaschine piepste. Sara stand auf und füllte sich ihre Tasse.

Chief Miller ging schnellen Schrittes an ihnen vorbei, in der Hand die Zeitung von heute. „In zehn Minuten im

Besprechungsraum." Mehr sagte er nicht. Er wirkte gestresst und verschwand eilig in seinem Büro, das in einem separaten Raum war. Er schloss die Tür. Sara mochte Miller nicht. Er neigte zu Wutausbrüchen und setzte sie oft unter Druck, insbesondere bei diesem Fall. Sara guckte verärgert auf ihre Uhr. „Wo zum Teufel ist Shawn? Es ist kurz vor 8 Uhr." Lilly kam zu ihr und drückte ihr fünf Zettel in die Hand. „Was ist das, Lilly?", fragte Sara verwundert. „Der Stand der Ermittlungen", entgegnete Lilly. Sara warf einen Blick drauf. Sie fasste es nicht, Lilly hatte für jeden ein Handout gemacht mit allen wichtigen Fakten. Sara fing langsam an, Lilly zu lieben. „Danke dir." Lilly nickte nur. Chief Miller kam aus seinem Büro und ging ins Besprechungszimmer. Alle folgten ihm kommentarlos. Das Besprechungszimmer war eigentlich mehr eine Abstellkammer. Für mehr reichte das Budget angeblich nicht, aber der Raum war ausreichend und zweckdienlich. Ein Tisch und mehrere Stühle standen darin. Cruz hatte die Deckenlichter eingeschaltet, die jedoch eine bedrückende Helligkeit verbreiteten. Am Kopfende des Raumes, wo Miller sich in diesem Moment positioniert hatte, ragte ein Flipchart hervor – an dem die Bilder der entführten Kinder hingen, deren Gesichter sich in den Gedächtnissen der Ermittler förmlich eingebrannt hatten. Die Aufnahmen der Kinder waren durch Linien miteinander verbunden. Darunter standen weitere Namen; die der Eltern, der Lehrer, der Freunde sowie Daten und Orte. Zwischen diesen Schlagworten waren noch keine Verbindungslinien gezogen. Es gab einfach keine Verbindung zwischen den Opfern. Ganz unten hing eine Karte von San Diego, darauf war mit Kreuzen vermerkt, wo die Kinder verschwunden waren. Ein Edding lag bereit, um den verbliebenen Platz mit neuen Fakten, Ergebnissen, Verknüpfungen und Thesen zu füllen. Die Luft war erdrückend und es schien, als wäre seit Tagen nicht mehr gelüftet worden. Sara öffnete ein Fenster. Alle nahmen Platz, nur Shawn fehlte weiterhin. Chief Miller ignorierte diese Tatsache und begann. „Guten Morgen. Bitte einen kurzen Stand der Dinge!“ Miller hatte einen viel zu großen Anzug an und die Krawatte passte nicht zu dem Rest. Er wirkte zerstreut. Sara wollte ansetzen, dann sagte sie: „Das macht Lilly heute.“ Lilly wirkte etwas überrumpelt, fühlte sich aber geehrt und legte los mit einer kurzen Zusammenfassung der Ermittlungen. Sie hatte die volle Aufmerksamkeit ihrer Kollegen. Sara verteilte die Handouts und heftete ein Bild von Bryan an den Flipchart und schrieb seinen Namen darunter. Miller ignorierte Sara, mit gerunzelter Stirn sah er Lilly an und setze seine Lesebrille auf, als er ihren Bericht in die Hand nahm und ihren Ausführungen folgte. Als Lilly ihren Bericht beendete, nickte Miller. „Wie geht es weiter?“, erkundigte er sich ungeduldig und nahm die Brille ab. Sara übernahm. „Als Nächstes wird ein Phantomzeichner zu Frau Gore fahren und zusammen werden sie ein Phantombild von dem Unbekannten aus der Reinigung anfertigen. Wir hoffen, dass uns das ein ganzes Stück weiterbringt.“

Miller hielt kurz inne, dann stand er auf. „Sehe ich das richtig, dass alles, was wir haben, ein Fremder aus einer Reinigung ist? Das ist doch wohl nicht euer Ernst?“ Sara wollte etwas sagen, doch Miller schnitt ihr das Wort ab. „Lasst dieses Bild anfertigen, aber sucht genauso den Ehemann und geht nochmal allen Hinweisen aus der Öffentlichkeit auf den Grund. Wir übersehen etwas. Es ist da, wir müssen es nur sehen. Geht an die Arbeit und konzentriert euch nicht nur auf diesen Fremden. Haben wir uns verstanden?!“ „Aber Sir“, Sara wollte antworten. Miller sah sie streng an und seine blauen Augen fixierten sie gereizt. Er hielt die Zeitung hoch, auf dem Titel prangerte die Headline: *Wieder ein Kind entführt! Unfähige Polizei tappt seit Monaten im Dunkeln!* So wird es gemacht. Punkt. Die Presse sitzt mir jeden Tag im Nacken, vom Polizeichef mal ganz abgesehen.“ Miller war wütend. „Ich will, dass Sie diese Fälle lösen – schnell!“ Bevor er den Raum verließ, drehte er sich nochmal um. „Und wo in alles in der Welt ist O'Grady?" Er schüttelte nur verständnislos mit dem Kopf und verschwand in sein Büro. Er knallte die Tür hinter sich zu.

Obwohl das Fenster geöffnet war, war es immer noch stickig. Cruz atmete tief durch. „Übertreibt er nicht ein bisschen?", fragte er leise. Sara kniff die Augen zusammen. Obwohl sie Miller nicht sonderlich mochte, konnte sie ihn verstehen und seine Wut nachvollziehen. Sie blickte Lilly und Cruz an. „Die ganze Öffentlichkeit blickt auf diese Entführungsfälle und er als Leiter steht unter einem riesigen Druck. Er muss endlich Ergebnisse aufweisen. Und was haben wir? Nichts!" „Wir werden diesen Dreckskerl finden", machte Cruz allen Mut. Sara überlegte, sammelte ihre Gedanken. „Wir können nicht sicher sein, dass es ein Mann ist. Das Böse hat nämlich kein Geschlecht", stellte Sara trocken klar. „Lilly, wann kommt Roger, der Phantomzeichner, zu Frau Gore?" Lilly schaute in ihren Unterlagen. „Er wollte gegen 10 Uhr bei ihr im Krankenhaus sein." „Okay, fahr du bitte auch dorthin, du kannst Frau Gore bestimmt etwas Sicherheit geben." Lilly nickte. „Cruz, du gehst bitte noch mal sämtlichen Hinweisen aus der Bevölkerung nach. Shawn, wo ist Shawn, verdammt noch mal?"

Sara ärgerte sich. Sie hasste Unzuverlässigkeit. Nicht bei sich selbst, aber bei ihren Angestellten. „Ach ja und macht diesem Ehemann Beine. Kann ja wohl nicht sein, dass er immer noch nichts vom Verschwinden seines Sohnes mitbekommen hat." Shawn kam in diesem Moment ins Büro gehechelt. Er trug wie immer einen Anzug, war aber unrasiert und sein Kopf war ganz rot. „Sorry, meine Tochter ist krank und ich musste..." Sara schnitt ihm das Wort ab und schaute ihn wütend an. „Shawn, ich erwarte, dass du pünktlich bist. Haben wir uns verstanden? Ich kann nicht ständig den Kopf für euch hinhalten bei Miller." Shawn wollte etwas erwidern, nickte aber schließlich nur. Ihr Ton ließ keine weiteren Diskussionen zu. Sara klang ernst. „Du prüfst nochmal sämtliche Verbindungen zwischen den Opfern, zwischen den Familien, zwischen den Schulen, Sportvereinen – einfach alles. Ich werde nochmal zum letzten Tatort fahren." Shawn nickte und ging zu seinem Tisch. Sara schüttelte mit dem Kopf und atmete genervt aus. Er hat ein Kind? Sie wusste wirklich gar nichts über ihn. Lilly stand vor ihr. „Das war wirklich nicht nötig, Sara." Sara blickte Lilly an. „Wie bitte? Um ein krankes Kind kann sich ja wohl genauso gut die Mutter kümmern, oder?!", flüsterte Sara. Lilly starrte sie nur an. „Das würde sie sicher auch, aber sie ist tot." Lilly ging, ohne Saras Reaktion abzuwarten, zurück zu ihrem Schreibtisch, da ihr Telefon klingelte. Sara blieb regungslos stehen. Sie konnte nicht fassen, was sie da gehört hatte. Tot? Warum wusste sie nichts davon? Die Antwort konnte sie sich selbst geben. Weil sie sich einfach noch nie für Shawn interessiert hatte. Sie fühlte sich auf einmal schlecht. Sara nahm ihre Tasche und ihre Jacke. Sie verließ das Büro, an der Tür drehte sich aber nochmal kurz um und beobachtete Shawn. Er sortierte seine Papiere. Sara fühlte sich noch schlechter. Lilly diskutierte heftig am Telefon.

## Kapitel 9

Bryan hatte sich langsam gefangen, wenn man es so nennen konnte. Das Mädchen hatte nichts weiter von sich gegeben. Er versuchte es erneut. „Hallo? Bitte sprich mit mir." Er hörte schließlich ein Schluchzen. „Wo bin ich? Wo sind wir?", fragte er weiter. „Und wer bist du?" Stille. „Ich heiße Jessica", flüsterte sie schließlich. „Und ich habe keine Ahnung, wo wir sind. Ich weiß nur, dass wir hier schon eine halbe Ewigkeit hocken." Jessica beruhigte sich langsam. Bryan versuchte, das Gehörte einzuordnen. Er stockte. „Was heißt ‚wir'?" Er hörte ein weiteres Rascheln, dann eine weitere Stimme, dieses Mal einen Jungen. „Ich bin Scott." Und ein weiterer Junge. „Und ich bin Jason." Bryan holte tief Luft. Alle schienen in unterschiedlichen Kammern zu sitzen. Bryan bekam noch mehr Angst, war auf der anderen Seite aber auch erleichtert, nicht alleine in diesem Verlies zu sitzen. Er versuchte, den Schmerz in seinen Gliedern und in seinem Kopf zu ignorieren und sich zu erinnern, was passiert war. Warum er plötzlich an diesem kalten fremden Ort war, wo ihm nichts vertraut vorkam. Er begriff langsam. „Ich bin entführt worden", sagte er leise zu sich. „Aber warum?", fragte er sich. Er schluchzte wieder leise in sich hinein. „Seit wann bin ich hier?", fragte er in die Dunkelheit. „Seit zwei Tagen. Vielleicht auch drei Tagen", antwortete einer der Jungen. Bryan konnte noch nicht zuordnen, ob es Jason oder Scott war. „Er kam immer wieder und hat dir eine weitere Betäubungsspritze gegeben. Aber genau weiß ich es nicht. Wir haben keine Uhr. Wir wissen nicht einmal, welcher Tag heute ist." Angestrengt versuchte Bryan, die letzten Sekunden zu rekonstruieren. Ihm kam langsam die Erinnerung wieder. Er kam aus der Schule, hatte mit Frieda gegessen und ist dann raus in die Einfahrt, um mit seinem neuen Basketball zu spielen. Er hatte ihn gerade erst geschenkt bekommen und war so stolz auf den Ball. Dann wurde plötzlich alles dunkel. An mehr konnte er sich nicht erinnern. Und jetzt war er hier. „Oh nein“, murmelte er. „Wäre ich nur im Haus geblieben.“

Bryan vergrub sein Gesicht in seinen Händen und hoffte, dass er aus diesem Alptraum bald aufwachen würde. „Ihr sagtet ‚er’. Er hat mir immer wieder eine Spritze gegeben. Ihr kennt ihn also?“ Niemand antwortete. Stille. Jessica sagte schließlich. „Nein, wir kennen ihn nicht. Er ist ein Mann. Mehr wissen wir nicht. Er kommt zwei-/dreimal die Woche, stellt jedem Wasser und Essen in die Zelle, leert den Eimer aus und verschwindet wieder. Und manchmal…“, sie konnte nicht weitersprechen und fing an zu weinen. Bryan verstand nicht, warum Jessica plötzlich weinte. Er konnte auch keinen Zusammenhang erkennen, warum ausgerechnet er entführt wurde. Es tropfte von der Decke, es fröstelte ihm. Er versuchte, sich mit seinen eigenen Armen zu wärmen, indem er diese vor seinem Körper verschränkte. Er saß regungslos auf seiner Pritsche und blickte ins Nichts.

## Kapitel 10

Sara hatte das Department verlassen und saß im Auto. Neben dem anhaltenden schlechten Gewissen wegen

Shawn begleitete sie noch ein anderes Gefühl. Hunger. Sie hatte einen verdammten Hunger. Auf dem Weg zum Tatort machte sie kurz Halt bei ihrem Lieblings-Donut-Laden, dem Christys. Früher war sie oft mit Noah und Matt hier gewesen. Noah liebte die Donuts mit Glasur. Er strahlte jedes Mal, wenn er einen in seinen kleinen Händen hielt. Sara war an der Reihe und bestellte einen Schoko-Donut und einen Kaffee dazu. Sie setzte sich an den letzten Tisch im Laden. Fast alle Tische waren besetzt, eine Familie mit drei Kindern saß an dem Tisch vor ihr und die Kinder plärrten durch den gesamten Laden. Die Mutter war sichtlich entnervt, der Vater las entspannt die Zeitung. Sara beobachtete das Schauspiel eine Weile, dann schaute sie aus dem Fenster, während sie einen Schluck aus dem Becher nahm.

Ihr Handy klingelte. Es war Matt. Sie überlegte kurz, ob sie drangehen sollte, aber es hätte etwas mit Noah sein können, also nahm sie ab. „Hi Matt." „Sara. Wie geht es dir?" „Mir geht es gut. Ist mit Noah alles in Ordnung?" „Mit Noah? Klar, alles bestens. Er ist in der Schule." „Gut, das ist gut. Was gibt es denn?" Sara wusste nicht genau, worauf Matt hinauswollte. „Hör mal, du weißt ja, dass ich nächste Woche Geburtstag habe." Ach du Schreck, Matt hatte Geburtstag. Das hatte sie total verdrängt. „Klar, dein

Geburtstag, wie könnte ich den vergessen?!" „Folgendes, ich mache spontan eine kleine Feier und würde mich sehr freuen, wenn du auch kommst. Du kannst gerne Kelly mitbringen oder jemand anderes. Ich weiß ja nicht, ob es da jemanden gibt?!" Sara überlegte, aber so schnell fiel ihr keine passende Ausrede ein und sie sagte schließlich zu. „Gerne, Matt. Ich komme gerne und Kelly freut sich sicher auch. Vielleicht bringe ich Cruz noch mit. Ich hoffe, die Arbeit macht mir keinen Strich durch die Rechnung." Matt freute sich. „Das hoffe ich auch. Also bis nächsten Samstag. 19 Uhr. Ach ja, die Feier findet bei Hannahs Eltern im Haus statt. Es ist ein Geschenk von Hannah. Außerdem wird bei mir noch renoviert." Auch das noch, dachte Sara. Jetzt musste sie auch noch die perfekten Eltern von der perfekten Hannah kennenlernen. Sie verdrehte die Augen. „Du, ich freu mich, Matt. Schick mir noch die Adresse." „Das mach ich. Also bis dann." „Ja, mach es gut", Sara legte auf und bereute jetzt schon, dass sie das Gespräch angenommen hatte. Sara nahm noch einen Schluck von ihrem Kaffee und dachte an Hannah. Sie studierte Jura, kam aus einem guten Elternhaus und manchmal machte sie einen etwas naiven und unselbständigen Eindruck. Das störte Sara aber nicht; was sie störte war, dass Hannah unglaublich hübsch war. Diese Tatsache hasste sie. Hannah achtete auf sich, trieb regelmäßig Sport, lachte viel und war ein Hingucker. All das verkörperte Sara auch einmal, aber seit Jahren zog sie sich immer weiter zurück und liebte mittlerweile Kleidung, in die sie eigentlich zweimal reinpasste. Ihre Augen hatten das letzte Mal vor über einem Jahr einen Kajalstrich gesehen, von Make-up ganz zu schweigen. Ihr Lieblingsessen war Tiefkühlpizza. Durch den dauernden Stress wirkte sie zunehmend ausgemergelt – das hielt ihr Kelly immer wieder vor und Sara wusste, dass sie recht hatte. „Entschuldigung. Ist der Platz hier noch frei?" Sara wurde aus ihren Gedanken gerissen. Eine ältere Dame stand mit ihrem Tablett vor ihr und lächelte sie fragend an. „Hm, natürlich. Ich wollte eh gerade gehen." Sara trank ihren Becher aus, packte ihren Donut in die Tasche und verließ den Schnellimbiss.

Sara eilte über die Straße und stieg in ihren Wagen. Sie fuhr nochmal zu dem Haus der Familie Gore. Während der Fahrt biss sie immer wieder gedankenverloren von ihrem Donut ab. Hinter ihr hupte ein Auto, die Ampel war auf Grün umgesprungen. „Arschloch", brummte sie vor sich hin und schaute mürrisch in den Rückspiegel, bevor sie weiterfuhr. Es herrschte viel Verkehr und Sara brauchte einige Minuten, bis sie am Haus war. Sie parkte dieses Mal direkt vor dem Anwesen. Es war eine makellose Straße mit makellosen Häusern nebeneinander. Sara stieg langsam aus und blickte sich um. Das Haus der Gores war zwar nicht das größte in dieser Straße, doch hob es sich durch einige feine Details von seinen stattlichen Nachbarn ab. Eine Wisteria rankte an der Häuserfassade entlang und schien das Haus mit ihren windenden Schmetterlingsblüten fest im Griff zu haben. Es sah auf der einen Seite imposant aus, auf der anderen Seite machte es Sara Angst. Plötzlich ein Kinderschrei, Sara zuckte zusammen, als wäre ein Geist hinter ihr. Sie riss ihren Körper in Sekundenschnelle herum. Entwarnung. Kinder spielten mit einem Ball am gegenüberliegenden Nachbargrundstück und starrten Sara neugierig an. Sara lächelte den kleinen Jungs zu und konzentrierte sich dann auf das Haus der Familie Gore. Vor der Einfahrt flatterte immer noch das gelbe Absperrband. Sie stellte sich vor, wie Bryan lachend mit seinem Ball in der Einfahrt gespielt hatte. Sie fragte sich wiederholt, wie es jemand schaffen konnte, den Kleinen unbemerkt von da zu entführen. Sie ging langsam zum Absperrband, hielt es hoch und bückte sich, damit sie drunter durchkam. Sie durchforstete die Einfahrt, jeden gefühlten Zentimeter auf der Straße, aber ihr fiel einfach nichts auf. Der Rasen war akkurat gemäht und die Blumen blühten. Kein Unkraut, nichts. Es war ein disziplinierter Garten, in dem keinerlei Unordnung gestattet war. Von

Lilly wusste Sara, dass die Gores einen Gärtner hatten, der offenkundig einen guten Job machte.

Das Haus war versiegelt, aber mit Regeln hatte es Sara noch nie so genau genommen und daher ignorierte sie diese Tatsache. Mit langsamen Schritten betrat sie das Haus, ging achtsam durch den Flur und schaute in jedes Zimmer. Unten befanden sich Küche, Wohnzimmer und Gästebad. Das Haus zeichnete klassische und klare Linien und die hellen Farben verliehen dem Gesamtbild einen Hauch vom mediterranem Flair. Die großen bodentiefen Fenster im Wohnzimmer brachten viel Licht in den Raum. Eine Tür führte direkt zur Terrasse und zum anliegenden Garten. Sara machte den Vorhang ein Stück zur Seite und blickte nach draußen. Auch hier hatte der Gärtner perfekte Arbeit hinterlassen. Nur ein Swimmingpool fehlte, dachte Sara. Sie ging jeden Raum noch einmal genau durch. Jedes einzelne Zimmer, schaute in jeden Mülleimer. Nichts. Es war zum Verrücktwerden, ein scheinbar sinnloses Unterfangen. Sie ging ins Obergeschoss, wo sich das Elternschlafzimmer, ein Gästezimmer und Bryans Kinderzimmer befanden. Ihr Weg führte sie geradezu in das Zimmer von Bryan. Als sie unmittelbar davorstand, bekam sie ein ungutes Gefühl. Sie hasste diese Momente.

Sie öffnete langsam die Tür und blieb eine Weile im Rahmen stehen. Eine unheimliche Stille herrschte. Sie blickte sich um. Es war ein großes Zimmer, größer als das von Noah, dachte sie. In der Ecke stand ein Bett mit blauer Bettwäsche, verziert mit Autos. Sara schmunzelte und betrat langsam das Zimmer. Die Tapete war gelb gestrichen. Sara fand es schrecklich. Mehrere Regalbretter hingen an der Wand, darauf etliche Kinderbücher, die Sara von Noah bekannt vorkamen. Ihr Blick streifte weiter durch den Raum. Am Fenster stand ein Schreibtisch, Malblöcke lagen darauf, daneben ein Stapel mit selbstgemalten Kunstwerken. Sara nahm das oberste Bild in die Hand und musterte es. Ein Feld und mehrere Kinder, die Baseball spielten. Am Rand standen Menschen, die jubelten – das glaubte Sara zumindest zu erkennen, weil sie die Arme hochrissen. Sie lächelte und verharrte einen Moment, während sie sich eine Strähne aus dem Gesicht strich. Sie legte das Bild wieder zu den anderen. Sie ging zu einem Regal, das unmittelbar daneben stand. Unzählige Spiele lagen dort drin – alle ordentlich sortiert. Es war aufgeräumt und sah nicht aus wie ein typisches Jungen-Kinderzimmer. Wenn sie da an Noahs Zimmer dachte, wo sie kaum einen Fuß auf den Boden setzen konnte, war sie schon verwundert, wie ordentlich Bryan war. Was Sara sehr stutzig machte, war, dass der Junge keinen Computer oder Ähnliches besaß. Er war zehn und in der heutigen Zeit besitzen 10jährige teilweise schon Handy und Computer. Sie zuckte mit den Achseln und überlegte, ob sie Noah ein Handy kaufen sollte. Sie schüttelte mit dem Kopf. „Sara, er ist erst 7!“, sagte sie sich selbst. Sie ging einmal durch das komplette Zimmer, schaute unterm Bett, in den Schränken und Schubladen, fand aber nichts Auffälliges. Sie seufzte und ging wieder ins Erdgeschoss. Ihr war klar, dass sie hier nichts mehr ausrichten konnte.

Es war mittlerweile Mittag, das Phantombild müsste langsam fertig sein. Sara beschloss, ins Krankenhaus zu fahren. Vielleicht konnte sie dort etwas in Erfahrung bringen. Sie verließ das Haus, stand auf dem Bürgersteig und blickte sich um. Es war eine Art von Wohngegend, in die die Menschen ziehen, um dem Bösen aus der Großstadt aus dem Weg zu gehen und sie dummerweise annahmen, dass Geld sie vor jeder Gefahr schützen könnte. Niemanden rechnete damit, dass das Böse einen hier findet. In ihr stieg plötzlich ein mulmiges Gefühl auf, sie fühlte sich beobachtet, ihr war ganz unwohl. Sie blickte sich um und konnte gerade noch erkennen, wie ein Auto mit erhöhter Geschwindigkeit um die Ecke bog. Sie konnte nicht sehen, was es für ein Fabrikat war. Sie atmete tief ein und drehte sich einmal um ihre eigene Achse. Die

Sonne funkelte vom Himmel und Sara begann zu schwitzen. Auf der anderen Straßenseite entdeckte sie lediglich eine Nachbarin, die Blumen in ihrem Garten einpflanzte. Die Frau winkte ihr freundlich zu, Sara lächelte sie nur schwach an. Sie stieg schließlich in ihren Wagen und fuhr los, das ungute Gefühl blieb aber.

## Kapitel 11

Im Krankenhaus angekommen, kam ihr Lilly auf dem Parkplatz entgegen. Es liefen mehrere Menschen durcheinander, Lilly war genervt, weil ein Mann sie anrempelte, als er eilig zum Eingang stürmte. Die Sonne schien ihr ins Gesicht und sie kniff die Augen zusammen. Dadurch entstanden leichte Krähenfüße um ihre Augenwinkel, die sie aber nicht älter aussehen ließen. Sie trug eine weite Khakihose mit Sneakern und einen Kapuzenpulli. Sie sah sehr sportlich aus. „Hallo Sara", sagte Lilly. „Hier, ich hab es. Das Phantombild." Sara reichte ihr ungeduldig die Hand. „Her damit." Lilly gab es Sara, die es genau betrachtete. Es war ein absoluter Durchschnittstyp darauf zu sehen. Dunkle kurze Haare, zwischen 45 und 55 Jahren, helle Haut, gepflegtes Erscheinungsbild, tief sitzende Augen, schmale

Augenbrauen und ein voller Mund. Die Gesichtsform war eher eckig. „Na toll, so sieht ungefähr die halbe Welt aus“, beschwerte sich Sara. „Frau Gore hat sich wirklich Mühe gegeben. Mehr haben wir nicht. Sollen wir trotzdem damit an die Presse?“, fragte Lilly. „Nein, noch nicht. Lass uns erst zurück ins Büro fahren.“

Da Lillys Auto in der Werkstatt stand, war sie mit dem Taxi zum Krankenhaus gefahren. Sara nahm sie jetzt mit. Sie saßen im Wagen und fuhren auf den Highway. Lillys Handy klingelte. Sie sah auf das Display und steckte es wieder in ihre Jackentasche. Sie wirkte nervös. Sara warf ihr einen Seitenblick zu. „Du kannst ruhig drangehen. Auch wenn es privat ist. Mich stört das nicht.“ Lilly schüttelte nur den Kopf. „Nein, das war nur ein Freund. Ich rufe ihn später zurück.“ Sara sah, wie ihre Lippen zuckten, sie wollte aber nicht weiter nachhaken. Beide hielten eine Weile inne. Vor ihnen lag ein Stau und es ging nur im Schritttempo weiter, Sara seufzte. „Auch das noch“, brummte sie vor sich hin. Die Sonne schimmerte auf dem Asphalt, Sara klappte die Sonnenblende herunter. Lilly schaute aus dem Fenster, sie schien in Gedanken. Die Hitze flimmerte auf der Motorhaube und vom Wagen vor ihnen wehten Abgaswolken auf der Straße hoch. „Wie geht es Frau Gore?“, fragte Sara schließlich, um die Stille zu durchbrechen. Lilly zuckte kurz zusammen, als hätte sie nur mit einem halben Ohr zugehört. Sie räusperte sich. „Nicht gut, sie ist völlig verzweifelt. Sie erreicht ihren Mann auch nicht. Und jetzt bräuchte sie ihn so dringend.“ Sara sah Lilly verwundert an. „Was? Der Mann ist immer noch nicht aufgetaucht? Unglaublich. Langsam macht er sich zu einem Verdächtigen!“ Der Verkehr rollte wieder. Die Sonne stand hoch oben am Himmel. Sie fuhren vom Highway ab und unzählige Supermärkte und Fastfood-Restaurants zogen vorbei. Sie bogen schließlich in eine ruhige Seitenstraße, um zum Revier zu gelangen. Es war eine Abkürzung, die Sara immer nahm, wenn sie aus dieser Richtung kam. Sie schaute in den Rückspiegel. „Komisch, dieser Pick-up ist seit Minuten hinter uns“, wunderte sie sich. Lilly blickte sich nervös um. Der Pick-up kam auffällig näher. Plötzlich lag ein Schatten über Saras Auto, der Wagen fuhr genau neben ihnen. „Lilly, erkennst du den Fahrer?“, Sara war nervös, Lilly schüttelte den Kopf. Ihre Hände fuchtelten in der Luft herum, als wären sie eigenständige Lebewesen. Sie beugte sich vor. „Nein, die Scheiben sind getönt.“ Eine Weile fuhr das Ungetüm ganz dicht neben ihnen her, bis der Fahrer plötzlich Gas gab und davonbrauste. Das Kennzeichen war total verdreckt. Sara und Lilly tauschten einen hastigen Blick aus, beide waren blass. „Hat sicher nichts zu bedeuten“, Lilly lächelte

Sara halbherzig an. Zwischen ihren Augen war wieder eine kleine Falte zu sehen, dieses Mal drückten sie jedoch Besorgnis aus. Sara starrte ins Leere, bevor sie Lilly skeptisch zunickte. Schließlich fuhren sie auf den Parkplatz des Police Departments.

Als die Frauen im Büro ankamen, hockten Cruz und Shawn über sämtlichen Akten. Sie sahen entnervt aus, Cruz kaute auf einem Zahnstocher rum. „Und wie sieht es aus? Habt ihr irgendwas gefunden?“ Beide schüttelten entmutigt den Kopf. „Nichts. Absolut nichts. Wenn wir was übersehen, dann nicht hierbei“, erklärte Shawn frustriert. „Keinerlei Verbindungen.“ Sara ließ sich enttäuscht auf ihren Stuhl fallen. „Bei mir sieht es ähnlich aus. Tut mir leid.“ Cruz fasste sich mit den Händen an den Kopf und streckte sich. Sara atmete durch. „Na gut, dann konzentrieren wir uns auf Folgendes. Wir haben das Phantombild von dem Fremden.“ Sara zeigte es in die Runde. „Wir gehen damit an die Presse. Aber wir suchen keinen Verdächtigen, sondern einen Zeugen. Haben wir uns da richtig verstanden? Shawn, du kümmerst dich bitte darum. Also, dass das Bild an die richtigen Leute kommt.“ Shawn runzelte die Stirn und rollte mit seinem Stuhl zu seinem Schreibtisch. „Cruz, Lilly, wir konzentrieren uns auf den Ehemann. Ich will, dass ihr alles über ihn herausfindet. Nehmt seine Vergangenheit auseinander. Checkt seine Anruflisten, seine Kreditkarte. Mehr können wir im Moment nicht tun." „Alles klar", entgegnete Lilly. Sie nahm ihre halbvolle Kaffeetasse und ging zu ihrem Arbeitsplatz. Cruz wollte auch los, aber Sara hielt ihn am Arm fest. „Cruz, ich brauch dich diesen Samstag. Hast du Zeit?" Cruz schaute sie verwundert an und zwinkerte ihr zu. „Ah verstehe, ich soll irgendwo deinen gutaussehenden Latino-Freund mimen, richtig?" Sara rollte mit den Augen. „Schlimmer! Viel schlimmer. Du sollst mich auf die Geburtstagsfeier von Matt begleiten."

## Kapitel 12

Es roch nach Schimmel und modriger Erde. Der Gang war lang und er lehnte an der Wand, die Decke dicht über ihm. Das Licht hatte er nicht anmachen müssen, dafür war er schon zu oft hier unten gewesen. Er überlegte fieberhaft, ob er diesen nächsten Schritt wieder tun sollte. Seit langer Zeit hatte er sich nicht mehr im Griff, es wurde immer schlimmer. Er spürte diesen Drang, konnte ihn nicht unterdrücken. Das letzte Mal, als er hier vor dieser Tür stand, war der Kleine noch alleine im Bunker gewesen. Der Junge war so verängstigt und er hatte beinahe Mitleid mit ihm. Doch das Mitleid verschwand schnell und er wollte nur noch eins: Seinen tiefen Drang ausleben. Er würde die Schreie nie vergessen und sie beruhigten ihn heute noch. Er atmete tief durch. Die Erregung kam zurück, er spürte sie. Er ging langsam zur Tür und schob den Riegel beiseite. Sie knarrte und ihm war freudig bewusst, dass die Kinder in diesem Moment wussten, dass er kommt. Er grinste, als er das dunkle Gewölbe vor sich sah. Er machte auch hier nicht das Licht an, sondern stand wie ein schwarzes Gespenst in der Tür. Minutenlang, ohne sich zu bewegen. Diesen Moment genoss er besonders. Die Kinder beobachteten ihn und es war ihm, als könne er ihre Angst bis hier oben riechen, den immer schneller werdenden Herzschlag hören. Er schluckte und ging langsam die Stufen hinab, seine Augen hatten sich an die Dunkelheit gewöhnt. Er schaute nach rechts und da war die Zelle von Jason. Er saß panisch in der Ecke auf dem Boden, die Arme um seinen kleinen Körper geschlungen. An ihm hatte er sich schon oft genug ausgetobt, also ging er weiter. An Mädchen war er nicht interessiert, also kam Jessica nicht in Frage. Um den Neuen konnte er sich noch oft genug kümmern, also blieb nur der kleine Dicke, Scott. Er blieb vor seiner Zelle stehen und schloss die Tür auf. Ganz langsam ging er hinein, sein Puls kam in Fahrt, seine Hände rieb er sich gierig in voller Vorfreude auf das, was jetzt kommen mag. Er stand unmittelbar vor Scott, der zusammengekauert auf seiner dreckigen Matratze lag. Scott hatte die Augen fest zugekniffen, bevor er sie angsterfüllt aufschlug und sofort winselte: „Nein, bitte nicht.“

## Kapitel 13

Shawn schickte seinen Leuten das Phantomfoto und dieses erschien am selben Abend noch in sämtlichen TV-Nachrichtensendungen und am nächsten Morgen in allen wichtigen Zeitungen. Ohne Erfolg. Obwohl wiederholt darauf hingewiesen wurde, dass es sich um einen wichtigen Zeugen und um keinen Verdächtigen handelte, passierte nichts. Niemand meldete sich, niemand kannte diesen Mann. Er blieb ein Phantom. Die Spur, von der sich Sara so viel erhofft hatte, erwies sich als Sackgasse. Bryan war mittlerweile seit drei Tagen verschwunden. Auch das Überprüfen von Kenneth Gore, dem Vater von Bryan, ergab nichts Auffälliges. Seinem Job als IT-Chef einer großen Firma ging er gewissenhaft nach und zurzeit befand er sich auf Geschäftsreise in Deutschland. Er besucht einen Kongress in Köln. Das hatte seine Firma wiederholt bestätigt. Dort wusste man auch nicht, warum er sich nicht meldete. Es gab bisher auf jeden Fall keinen plausiblen Grund. Mehr Fragen als Antworten. Sara lehnte sich in ihrem Bürostuhl zurück und drehte einen Stift zwischen ihren Fingern hin und her. Sie starrte ein Bild von Noah an, das auf ihrem Tisch stand. Es wurde an seinem 5. Geburtstag aufgenommen. Er strahlte in die Kamera, vor ihm eine Riesen-Torte. Er ahnte damals noch nichts von den Problemen, die seine Eltern hatten. Sara wurde traurig.

„Sara!“ Cruz riss sie aus ihren Gedanken. „Wir haben den Ehemann.“ „Was? Welchen Ehemann?“, fragte Sara. Cruz starrte sie ungläubig an und beugte sich vor. „Mensch, Kenneth Gore! Den Vater von Bryan!“ Sara stand auf. „Was? Wo ist er? Und vor allem, wo war er?“ Cruz setzte sich. „Er liegt im Krankenhaus. In Köln, Deutschland. Seit drei Tagen. Er hatte einen Unfall, als er mit seinem Kollegen im Mietwagen zu einem Termin fuhr. Er hatte keine Papiere dabei. Und naja, du kennst ja die Behörden. Mit wichtigen Informationen dauert es immer etwas länger über den großen Teich.“ Lilly und Shawn hatten sich mittlerweile zu ihnen gestellt und hörten Cruz aufmerksam zu. Lilly saß halb auf dem Schreibtisch, ihre Arme verschränkt. „Wie geht es ihm?“, fragte sie. „Es geht ihm den Umständen entsprechend gut. Ein paar Knochenbrüche. Er kann in ein paar Tagen zurück nach

San Diego fliegen." Cruz hatte alles aufgeschrieben. Shawn räusperte sich. „Von unserer Liste der Verdächtigen können wir ihn aber auch streichen." Shawn winkte enttäuscht ab. Stille. Sara setzte sich wieder hin und klatschte in die Hände. „Los Leute, weiter. Geht nochmal alles durch. Bis wir irgendetwas haben. Wir dürfen nicht aufgeben." Alle gingen zurück zu ihrem Arbeitsplatz. Sara wirkte resigniert. Auf ihrem Schreibtisch lag ganz oben das Phantombild des Unbekannten. Sie studierte es minutenlang. „Wer bist du?", murmelte Sara. Sie ließ das ungute Gefühl nicht los, dass dieser Mann mit den Geschehnissen etwas zu tun hatte. „Lust auf Mittagessen?" Lilly stand vor ihr. Sara schaute auf ihre Uhr. 11.45 Uhr. „Hm, zwar ein bisschen früh, aber warum nicht." Sie nahm ihre Jacke und beide verließen das Büro. „Kantine oder ins Chasey?", fragte Lilly, als sie am Fahrstuhl ankamen. „Auf jeden Fall Chasey. Bloß mal raus hier", antwortete Sara trocken, als die Fahrstuhltür aufging. „Hör mal, Sara. Ich wollte mich da neulich nicht einmischen bei der Sache mit Shawn." Beide standen im Aufzug. Sara atmete ein. Das Thema belastete sie, das spürte sie selbst. „Schon gut, Lilly. Ich hatte keine Ahnung." Sara stockte und überlegte, ob sie die nächste Frage stellen sollte. Sie tat es schließlich. „Was ist mit seiner Frau passiert?" Die Fahrstuhltür ging auf. „Das sollte dir Shawn selbst erzählen. Sofern er das möchte“, erwiderte Lilly. Sara bereute die Frage und nickte nur.

Als sie nach draußen auf die Straße traten, türmten sich rasch treibende Wolken am blauen Himmel. Der Himmel hatte sich rasend schnell zu einem düsteren Grau zusammengezogen. „Hm, da braut sich aber was zusammen“, stellte Sara fest und blickte zu den dunklen, bedrohlich tief hängenden Wolken. Lilly schaute skeptisch nach oben. Sie gingen ins Bistro auf der gegenüberliegenden Straßenseite. Als sie die Straße überquerten, hupte ein Auto. Lilly schrak förmlich zusammen, als wäre ein Schuss gefallen. „Hey, keine Angst.“ Sara fasste Lilly am Arm. „Das war nur ein bekloppter Autofahrer“, beruhigte Sara sie. „Du Idiot! Pass doch auf!“, schnaubte Sara den Fahrer an, der nur mit dem Kopf schüttelte und weiterfuhr. „Sara, ist schon okay. Los komm.“ Lilly lächelte nur gequält.

Das Chasey war beliebt bei den Cops, mittags war es immer bis auf den letzten Platz belegt. Da sie noch recht früh waren, war das Bistro aber relativ leer. Nur eine Dame saß in einer Ecke mit einer Tasse Kaffee, vertieft in die Tageszeitung. Sara erhaschte nur einen kurzen Blick auf die Titelseite „*Polizei weiter ohne Hinweise*“. Sie erkannte nur wenige Worte, aber die reichten ihr, sie schüttelte seufzend den Kopf. Lilly hatte einen Platz am Fenster ausgesucht. Sie hängte ihre Jacke über die Armlehne und setzte sich. „Tut wirklich gut, mal rauszukommen!“ Lilly nahm die Speisekarte in die Hand. Sara nickte. „Und wie, langsam ist es echt zum Verzweifeln.“ Auch Sara schaute in die Karte. Die Kellnerin kam. Auf ihrem Namensschild stand Josie. Sie musste neu sein, Sara hatte sie zuvor noch nie hier gesehen. „Kann ich Ihnen schon was bringen?“ Josie schaute die beiden lächelnd an, ihren Schreibblock griffbereit. „Ich nehme den Toast Hawaii und eine Cola-Light.“ Sara klappte die Karte zu. „Und für mich bitte den Salat mit Hühnchen und ein Wasser“, sagte Lilly. Josie schrieb alles mit und nickte. Sie verschwand Richtung Tresen und gab die Bestellung weiter.

Lilly beugte sich nach vorne, ihre Ellenbogen auf den Tisch gestützt. „Ich glaube, wir haben es mit einem verdammt gerissenen Menschen zu tun“, Lilly schaute Sara ernst an. Sara streckte sich, sie war müde. „Ja, da hast du recht. Ich versteh nicht, dass wir nichts haben.“ Josie kam mit den Getränken zurück und stellte sie auf den Tisch. „Danke!“ Lilly nahm sofort ein Schluck von ihrem Wasser. „Wir rekonstruieren mal“, setzte Lilly an. „Es gibt drei mögliche Motive, warum Kinder entführt werden. Erstens:

Es handelt sich um einen Pädophilen. Zweitens: Es geht um Lösegeld oder drittens: Es ist etwas Persönliches, um den Eltern wehzutun." Sara hörte aufmerksam zu. „Möglichkeit zwei und drei können wir ausschließen. Es wurde bisher bei niemandem Lösegeld gefordert und eine plausible Verbindung zwischen den Familien besteht auch nicht. Also bleibt leider nur Variante eins." Sara atmete ein. „Ja, leider", sie wollte sich gar nicht vorstellen, was die Kinder durchmachen müssen. Lillys Handy klingelte. Es lag auf dem Tisch. Sara konnte nicht erkennen, wer der Anrufer war. Lilly schaute auf das Display und packte das Handy in ihre Tasche. Sie war nervös, genauso wie neulich, als sie vom Krankenhaus zum Revier gefahren waren, erinnerte sich Sara. „Alles in Ordnung, Lilly?", sie schaute ihre Kollegin fragend an. Sie wusste eigentlich gar nichts über sie. „Lilly, alles in Ordnung?", Sara wiederholte ihre Frage, da Lilly nicht reagierte. Sie wirkte verängstigt. „Hm, ja. Alles gut", erwiderte sie, aber Sara glaubte ihr kein Wort. „Lilly, ich bitte dich, du hast doch was. Mir ist das bei dir schon öfter aufgefallen." Lilly strich sich zitternd eine Strähne aus der Stirn. Draußen ertönten die Kirchenglocken, es musste 12 Uhr sein. Sara schaute kurz hoch. Als ihr Blick zurück zu Lilly ging, sah sie, dass ihre Augen mit Tränen gefüllt waren. Sie versuchte es erneut. „Was ist los, Lilly?", fragte Sara skeptisch und schaute Lilly dabei ernst an. Sara dachte, Lilly würde jede Sekunde anfangen zu weinen, aber sie fing sich. Sie atmete tief durch. „Es ist alles okay“, erwiderte sie schließlich. Josie brachte das Essen.

## Kapitel 14

Lilly wollte nicht weiter über die Angelegenheit – wie sie es nannte – sprechen und beide Frauen aßen in Ruhe und ohne ein Wort zu verlieren ihr Essen, dann gingen sie zurück ins Büro. Sara versuchte, im Laufe des Nachmittages nochmals mit Lilly zu sprechen, aber ihre Kollegin blockte alles ab. Der weitere Tag verging ohne besondere Vorkommnisse. Es hatte mittlerweile angefangen zu regnen und der Himmel hatte seine Schleusen geöffnet. Der Regen prasselte gegen die Scheiben. Alle brüteten über den Akten. Sara war müde, ihr Körper meldete sich zunehmend. Ihr Nacken war steif und als sie eine Pause machte, um sich zu strecken, merkte sie, wie erhitzt und verkrampft sie war. Es war mittlerweile nach 22 Uhr. Sara und Shawn waren die letzten, die ihren Computer ausschalteten. Das Putzpersonal war schon im Büro zugange. Sara packte alle Unterlagen in ihre Tasche, sie wollte zu Hause alles noch einmal durchgehen. Sie nahm ihre Jacke und ging zum Fahrstuhl. Shawn ging ihr hinterher. Sara drückte den Knopf und beide warteten. Sara fühlte sich verpflichtet, eine Unterhaltung mit Shawn zu führen, wusste aber nicht worüber. Sie stiegen in den Aufzug. Sara blickte starr geradeaus, beobachtete die wechselnde Stockwerksanzeige und vermied jeglichen Blickkontakt mit Shawn. Schweigen, betretenes Schweigen. Schließlich spielte sie unbeholfen an ihrem Handy, als würde sie eine SMS lesen. Sie war froh, als die Fahrstuhltür wieder aufging, Smalltalk war eben nicht ihre Stärke.

Als sie nach draußen traten, klingelte plötzlich Saras Diensthandy. Die Luft war zwar noch feucht, aber der Regen hatte nachgelassen. Sara blieb stehen und schaute auf das Display, es war die Zentralnummer, die alle Anrufe bezüglich des Phantombildes entgegennahm. Sie schaute Shawn an, er blieb ebenfalls stehen. Sara nahm den Anruf entgegen. „Sara Cooper." „Hi, Sara. Ich bin es, Trish. Ich hab da jemanden, der felsenfest behauptet, er kenne den Kerl auf dem Phantombild." Sara spürte, wie sich ihr Magen vor Aufregung zusammenzog. „Alles klar, Trish. Stell ihn durch. Danke." Trish verband Sara mit dem Anrufer. „Sara Cooper, Police Department." Am anderen Ende hörte sie erst nichts. Die Verbindung war sehr schlecht. Doch dann erkannte sie die Stimme eines älteren

Mannes. „Hallo, ich rufe an wegen des Phantombildes.“ Der Mann sprach sehr laut. Sara sprach automatisch auch laut. „Ja, Sir. Wie ist Ihr Name?“ Sara machte den Lautsprecher an, damit Shawn mithören konnte. Der Mann am anderen Ende des Hörers ging nicht auf Saras Frage ein und sagte nur: „Lady. Der Kerl ist mein Nachbar!“ Sara wurde hellhörig, ihr Körper straffte sich. Shawn ging näher an Saras Handy. „Sir, sind Sie sich sicher?“ „Klar, mein Gehör ist zwar nicht mehr das beste, aber meine Augen sind top.“ Sara und Shawn schauten sich an, wussten den Anruf nicht wirklich einzuordnen. „Sir, geben Sie uns Ihre Adresse. Wir kommen zu Ihnen.“ Der Mann gab Name und Adresse durch. Sara legte auf. Shawn ging zu Saras Auto. „Was wird das, Shawn?“ fragte Sara. Ihr Kollege rührte sich nicht und hob nur die Schultern. „Na los, wir fahren zu dem alten Herrn. Glaubst du, ich lasse dich um diese Uhrzeit alleine fahren?“ Auch wenn Sara kein großer Fan von Shawn war, war sie in diesem Moment froh über seine Gesellschaft. Beide stiegen ins Auto. Shawn schmiss seine Tasche auf die Rückbank, stellte den Sitz richtig ein und schnallte sich an. Sara fuhr los.

Der ältere Herr wohnte in El Cajor, nicht weit vom Police Department. Nach knapp 15 Minuten Fahrt waren

Sara und Shawn am Ziel angekommen. Die Fahrt lang hörten sie den Jazz-Sender. „Ich liebe diese alten Schinken“, meinte Shawn und trommelte im Takt mit den Fingern auf seinem Knie rum. Sara schaute ihn an - ohne etwas zu erwidern. Damit hatte sich Shawns Versuch eines Gesprächsaufbaus auch schnell wieder erledigt. Er schaute aus dem Fenster. „Hier ist es, Nummer 18“, Shawn zeigte auf die Einfahrt und Sara parkte ihren Wagen davor. Sara musterte die Wohngegend. El Cajor war weniger ein Stadtteil, als vielmehr eine Reihe von einsamen Straßen. Nicht sonderlich schön hier, dachte Sara, genau genommen total hässlich. „Also, hier möchte ich mich nachts nicht hin verirren“, sagte sie sichtlich geschockt. Shawn schüttelte nur den Kopf. „Also, mein Kind lasse ich hier auch nicht spielen.“ Die Laternen auf den Straßen waren größtenteils kaputt, aber was sie sehen konnten, waren Mülltonnen, die am Straßenrand standen beziehungsweise lagen. Die Häuser waren heruntergekommen, fast überall fehlte der Putz an den Wänden. Zwei Typen mit Kapuzen, tief ins Gesicht gezogen, kamen in Richtung des Autos. Der eine trug Kopfhörer und hörte so laut Musik, dass selbst Sara im Auto noch in den Genuss der harten Hip-Hop-Töne kam. Sie hasste diese Musik. Die Kerle näherten sich langsam dem Wagen. Beide warfen Shawn und Sara ernste Blicke zu. Der eine grinste plötzlich und feuerte seinen Zigarettenstummel gegen das Fenster. Sara schnallte sich ab und wollte aussteigen. „Na warte, du Arsch!“ Shawn hielt sie am Arm fest. „Lass Sara, wir wollen nicht unnötig auffallen.“ Sara war sichtlich aufgebracht, aber sie beruhigte sich wieder. „Na gut, du hast recht. Diese Scheißkerle sind es nicht wert.“ Sie ließ sich in ihren Sitz fallen. „Was erwartest du von dem Zeugen?“, Shawn blickte seine Kollegin skeptisch an. Sie hob die Schultern. „Keine Ahnung. Lass es uns herausfinden.“ Shawn schnallte sich ab und stieg aus. Sara folgte ihm zu einem kastenförmigen Haus, welches eingezwängt war zwischen mehreren älteren, heruntergekommenen Wohnhäusern. Überall war das Holz der Wände gewellt und grau verwittert. Ringsum sah sie Fenster mit verschlissenen Vorhängen. Sie lagen im absoluten Dunkeln, als ob niemand dort wohnen würde. Sie war gespannt auf das, was der Mann zu sagen hatte.

Die Klingel war kaputt, wie Sara feststellte, als sie draufdrückte. Also klopfte sie. Einmal, zweimal. Nichts. Doch dann hörte sie Geräusche im Haus. Jemand näherte sich der Tür, sie ging langsam auf. Ein älterer Herr mit dicker Brille schaute Sara und Shawn erwartungsvoll an. Sein zum Großteil kahler Schädel wurde von einem kläglichen grauen Haarkranz umrahmt. Er musste an die 70 Jahre sein, wie Sara schätzte. Etliche Falten durchzogen sein humorloses Gesicht. „Na endlich. Ich warte ja schon eine halbe Ewigkeit“, murrte er die beiden an. Vorhandene Zähne waren Fehlanzeige in seinem Mund – entweder waren sie braun oder fehlten gänzlich, das konnte Sara auf die Schnelle nicht erkennen. Seine Bierfahne konnte sie aber auch auf diese Entfernung riechen. Der Zigarettengestank kam aus seinem Mund und aus der Wohnung gleichfalls. Er trug viel zu große Klamotten, Hosenbeine und Ärmel waren umgeschlagen. „Tut uns leid, Mr. Roland. Wir sind so schnell gekommen, wie wir konnten. Können wir reinkommen?“ Shawn blieb freundlich. Mr. Roland nickte und ließ die beiden durch. Sie betraten den Flur und als erstes hörten sie den Fernseher in einer unglaublichen Lautstärke plärren. „Immer geradeaus ins Wohnzimmer“, rief er hinterher. Sara und Shawn kamen an einer kleinen Wohnküche vorbei, die vor Schmutz nur so stand. Überall dreckiges Geschirr und der Boden schien auch schon eine Ewigkeit nicht mehr gewischt worden zu sein. Neben dem Fenster brummte ein uralter rostiger Kühlschrank vor sich hin. Das Wohnzimmer gab kein besseres Bild von sich. Der Staub war von Weitem zu sehen. Es war vollgestopft mit Krimskrams; schwer zu sagen, was im Einzelnen dort stand. Überall lagen Klamotten, Zigarettenstummel, alte Zeitungen und Bierflaschen. Das Sofa war löchrig, darauf lag eine olivgrüne Decke, die zusammengefaltet war. An der Wand hing eine alte Uhr, die aber nicht mehr funktionierte. Die ehemals weiß gestrichenen Wände und Decken waren durch das jahrzehntelange Rauchen vergilbt und ein gelber Schimmer war überall zu sehen. Unter dem vorherrschenden Gestank nach kaltem Zigarettenqualm roch es überall muffig und nach ungewaschenen Bettlaken.

Mr. Roland machte den Fernseher leiser. „Nehmen Sie Platz. Ist zwar kein Schloss, aber gemütlich“, sagte er lachend und Sara konnte wieder einen kurzen Blick auf seine nicht vorhandenen Zähne werfen. Sie ekelte sich. Sara und Shawn guckten sich irritiert an und nahmen schließlich auf dem durchgesessenen Sofa Platz. Mr. Roland ließ sich geschafft in seinen Sessel fallen, als hätte er einen Marathon hinter sich. Das Möbelstück machte Geräusche, als würde es gleich auseinanderfallen. Er zündete sich eine Zigarette an. „Möchten Sie etwas trinken? Ich habe allerdings nur Bier.“ Sara und Shawn winkten ab. „Nein, danke. Wir sind im Dienst.“ Sara bemühte sich, ihre Abneigung zu unterdrücken. Auf dem Couchtisch stand ein Aschenbecher, der vor Kippen nur so überquoll. Zudem erblickte sie die Zeitung von heute, das Phantombild war aufgeschlagen. Shawn beugte sich vor, seine Hände waren gefaltet. „Mr. Roland, Sie sagen also, dass der Mann auf dem Phantombild Ihr Nachbar ist, richtig?“ Er zeigte auf das Bild in der Zeitung und sprach langsam. Mr. Roland nickte und nahm einen Schluck aus seiner Bierflasche. In der anderen Hand hielt er seine Zigarette. „Ja, so ist es. Das ist James Spencer.“ Sara nickte herausfordernd. „Und da sind Sie sich sicher?“ Sie sah ihn misstrauisch an. „Natürlich, glauben Sie, ich erzähle Märchen?“ „Nein, Sir, natürlich nicht“, schaltete sich Shawn wieder ein. „Hat Mr. Spencer Familie, Frau, Kinder?“ Mr. Roland schüttelte den Kopf. „Nein, der doch nicht. Läuft rum wie ein Penner.“ „Wann haben Sie Mr. Spencer denn das letzte Mal gesehen?“, fragte Sara mit fester Stimme. Der alte Herr überlegte. „Hm, heute Mittag. Da hat er die Zeitung reingeholt. Er arbeitet nachts und steht daher immer erst mittags auf.“ „Woher wissen Sie das?“, wollte Shawn genau wissen. „Er hat es mir erzählt, ganz einfach“, antwortete Mr. Roland kurz und trocken, bevor er wieder einen langen Zug von seiner Zigarette nahm. „Wir sind Nachbarn, da trifft man sich ab und zu und plaudert. Haben Sie etwa keine Nachbarn?“ Sara überging die Frage. „Als was arbeitet er denn?“ „Er arbeitet im Hafen. Be- und entlädt die Schiffe. Oder so was Ähnliches. Hab nicht genau zugehört.“ Shawn atmete tief ein. Auch er schien langsam die Geduld zu verlieren. „Und wann kommt er in der Regel nach Hause?“ Mr. Roland überlegte wieder angestrengt, während er die Asche seiner Zigarette abklopfte. „Hm, so gegen 2 oder 3 Uhr morgens.“ Sara schaute ihn an. „Und das wissen Sie so genau, weil...?“ Sie wollte Mr. Roland den Satz beenden lassen. „Na, weil ich ein alter Mann bin und die müssen nachts öfter mal ins Bad. Wenn Sie wissen, was ich meine.“ Er lachte wieder so zynisch. Das reichte Sara, sie stand auf. „Vielen Dank, Mr. Roland. Wir überprüfen das.“ Shawn erhob sich ebenfalls. „Bitte bleiben Sie sitzen, Sir. Wir finden alleine raus.“ Mr. Roland stand trotzdem auf. „Was ist denn mit der Belohnung. Gibt es eine?“ Sara war schon auf dem Weg zur Haustür, drehte sich dann nochmal um. „Wenn Ihr Hinweis etwas ergeben sollte, melden wir uns wieder. Vielen Dank nochmal und auf Wiedersehen“, erwiderte sie gereizt. Mr. Roland blieb zurück und brummte irgendwas vor sich hin. Sara konnte es nicht verstehen, ihr war es aber auch egal.

Sara war froh, als sie draußen waren, erleichtert, endlich frische Luft einatmen zu können. „Was für ein Widerling“, Sara schüttelte sich. Shawn überlegte. „Und nun sollen wir uns die Sache mal anschauen und auf diesen Spencer warten? Vielleicht ist ja doch was dran.“ Sara schaute auf die Uhr. Ihr Blick sagte alles. Sie hatte keine Lust, sich die Nacht um die Ohren zu schlagen. Aber es war die einzige Spur, die sie hatten. „Na gut, lass uns warten. Zu Hause verpass ich sowieso nichts." Shawn nickte. „Ich lauf eben zur Tankstelle an der Ecke und besorg uns Kaffee und ein paar Sandwiches?!" Sara musste bei dem Gedanken an einen heißen Kaffee lächeln. „Ja, gerne." „Mit Milch und Zucker, richtig?" Er schaute sie fragend an. Sara nickte und Shawn ging im Eilschritt Richtung Tankstelle.

Sara lief zurück zum Auto und stieg ein. Es war mittlerweile kurz nach 23 Uhr und es war kühl geworden in San Diego. Sie zog sich ihre Strickjacke an und ließ sich in den Sitz fallen. Sie schaute durch die Windschutzscheibe, eine sternenklare Nacht hatte sie vor sich. Ein Obdachloser schlürfte an dem Auto vorbei, ohne zu erkennen, dass jemand in dem Auto saß. Er guckte in jeden Mülleimer und suchte Pfanddosen. Er zog zumindest einen Sack mit einem scheppernden Geräusch hinter sich her. Er verschwand aus Saras Blickfeld. Sie betrachtete das Haus von Spencer. Es war genauso hässlich wie das von Mr. Roland. Eine Atmosphäre der Verwahrlosung lag in der Luft und der Verfall hing wie ein Schleier über den Häusern. Sara stellte sich vor, wie heruntergekommen es innen wohl aussah und ob die entführten Kinder womöglich im Keller gefangen gehalten wurden. Sie verwarf den Gedanken und machte kurz die Augen zu. Plötzlich zuckte sie zusammen. Es war ihr, als hätte sie einen Blitz gesehen. Sie blickte sich um, in alle Richtungen. Zur Sicherheit verriegelte sie die Türen von innen. Sie beschlich sofort das ungute Gefühl, beobachtet zu werden. Genauso wie gestern Morgen vor dem Haus der Familie Gore. Ihr Blick war schlagartig wachsam. Sie blickte sich um und suchte Shawn, aber auch von ihm war nichts zu sehen. Sie legte ihre Hand an ihre Pistole, die sie am Gürtel trug. Sie war nervös. Sie hörte ihren eigenen Atem, der immer schneller ging. Plötzlich wieder ein Geräusch, sie erkannte einen Schatten im Blickwinkel. Jemand war an der Beifahrerscheibe. Sie riss ihren Körper rum und richtete ihre Pistole genau in die Richtung.

## Kapitel 15

Shawn starrte sie entgeistert an und riss sofort seine Arme nach oben. Er erschreckte sich genauso wie Sara. Sie atmete erleichtert auf und öffnete die Tür. „Bist du wahnsinnig? Du hast mich zu Tode erschreckt. Hast du jemanden gesehen am Auto?“, fragte sie ihren Kollegen, der schnell einstieg. Er schüttelte den Kopf. In seiner

Hand zwei dampfende Kaffeebecher, die zum Glück einen Deckel hatten, sonst hätte er alles verschüttet. „Nein, warum? Was ist denn los?“ „Ach, nichts. Vergiss es. Meine Nerven spielen mir mal wieder einen Streich.“ Shawn reichte ihr einen Kaffeebecher. Außerdem hatte er eine Tüte mit Sandwiches dabei. Diese legte er zu seinen Füßen. „Na, dann mal Prost!“, er streckte Sara seinen Becher entgegen und Sara prostete widerwillig mit ihm an. Ihre Hände zitterten noch ein wenig, aber das registrierte nur sie selbst. „Tut das gut“, sagte Shawn zufrieden, als er einen Schluck aus dem Becher nahm. Er suchte sein Handy raus. „Ich lass den Typen schon mal überprüfen. Mal gucken, vielleicht finden die Kollegen ja was.“ Shawn wählte die Nummer des Departments. Er wartete kurz. „Hallo, Doug! Ich bin es, Shawn. Tust du mir einen Gefallen und überprüfst einen Kerl namens James Spencer, wohnhaft Lorraine Drive 17, El Cajor. Vorstrafen, das Übliche halt. Danke dir!“ Shawn klappte sein Handy wieder zu. „Na, da bin ich ja mal gespannt“, sagte Sara. Auch Shawn ließ sich in den Sitz zurückfallen. „Das kann eine lange Nacht werden.“

„Darf ich?“ Shawn hielt Sara eine Zigarette hin. „Na gut, ausnahmsweise ja“, sagte sie trocken. „Das ist normalerweise ein Nichtraucher-Auto“, fügte sie streng hinzu. Er grinste. „Auch eine, Boss?“ Sara schüttelte den Kopf. „Nein, den Scheiß hab ich mir abgewöhnt. Ich möchte nicht so enden wie Mr. Roland!“ Shawn zuckte mit den Schultern. „Na gut, dann nicht.“ Er trank seinen Kaffee aus, stellte ihn neben die Tüte bei seinen Füßen ab, öffnete das Fenster einen kleinen Spalt und zündete sich die Zigarette an. Er nahm einen langen Zug und schien sich sichtlich zu entspannen. „Sollen wir reingehen?“, fragte Sara plötzlich. Shawn schaute sie entgeistert an. „Bist du wahnsinnig? Auf Basis der Aussage dieses alten Herrn können wir noch nicht mal mit Gewissheit sagen, ob es sich um den Typen auf dem Phantombild handelt. Und selbst wenn, dieser wird als Zeuge und nicht als Verdächtiger gesucht. Deine Worte, Sara. Schon wieder vergessen?“, belehrte Shawn seine Chefin. Sara hob abwehrend die Hand. „Ist ja schon gut, ich sehe es ein! Wir warten erst mal ab.“ Darauf folgte ein langes, kaum erträgliches Schweigen. Sara nippte immer wieder an ihrem Kaffee und Shawn rauchte seine Zigarette. Keiner schaute den anderen an. Sara war es unangenehm, sie überlegte, was sie sagen könnte.

„Wie geht es eigentlich deiner Tochter?“, fragte Sara plötzlich. Sie selbst schien erstaunt über ihre Frage. Auch Shawn schaute sie fragend an. „Hm. Besser. Danke der

Nachfrage. Sie hat eine Erkältung. Nichts Schlimmes. Sie kann aber morgen wieder in den Kindergarten. Ihre Großmutter ist bei ihr." Er zog erneut an seiner Zigarette. Sara lächelte. „Schön, das ist schön." Beide waren verlegen, sie hatten noch nie ein privates Wort ausgetauscht. „Shawn, hör zu. Es tut mir leid, dass ich dich neulich so angeraunzt habe." Sie machte eine Pause. „Lilly hat kurz deine familiäre Situation angesprochen. Ich hatte keine Ahnung. Es tut mir schrecklich leid mit deiner Frau." Shawn schaute sie an. „Ist schon gut. Lilly hat mir gesagt, dass sie es dir erzählt hat." Er schaute auf den Boden, er wurde ganz ruhig. „Es ist nicht immer einfach. Mal geht es mir besser, mal schlechter." Sara holte tief Luft. „Darf ich fragen, was passiert ist?" Er löste den Blick vom Boden und zog ein letztes Mal an seiner Zigarette. Er hatte sie bis zum Filter runtergeraucht und schnippte sie durch das Fenster nach draußen. „Linda, meine Frau, ist bei der Geburt unserer Tochter gestorben. Das ist jetzt drei Jahre her." Seine Unterlippe zitterte leicht. Sara war so überrascht, dass ihr die Worte fehlten. Nichts, was sie hätte sagen können, schien wirklich angemessen. Shawn sprach weiter. „Es sollte der schönste Tag unseres Lebens werden. Wir hatten uns so auf die Kleine gefreut." Er lehnte sich zurück. Es schien, als würde er sich in die Vergangenheit zurückversetzen. „Wir hatten es nicht immer leicht. Ich habe viel gearbeitet. Viel zu viel. Wir haben oft gestritten. Auch das Wort Trennung lag öfters im Raum. Dann eröffnete mir Linda, dass sie schwanger sei.“ Shawn lächelte, obwohl seine Augen immer glasiger wurden. Sara umklammerte ihren Kaffeebecher ganz fest mit ihren Händen und hörte ihm aufmerksam zu. Er blinzelte kurz. „Ich war erst geschockt über diese Nachricht. Ich ein Vater? Das machte mir einfach wahnsinnige Angst. Doch dann haben wir viel darüber gesprochen. Ich habe Linda meine Ängste mitgeteilt.“ Seine Stimmte kippte und er drängte Tränen zurück. „Sie hat mir meine Angst nehmen können. Und aus meiner Angst wurde eine unbeschreibliche Freude.“ Sara lächelte betreten, das war sicherer, als etwas zu sagen. „Bis zur Geburt gab es keine Bedenken“, fuhr Shawn fort. „Alles verlief normal. Wir waren regelmäßig bei der Vorsorge. Linda fühlte sich wohl.“ Er rieb sich die Stirn und schaute aus dem Fenster. „Dann war der Tag gekommen. Die Wehen setzten ein. Wir sind sofort ins Krankenhaus und sie kam in den Kreißsaal. Dort wurde es schnell hektisch. Linda hatte unglaubliche Schmerzen. Überall war so viel Blut. Ich wurde immer nervöser. Als ich dann aus dem Kreißsaal gebeten wurde, bekam ich Panik.“ Immer noch sah er Sara nicht in die Augen. Er hielt den Blick gesenkt, als widerstrebte es ihm, das Ausmaß seines Schmerzes zu zeigen. Sara wusste nicht, was sie tun sollte. Sie nahm intuitiv seine Hand, aber sagte weiter nichts. Sie bemerkte nur, dass ihre Wangen anfingen zu glühen. Sie hörte ihm weiter zu. „Ich wartete Stunden draußen, es war ein Alptraum. Dann kam irgendwann der Arzt raus und teilte mir mit, dass es Komplikationen gegeben hatte. Sie hätten versucht, beiden das Leben zu retten. Meine Frau sei aber schließlich an dem hohen Blutverlust gestorben." Er stockte. Sara drückte seine Hand fester. „Aber die Kleine hat überlebt. Der Arzt führte mich zu ihr und da lag dieses kleine Wesen in diesem Brutkasten." Er hielt kurz inne und rieb sich die Augen. Sogar ein Lächeln huschte über seine Lippen. „Sie war wunderhübsch. Sah aus wie ihre Mutter. Ich werde diesen Moment nie vergessen. Es war ein Moment voller Tragik und Glück." Er holte Luft und schaute das erste Mal seit der Erzählung wieder Sara an. Es schien, als wäre er wieder im ‚Hier und Jetzt' angekommen. Er räusperte sich. „Oh Sara, entschuldige. Ich wollte dich hier nicht volljammern." Sara schüttelte nur den Kopf. Ihr standen Tränen in den Augen. „Shawn, das ist alles so schrecklich. Ich weiß gar nicht, was ich sagen soll." Sie klang bestürzt. Er schaute sie an. „Du musst gar nichts sagen. Danke, dass du mir zugehört hast. Das tat gut. Ich habe lange nicht mehr darüber gesprochen." Er schaute sie an. „Es geht mir mittlerweile wieder besser. Lindas Mutter hilft mir. Ohne sie wäre ich aufgeschmissen. Wir ziehen die Kleine quasi zusammen auf.“ Sara nickte. „Woher nimmst du die Kraft, Shawn?“, fragte sie ruhig und bestürzt zugleich, während sie ihn anblickte. Shawn rieb sich den Nasenrücken und hielt einen Moment inne, dann sagte er leise. „Glaub mir, es gibt so viele Momente, in denen ich zusammenbrechen möchte. Wo ich aufgeben will. Es sind so viele Momente.“ Er stockte abermals. „Aber wenn die Kleine morgens in mein Bett krabbelt und mir ein Lächeln schenkt, dann weiß ich, wofür ich weiterlebe. Die Kleine gibt mir die Kraft. Jeden Tag. In ihr lebt Linda weiter.“ Sara musste ihre Tränen zurückhalten. „Wie heißt deine Tochter?“ Shawn lächelte. „Leila. Sie heißt Leila.“

Sie schwiegen. Sara zündete sich nun auch eine Zigarette an. Shawn schmunzelte, Sara hob abwehrend die Hände. „Sorry, die brauche ich jetzt!“ Shawn zündete sich ebenfalls eine an. Beide kurbelten ihr Fenster runter. „So, jetzt du, Boss. Was macht deine Ehe?“ Sara dachte nach. Ja, was macht eigentlich ihre Ehe?, fragte sie sich selbst. „Gute Frage“, erwiderte sie. Sie zog an ihrer Zigarette. Sie wollte weitersprechen, doch da klingelte Shawns Handy. „Oh es ist Doug, Sekunde.“ Er nahm den Anruf entgegen. „Doug, schieß los!“ Shawn hörte Doug zu und nickte nur.

Es war ein kurzes Gespräch. „Alles klar Doug, vielen Dank." Shawn klappte sein Handy zu. „Und?" Sara blickte ihn fragend an. „Na ja, Spencer ist vorbestraft. Mehrmals sogar. Aber nur wegen kleinerer Diebstähle, mehreren Kneipenprügeleien und Drogenschichten. Aber nichts, was auf Pädophilie hinweist." Sara seufzte resignierend. Mehr hatte sie eigentlich auch nicht erwartet. „Na großartig. Wir vergeuden hier mit Sicherheit unsere Zeit." Sara war genervt. Plötzlich durchschnitt ein Lichtstrahl die tiefe Dunkelheit. „Abwarten", sagte Shawn und zeigte auf einen Wagen, der sich langsam dem Haus näherte.

Das Auto fuhr vor das Haus von James Spencer und parkte dort direkt unter einer Laterne. Beide warfen ihre Zigaretten aus dem Fenster. „Das muss er sein", flüsterte Sara, als ob sie Angst hätte, Spencer könnte sie hören. Sara und Shawn waren angespannt. Ein Typ stieg aus, der nur schemenhaft zu erkennen war. Von der Statur und Größe könnte es hinkommen, er trug jedoch eine Mütze, die einen Schatten auf sein Gesicht warf. In Sara keimte dennoch Hoffnung auf, dass Mr. Roland vielleicht doch die Wahrheit gesagt hatte und es sich hierbei um den Typen auf dem Phantombild handelte. Shawn und Sara tauschten einen flüchtigen Blick aus, stiegen langsam aus dem Wagen und gingen Richtung Spencers Haus. Es war kurz nach 1 Uhr. Spencer kramte in seinem Kofferraum herum und zog schließlich eine Tasche heraus. Er klappte die Kofferraumtür zu und Sara stand unmittelbar vor ihm. Er zuckte zusammen. Shawn hielt sich etwas im Hintergrund. „Guten Abend, Herr Spencer! Sara Cooper, Police Department San Diego. Wir möchten Ihnen ein paar Fragen stellen." Sara hielt ihm ihre Marke hin. Spencer wirkte irritiert und überlegte. Die nächsten Augenblicke spielten sich in Sekundenschnelle ab. Er warf blitzschnell seine Tasche in Saras Arm, diese verlor kurz das Gleichgewicht und wich einen Schritt nach hinten aus. Diese Gelegenheit nutzte Spencer und rannte los. Doch er rechnete nicht mit Shawn, der sofort die Verfolgung aufnahm. „Bist du okay?", rief Shawn Sara zu. Und während sie nickte und auch schon lossprintete, hatte Shawn Spencer schon fast eingeholt. Spencer lief den Bürgersteig lang, ohne sich umzugucken. „Bleiben Sie stehen!", rief Shawn ihm mehrmals hinterher. Sara war dicht hinter ihm. Spencer ignorierte die Rufe und sprintete weiter. Shawn machte einen beherzten Sprung und erwischte Spencers Beine. Dieser kam ins Straucheln und fiel hin. Als er wieder aufstehen wollte, stand Sara über ihm und hielt ihm ihre Waffe ins Gesicht. „James Spencer, ich verhafte Sie wegen Widerstandes gegen die Staatsgewalt und den Verdacht der mehrfachen

Kindesentführung.“ Spencer weitete die Augen. „Bitte, was? Spinnen Sie?“

## Kapitel 16

Spencer wurde unmittelbar nach seiner Festnahme zum Verhör aufs Revier gebracht. Sara ließ sein Haus komplett auf den Kopf stellen. Sie wusste nicht, was sie von dieser Sache zu halten hatte. Sara und Shawn standen vor dem Verhörraum, beide mit Kaffeebechern in der Hand. Sie schauten durch eine Scheibe. Das Vernehmungszimmer war klein, damit der Verdächtige unmissverständlich das Gefühl bekam, in der Falle zu sitzen und keine Luft mehr zu bekommen. Luft, genauso wie Hoffnung, war in diesem Raum nämlich eher knapp. Graue Wände, drei Klappstühle und ein Tisch. In der Ecke oben war eine Videokamera montiert. In dem kahlen Raum saß James Spencer, sichtlich nervös. Im gelblichen Schein der Beleuchtung war sein Teint unglaublich fahl. Er konnte sie durch den venezianischen Spiegel nicht sehen, aber er wusste, dass er ihren Blicken ausgesetzt war. Sein kariertes Hemd hatte er hochgekrempelt und die Jeans war an den Knien zerrissen. Seine Mütze hatte er neben sich auf den Tisch gelegt, die Hände lagen unruhig daneben. „Was denkst du, Shawn?", Sara hielt ihren Kaffee fest umklammert. Shawn zuckte mit den Schultern, während er einen kräftigen Schluck aus seinem Becher nahm. „Wirklich Ähnlichkeit hat er ja nicht mit unserem gesuchten Mann, oder?!" Er musterte Spencer durch die Glasscheibe. „Aber irgendwas hat er am Stecken, sonst wäre er wohl kaum weggelaufen", fuhr Shawn fort. Er stellte seinen Becher hin. „Ich geh rein." Sara nickte ihm zu. „Viel Glück", sagte sie leise und gähnte.

Als Shawn die Tür öffnete, zuckte Spencer zusammen. Auf seiner Stirn standen Schweißperlen, obwohl es in dem Raum nicht warm war. Von oben hing eine Lampe herunter. Shawn hatte eine Akte und einen Umschlag unterm Arm. Er ging langsam zum Tisch, setzte sich gegenüber auf den Stuhl und schaute den Verdächtigen sekundenlang an, ohne ein Wort zu sagen. Umschlag und Akte legte er vor sich. Spencer wurde noch nervöser. „Wo bleibt mein Anwalt?", sagte er unruhig. Shawn schüttelte den Kopf. „Keine Ahnung. So lange können wir uns ja unterhalten, oder?" „Kann ich eine rauchen?" Spencers Hände zitterten. „Nichtraucherzimmer, tut mir leid", Shawn genoss seine Rolle. Spencer vergrub seine Hände unterm Tisch. „Wissen Sie, was ich hier habe? Ihre Akte!", Shawn schlug die Akte langsam auf und las laut vor.

„Versuchte Köperverletzung, wiederholter Diebstahl, diverse Drogendelikte“, er schüttelte mit dem Kopf, während er sein Gegenüber direkt ansprach. „Sie sind ja ein verdammt netter Bursche.“ Shawn klappte die Akte wieder zu, stützte seine Ellenbogen auf ihr ab. Spencer machte die Augen zu, sagte aber nichts. „Warum sind Sie weggelaufen, James? Ich darf Sie doch James nennen, oder?!“ Shawn klang sachlich. Spencer überging die zweite Frage und suchte nach einer Antwort für die erste. „Wenn bei Ihnen um 1 Uhr morgens die Polizei steht, würden Sie doch auch wegrennen, oder?“ Shawn schaute in die Luft und tat so, als würde er überlegen, dann blickte er Spencer ernst an. „Nein, das würde ich nicht. Also? Warum?“ Shawn legte beide Hände auf den Umschlag. Spencer zog die Schultern hoch. „Mein Gott, Sie kennen ja meine Akte. Ich habe einfach Panik bekommen.“ Shawn nickte. „So so, Panik. Aber wenn man nichts zu verbergen hat, dann sollten selbst Sie wissen, dass wegrennen alles nur noch viel schlimmer macht, oder?!“ Shawn lächelte Spencer schwach an. Keine Reaktion. „Na gut, dann versuchen wir es mal anders.“ Shawn öffnete den Umschlag und legte Bilder von Scott, Jessica, Jason und Bryan auf den Tisch, so dass Spencer sie unmittelbar vor sich liegen hatte. Er räusperte sich, Shawn blickte ihn energisch an. „Kennen Sie eines dieser Kinder, James? Und ich frage Sie das nur einmal.“ Spencer rutschte nervös auf seinem Stuhl hin und her und starrte auf den Tisch, dann auf den Boden. „Nein, verdammt. Ich kenne diese Kinder nicht und ich habe auch nichts mit ihrem Verschwinden zu tun“, nuschelte er.

Sara betrat den Raum, Spencer bekam fast einen Herzinfarkt. Sie blickte ihn ernst an, er wich ihrem Blick aus. Sara kam zu dem Tisch und setzte sich neben ihren Kollegen. Sie hatte von draußen das bisherige Gespräch mitbekommen. In der Hand hielt sie etwas, Shawn konnte aber nicht erkennen, was es war. Sara beugte sich vor, legte ihre Hände gefaltet auf den Tisch. „So, Sie sagen also, dass Sie keines dieser Kinder kennen? Sind Sie sich da hundertprozentig sicher?“ Ihre Stimme klang freundlich. Shawn verfolgte die Szene skeptisch, er wusste nicht, was seine Kollegin vorhatte. Spencer schwitzte immer mehr und verschränkte die Arme vor seinem Körper. „Ich möchte jetzt meinen Anwalt sprechen. Auf der Stelle.“ Shawn schaute auf die Uhr. Es war mittlerweile 2.55 Uhr. Er wunderte sich auch, wo der Anwalt blieb. Sara ignorierte Spencers Bitte, stattdessen legte sie eine Karte auf den Tisch und schob sie langsam zu Spencer rüber. „Kennen Sie diese Karte?“ Spencer schüttelte den Kopf, sein Körper straffte sich aber. „Nein, keine Ahnung.“ Seine Hände waren schweißnass. Sara tippte mit ihrem

Finger auf die Karte. „Die wurde in Ihrer Wohnung gefunden. Und wissen Sie, was das ist? Das ist die Visitenkarte von Caroll Walsh, der Mutter eines dieser verschwundenen Kinder. Scott Walsh." Stille. Sara stand plötzlich auf und ihre Stimme wurde laut. „Und jetzt kommen Sie mir nicht mehr damit, dass Sie die Walshs nicht kennen!" Sie schlug mit ihren Händen energisch auf den Tisch. Spencer zuckte zusammen, seine Lippen bebten. „Also, was haben Sie dazu zu sagen? Raus damit!" Sara hatte sich zwar wieder gesetzt, aber ihre Stimmlage klang nicht minder fordernd. Spencer rieb sich die Stirn und er schluckte krampfhaft. „Also gut", sagte er leise. „Ich kenne Caroll Walsh. Der Job am Hafen bringt nicht so viel ein. Also mache ich nebenbei auch noch andere Arbeiten. Ich kann ganz gut handwerkern." Er machte eine Pause, seine Augen zuckten. „Keine Ahnung, irgendwann rief mich Mrs. Walsh an und fragte, ob ich mir ihre Dusche einmal angucken könnte." „Woher hatte sie Ihre Nummer?", fragte Shawn ruhig. Spencer zuckte mit den Schultern. „Ich weiß es nicht. Wie gesagt, ich war schon in mehreren Häusern und habe da Kleinigkeiten gerichtet. Auch in ihrer Gegend. Wahrscheinlich hatte sie die Nummer von einer Nachbarin. Fragen Sie sie doch." Spencer wurde nun auch lauter. „Das werden wir", erwiderte Shawn nur knapp. „Und dann?", Sara schaltete sich wieder in das Gespräch ein. „Ich bin hingefahren. Das war vor ungefähr sechs Monaten und ich habe ihre Dusche repariert. Wir haben uns ganz nett unterhalten. Sie hat mir daraufhin ihre Karte gegeben. Sie ist Gärtnerin. Für den Fall, dass ich mal ihre Hilfe brauche. Mehr nicht, das war es.“ „Was ist mit Scott?“, Sara wollte antworten. „Scott hab ich überhaupt nicht gesehen. Er war nicht da. Ich schwöre es!“ Er atmete tief ein. „Als dann die Nachricht im Fernsehen kam, dass Scott verschwunden ist, war mir schon klar, dass sie mich verdächtigen würden, sobald rauskommen sollte, dass ich im Haus war. Na ja, bei meiner Vorgeschichte auch kein Wunder. Daher bin ich vorhin weggelaufen.“ Sara schloss die Augen. Diese schlichten Ausführungen hatten den Beigeschmack von Wahrheit. Es klang alles plausibel. In diesem Moment ging erneut die Tür auf. Ein verschlafener Mann mit Gewichtsproblemen, Ende 50, stand in der Tür. Guten Morgen, Richard Corwall, ich bin der Pflichtverteidiger von Mr. Spencer. Ich möchte Sie bitten, alle weiteren Fragen nur in meiner Gegenwart zu stellen.“ Er klang müde und lustlos. Shawn und Sara standen auf. „Wir sind hier eh fertig“, Sara klang resignierend. Sie ließen Spencer und seinen Anwalt alleine.

„Lass das alles überprüfen“, Sara war genervt. „Lass außerdem morgen früh direkt Amanda Gore kommen. Sie soll sagen, ob er der Kerl aus der Reinigung ist. So lange können wir ihn hierbehalten. Länger nicht.“ Sara bemerkte selbst, wie angespannt sie klang, anders als zuvor. Shawn nickte, während er gähnte. Sara wusste, dass Spencer nicht der gesuchte Mann war, aber sie wollte auf Nummer sicher gehen. „Und jetzt ab nach Hause.“ Sara zog ihre Jacke über. Als sie aus dem Revier kamen und auf dem Parkplatz standen, reichte Shawn ihr etwas. Sara war stutzig. „Was ist das?“, fragte sie. „Dein Käsesandwich.“ Er lächelte sie müde an. „Ärger dich nicht, wir mussten der Spur nachgehen. Konnte ja keiner ahnen, dass es nichts wird.“ Er zuckte mit den Achseln. „Schlaf gut, Boss“. Er winkte ihr und ging zu seinem Auto. Sara setzte sich ebenfalls ins Auto. Die Uhr zeigte 3.23 Uhr. Sie gähnte und ließ sich in ihren Sitz zurückfallen. Sie musste an die Kinder denken und dass sie keinen Schritt weiter waren. Ihr wurde ganz unwohl. Ob die Kinder überhaupt noch lebten? Und wenn ja, was müssen sie wohl durchmachen? Sara rieb sich die Augen, atmete durch und fuhr los.

## Kapitel 17

Bryan lag schweißgebadet auf seiner Matratze, ohne zu wissen, ob es Tag oder Nacht war – geschweige denn die Uhrzeit. Dieser Alptraum hatte ihn aus seinem Schlaf gerissen, aber ihm wurde schnell klar, dass es kein Alptraum war. Diese Schreie, immer wieder diese Schreie, ließen ihn angsterfüllt aufschrecken. Bryan stand immer noch unter Schock, von dem, was der Mann mit Scott gemacht hatte. Scott hatte seitdem kaum ein Wort mehr gesprochen. Er lag zusammengerollt auf seiner Pritsche mit dem Gesicht zur Wand. Bryan war klar, dass der Mann auch zu ihm kommen würde – früher oder später.

Mittlerweile hatte er sich aber an seine Umgebung gewöhnt und er konnte alles ziemlich gut erkennen, trotz der Dunkelheit. In dem Keller befanden sich fünf kleine Zellen, auf der einen Seite zwei, auf der anderen Seite drei. Er hatte schon jeden Quadratmeter seines Verlieses erkundet, ohne irgendwelche Schwachstellen zu entdecken. Oben war die Tür, es war eine schwere Tür. Soviel konnte Bryan erkennen. Die sechs Stufen, die er zu sehen glaubte, führten zu dem Gang, der zwischen den Zellen lag. Er war mit Scott auf einer Seite, das Mädchen mit dem anderen Jungen unmittelbar gegenüber. Die Wände waren dick.

Sehr dick. Aus Beton. Zu brüllen machte wohl keinen weiteren Sinn. Er glitt zu Boden und legte sich zusammengerollt in eine Ecke, seine Arme um den eigenen Körper geschlungen. Er verkroch sich in seiner Verzweiflung. Alles war so unheimlich. Er war in einem Käfig gefangen – wie ein Tier. Der Boden war aus harter Erde, kalt und dreckig. Sie mussten weit unter der Oberfläche sein. Er schloss die Augen und kämpfte abermals gegen die Angst an, die sich in seine Brust zu bohren, sein Herz mit eiserner Faust zu packen schien, wenn er nur an den vermummten Mann dachte. Plötzlich spürte er einen leisen, kühlen Luftzug in seinen Haaren. Außerdem nahm er ein seltsames Geräusch wahr, wie ein Summen. Er blickte nach oben. Er konnte ein Gitterrost erkennen. Das musste die Luftzufuhr sein, dachte er kurz. War sich aber auch nicht sicher. Es wurde still. Die Kinder schienen zu schlafen. Er blickte zu seiner schmutzigen Pritsche. Darauf lag eine Wolldecke, löchrig und bestimmt seit Jahren nicht mehr gewaschen. Er schüttelte den Kopf und versuchte, erneut seine Tränen zu unterdrücken. Dann ging die Tür auf und die schwarze Gestalt stand oben auf der Treppe, er hatte etwas in der Hand.

## Kapitel 18

Das Team von Sara kam mit den Ermittlungen nicht weiter. Die Überprüfung von James Spencer stellte sich als totaler Flop heraus. Alles, was er sagte, stimmte. Das bestätigte Caroll Walsh. Amanda Gore war sich außerdem sicher, dass Spencer nicht der Mann aus der Reinigung war. Sie mussten ihn gehen lassen. Weitere brauchbare Hinweise auf den Täter gingen ebenfalls nicht ein. Die nächsten Tage waren allesamt erfolglos. Sara saß im Besprechungsraum und fixierte die Bilder der Kinder, es war noch früher Morgen. Sie rieb sich den Nacken und ging nochmal sämtliche Akten durch. Da waren Zeugenaussagen, Resultate der Laboruntersuchungen und Bilder der Kinder – es gab absolut keine verwertbaren Ergebnisse und schon gar keine Überwachungsbilder. Theorien gab es dafür eine Menge, aber alle Ermittlungen führten ins Leere. Sara nippte an ihrem Kaffee und konzentrierte sich auf die Resultate der Haar- und Faseranalyse von den jeweiligen Tatorten. Sie hatte die Akten schon hundertmal durchgearbeitet, aber ihr fiel einfach nichts Besonderes ins Auge.

Sie ließ sich in ihrem Stuhl zurückfallen und betrachtete die einzelnen Porträtaufnahmen. Keines der Kinder hätte ahnen können, dass es jemals hier hängen würde. Sie hatten zu wenig über den Täter, nahezu gar nichts, daher mussten sie bei den Opfern suchen. Das erste Kind, Jason Smith, 8 Jahre alt, war vor ungefähr drei Monaten nach dem Schwimmunterricht spurlos verschwunden. Er wirkte sehr schmächtig, hatte knochige Arme und machte den Eindruck eines sehr schüchternen Kindes. Die Mutter wartete mit dem Auto draußen auf den Kleinen, der aber nicht aus der Schwimmhalle kam. Das zweite Kind war Jessica Warner, eine 10-jährige Schülerin. Sara betrachtete ihr Bild. Ein hübsches Mädchen mit langen dunklen Haaren. Ihre Augen guckten Sara mit einem aufgeweckten Blick an. Jessica wollte am Kiosk bei sich um die Ecke nur Süßigkeiten kaufen. Auch sie kam nicht nach Hause. Das war mittlerweile 13 Wochen her. Vor sieben Wochen war dann das dritte Kind verschwunden, Scott Walsh, ein 7-Jähriger. Wie seine Mutter war er etwas rundlicher, aber sein Lachen ließ auch Sara lächeln. Sie hatte selten ein so glückliches Lachen gesehen. Die alleinerziehende Mutter war mit ihm auf einem Spielplatz. Sie saß auf einer Bank und telefonierte mit ihrem Vater, als Scott plötzlich verschwunden war. Und jetzt Bryan. Sara schüttelte mit dem Kopf, sie konnte das alles nicht verstehen. Alle Kinder sind am helllichten Tag verschwunden und niemand hatte etwas beobachtet. Entweder sie hatte es mit einem unglaublich cleveren Menschen zu tun oder einfach nur mit einem Glückspilz – aber so viel Glück konnte ein Mensch nicht haben. Sie hob genervt die Arme und streckte sich.

Das Telefon riss sie aus ihren Gedanken. Sara kannte die Nummer nicht und nahm ab. „Cooper." Kurze Stille, dann hörte sie ein langes Atmen, bis eine Stimme ertönte. Eine Stimme, die sie sehr gut kannte. „Alan Lundberg", hörte sie am anderen Ende der Leitung. „Ich sitze gerade an der morgigen Ausgabe und wollte hören, ob es schon was Neues gibt oder ob Sie immer noch NICHTS haben", sagte er mit provokanter Stimme. Sara setzte sich aufrecht hin. „Lundberg!" Sara war gereizt, ihre Finger, mit denen sie den Hörer fest umklammerte, wurden langsam taub, während sie versuchte, ihre Worte zu ordnen. „Rufen Sie mich nie wieder an, verstanden?! Mit Ihren Hetztiraden helfen Sie weder uns noch den Kindern!" „Passen Sie lieber auf, dass Ihnen nichts entgeht", blaffte er zurück und beendete das Gespräch. Sie knallte den Hörer auf, dass alle im Büro sie anstarrten. „Habt Ihr nichts zu tun?", raunzte sie in die Runde. Sie rieb sich die Augen und überlegte fieberhaft. Ihr kam die Sache mit Lundberg immer abstruser vor. Woher hatte er immer die ganzen Informationen? Warum war er immer einer der ersten am

Tatort? Sara hegte schon länger einen bösen Verdacht, aber sie traute sich nicht, diesen Gedanken auszusprechen. Gab es eine undichte Stelle in ihrem Team? Sara schüttelte den Kopf, sie wollte sich frei machen von diesem Gespenst. Sie klappte seufzend die Akten zu, als plötzlich Shawn zu ihr gestürmt kam, er war aufgeregt. „Wir haben einen der Jungen gefunden!“

## Kapitel 19

Sara sprang auf und folgte Shawn. Lilly und Cruz waren bereits nach unten zu ihren Fahrzeugen gerannt. „Erzähl schon, Shawn! Wen habt ihr gefunden?“ Sie nahmen die Treppen und Sara hatte Mühe, ihrem Kollegen zu folgen. „Es ist Jason Smith. Der Junge, der vor drei Monaten verschwunden ist. Er muss irgendwie an ein Telefon gekommen sein, mit dem er seine Mutter angerufen hat. Er hat nur geweint und immer wieder um Hilfe gerufen.“ Sie waren unten angekommen und rannten zu Shawns Auto. „Und woher wisst ihr, wo der Junge jetzt ist?“, Sara wunderte sich. Shawn ließ den Motor an und trat auf das Gaspedal. „Im Hintergrund sind Geräusche zu hören. Unsere Kollegen vor Ort konnten diese herausfiltern. Es sind ganz deutlich Gleise zu hören und die Durchsage einer U-Bahn an einer Trolley Station. Es ist der Balboa Park. Er muss also im näheren Umkreis des Parks sein, wahrscheinlich in einem Keller.“ Sara wurde nervös, sie faltete ihre zitternden Hände. Sie hoffte, dass das nicht wieder eine Sackgasse war. „Was ist mit Jasons Eltern?“, fragte sie, ohne Shawn anzuschauen. „Die werden ins Präsidium gebracht. Es war schwer, sie zu beruhigen. Aber sie haben eingesehen, dass sie uns vor Ort keine Hilfe sind.“ Sara blickte stumm aus dem Fenster, ihre Gedankenwelt überschlug sich, während Shawn sich hupend durch den Verkehr kämpfte und über den hitzigen Asphalt jagte.

Sie fuhren westlich an den Park heran. Sara überlegte, was sie vorfinden würden. War dort nur Jason? Was ist mit den anderen Kindern? Ein mobiles Einsatzkommando war schon vor Ort, genauso Lilly und Cruz. Lilly kam ihnen entgegengelaufen. „Wir haben ihn! Wir konnten die Geräusche auf einen Radius von 500 Metern eingrenzen und schließlich waren die Geräusche zu orten. Es ist ein heruntergekommenes Gebäude, hier in einer Seitenstraße. Man hört Jasons Wimmern von der Straße aus. Sie konnten seine Position einwandfrei bestimmen. Er weint unentwegt.“ Sara wäre am liebsten sofort losgerannt, aber sie riss sich zusammen. „Wie gehen wir vor?“, fragte sie schließlich. Ein großer Mann mit breiten Schultern in schwarzer Montur trat an sie heran. Er trug einen Helm und war verkabelt. „Peter Welsh, ich bin der Einsatzleiter." Er nickte allen kurz zu, statt ihnen die Hand zu geben. „Meine Männer sind einsatzbereit. Wir werden von zwei Seiten das Gebäude stürmen. Zudem sichern wir das Dach. Wir können nicht einschätzen, ob der Kerl vor Ort ist. Wir wundern uns, warum er den Jungen unaufhaltsam weinen lässt. Vielleicht erwartet er uns und es ist eine Falle. Wir rechnen mit allem." Sara rieb sich die Augen. „Sie wollen also stürmen! Ist das nicht viel zu gefährlich?" Ihre Stimme klang besorgt. Welsh streifte ihren Blick nur. „Wir haben keine andere Wahl." Er drehte sich um und sprach in sein Funkmikro, das an seinem Helm befestigt war. „Alle in Position!"

Sara lief Welsh hinterher. „Ich komme mit." Er blieb stehen und blickte sie ernst an. „Nein, das werden Sie nicht. Haben wir uns verstanden? Lassen Sie uns unseren Job machen." Seine Augen fixierten ihre Augen. Sara erwartete einen klaren Befehl, doch Welsh schlug einen sanften Ton an. „Hören Sie, Cooper, Sie können in Reichweite bleiben und sobald wir alles gesichert haben, können Sie uns folgen." Sara nickte und blieb zurück, während Welsh schnellen Schrittes zu dem Gebäude lief.

Sara war nervös. Ihr Herz pochte, ihr ganzer Körper war angespannt. Cruz stellte sich zu ihr und zusammen beobachteten sie, wie die Teams die Positionen einnahmen. Der Umkreis war weiträumig abgesperrt worden, alle Bewohner mussten aus den umliegenden Häusern raus. So musste sich Sara zumindest keine Gedanken um neugierige Passanten und Reporter machen. Es lag eine unheimliche Stille in der Luft. Sie fixierte Welsh, der eine beeindruckende Ruhe ausstrahlte. Er sprach immer wieder in sein Mikro und gab Anweisung.

Sara wusste: Sobald alle Teams ihre Position eingenommen hatten, wird gestürmt. Sie hoffte inständig, dass der Kerl nicht im Haus war und durchdrehte. Cruz legte seine Hand auf ihre Schultern, als würde er ihre innere Unruhe spüren. „Das sind Profis. Mach dir keine Sorgen." Sara konnte sein Lächeln nicht erwidern. Cruz reichte ihr eine schusssichere Weste, er hatte bereits eine an. „Hier, zieh die über", bat er sie. Kommentarlos zog Sara die Weste an. Sie blickte sich um und beobachtete, wie ein Team von drei Personen sich rechts neben der Eingangstür positionierten – ihre Schusswaffen im Anschlag - und ein Dreier-Team links. Auf dem Dach lagen zwei Scharfschützen. Sara fixierte nur die Lippen von

Welsh, sie wartete auf die entscheidenden Worte, die in dieser Sekunde folgten: „Zugriff!“

**Kapitel 20**

Alles spielte sich in Zeitlupe ab. Mit einem Rammbock wurde die Tür aufgestoßen und die beiden Teams rückten dicht hintereinander in das Haus ein. Mehr konnte Sara nicht erkennen, Welsh war mit seinen Leuten in das Gebäude gestürmt. Die nächsten Sekunden sollten über Leben und Tod entscheiden. Sara vernahm Geräusche und Stimmen, die wild durcheinander flogen. Sara machte einen Schritt nach vorne, Cruz war dicht hinter ihr. Beide atmeten schwer. „Was dauert das denn so lange?“, nuschelte Sara vor sich hin.

Cruz wollte etwas erwidern, als Welsh wieder aus dem Haus trat. Er zuckte mit den Schultern und winkte Sara zu sich. Sara lief Richtung Welsh, gefolgt von Cruz. „Was ist passiert? Wo ist der Junge?“, Saras Stimme überschlug sich. „Sehen Sie selbst.“ Welsh trat einen Schritt beiseite, so dass Sara und Cruz in das Gebäude konnten. Sara vernahm die Laute von Jason immer deutlicher. Sie war verwirrt. Sie gingen einen kurzen Flur entlang, der schließlich zu einer

Treppe nach unten führte. Jasons Stimme war greifbar nah. Unten angekommen, blieb Sara regungslos stehen. Ein Kassettenrekorder lief. Ein Handy auf dem Boden. Ein leerer Raum, von Jason weit und breit keine Spur.

Sara eilte wutentbrannt die Stufen nach oben, sie wollte nur eins: An die frische Luft. Draußen angekommen, ließ sie einen Wutschrei aus: „Du verdammter Arsch!“ Sie schrie, so laut sie konnte, bis ihre Kehle wehtat. Ihre Lungen dehnten und zogen sich in krampfhaften Zügen auseinander. Ihr Team kam auf sie zu, aber keiner traute sich etwas zu sagen. Sara beruhigte sich langsam. „Wir werden hier nach Strich und Faden verarscht. Ich fasse es nicht. Er spielt ein Spiel mit uns und wir sind machtlos.“ Keiner erwiderte etwas darauf. Alle wussten, dass Sara mit ihren Worten genau richtig lag. Sie waren wieder am Anfang, sie hatten nichts. „Lasst uns zurück ins Büro fahren“, unterbrach Shawn die Stille. „Hier können wir nichts mehr ausrichten. Vielleicht ergibt die Spurensicherung was.“ Sara sah ihn ungläubig an, streifte die Blicke ihres Teams und sagte leidenschaftslos. „Wir haben total versagt.“

Auf dem Weg zurück zu ihren Wagen, blickte sich Lilly um und erkannte Lundberg, der an einer Straßenlaterne lehnte. Er nickte ihr zu. Sara hatte ihn nicht gesehen und Lilly machte sie auch nicht darauf aufmerksam. Ihr Magen zog sich zusammen, wenn sie nur an die Headline der morgigen Ausgabe dachte.

## Kapitel 21

Sara saß an ihrem Schreibtisch und versuchte, das Geschehene der letzten Stunden einzuordnen. Aber da gab es nicht viel einzuordnen. Sie waren dem Kerl eiskalt auf den Leim gegangen. Es war alles zu einfach gewesen. Der Anruf von Jason bei seiner Mutter, das Zuordnen der Hintergrundgeräusche, die genaue Eingrenzung des Hauses, das laute Weinen von Jason - einfach alles. Er hatte alles geplant, sitzt jetzt wahrscheinlich in seiner Hütte und feiert diesen Triumph, dachte sie.

Sie verdrängte diese Gedanken und betrachtete das Bild von Noah, das auf ihrem Schreibtisch stand. Sie hatte ihn ja eigentlich heute Morgen holen wollen, musste ihm wegen der Ermittlungen aber absagen. Matt zeigte sich zu ihrem Erstaunen ziemlich verständnisvoll. Lag wahrscheinlich daran, dass er Geburtstag hatte und sich mit seiner Hannah und Noah einen schönen Tag machen wollte. Sie dachte an heute Abend, Matts Geburtstagsfeier. Ihr wurde flau in der Magengegend. Shawn kam auf sie zu und riss sie aus ihren Gedanken, wofür sie sehr dankbar war. Er war sichtlich aufgebracht. „Du glaubst es nicht. Unser Freund Mr. Roland hat gerade angerufen und wahrhaftig nach seiner Belohnung gefragt." Sara schüttelte den Kopf. „So ein Penner! Und wir sind komplett auch auf ihn reingefallen. Wir sind eine absolute Deppentruppe." Lilly kam hinzu. „Ich muss kurz was erledigen. Ich bin gleich wieder da." Lilly ging zum Ausgang, Sara blickte ihr hinterher. Sie machte sich Sorgen um ihre junge Kollegin. Sara stand auf und ging zum Kaffeeautomaten und machte sich einen Cappuccino. Während sie sich die Milch aus dem Kühlschrank holte und wartete, dass der Kaffee durchlief, schaute sie aus dem Fenster. Lilly. Sara wurde stutzig. Lilly stand unten und diskutierte heftig mit einem Mann. Nein, es war kein diskutieren mehr. Sie schrien sich an und plötzlich hob der Mann seine Hand und schlug Lilly ins Gesicht. Sie wankte.

Sara schreckte zusammen, sie ließ alles stehen und liegen und stürmte raus. Sie suchte Cruz. „Cruz, komm mit. Schnell." Cruz schaute Sara nur verwundert an. „Hä, was ist los?" Er verstand kein Wort. „Los, komm!", erwiderte Sara laut, schon auf dem Weg zum Ausgang.

Cruz erhob sich von seinem Stuhl und lief ihr hinterher. Shawn blieb verdattert zurück. Der Aufzug war außer Betrieb, also rannten sie die Stufen runter. Sara nahm mehrere Stufen auf einmal, fast wäre sie gestolpert. „Was ist denn los?“, rief Cruz wiederholt. Sara sagte nichts, sie rannte nur. Auf der Straße angekommen, begriff Cruz blitzschnell. Lilly lag auf dem Boden, über ihr stand ein Mann, der sie unentwegt beschimpfte. Lilly hatte abwehrend ihre Hände über ihrem Kopf. Cruz zögerte keine Sekunde. Er stürzte sich auf den Kerl und warf ihn um. Beide lagen auf dem Boden und schlugen aufeinander ein. Cruz spürte, wie sämtliche Luft aus seinen Lungen entwich, es fühlte sich an, als hätte er sich das Rückgrat gebrochen. Cruz musste übel getroffen worden sein.

Sara eilte zu Lilly und kniete sich runter zu ihr. Sie half ihr auf und brachte sie außer Reichweite. Cruz hatte sich wieder aufgerappelt und war mit all seiner Kraft auf den Unbekannten losgegangen. Beide lagen wieder auf dem Boden; dieses Mal hatte aber Cruz die Oberhand, die Nase seines Gegenübers blutete stark. Er zog ihn nach oben und stemmte ihn heftig gegen einen Zaun. Cruz war stinksauer. „Verschwinde, du Mistkerl! Lass dich hier nie wieder blicken. Verstanden.“ Cruz war außer Atem. Der Kerl blickte ihn nur kalt an, seine Nase blutete immer noch. Er sagte gar nichts. Cruz packte ihn am Kragen und stieß ihn grob von sich weg. „Die Sache ist noch nicht vorbei!“, sagte der Fremde und spuckte Blut auf die Straße, seine Stimme klang aggressiv. Er verschwand. Mehrere Passanten waren stehengeblieben und betrachteten das Geschehen. Ein paar sichtlich geschockt, andere warfen der Situation neugierige Blicke zu. „Hier gibt es nichts zu glotzen!“, blaffte Cruz in die Menge und lief zurück ins Büro, obwohl seine Beine keineswegs damit einverstanden waren, eine so große Verantwortung zu tragen. Er wankte ein wenig.

Oben angekommen, saßen Lilly, Shawn und Sara an einem Tisch. Lilly war noch total aufgelöst. „Wer um alles in der Welt war dieser Idiot?“, Cruz tobte, seine Stimme klang abgehackt. Er war außer Atem. Lilly war völlig aufgelöst, sie stotterte. „Das war Tim. Tim Rough, vom 15. Revier. Er ist mein Ex.“ Cruz schaute entsetzt in die Runde. „Wie bitte? Ich habe mich gerade mit einem Bullen gekloppt? Na großartig.“ Er setzte sich. „Ich mach mal für alle Kaffee.“ Shawn stand auf und ging in die Küche, niemand schien ihn zu beachten. Lilly schaute Cruz an. „Danke, Cruz. Ich weiß nicht, was ich ohne dich gemacht hätte.“ Sara nahm Lillys Hand. „Was will der Kerl von dir?“, hakte Sara nach. Lilly verschränkte ihre Arme vor ihrem Körper, sie zögerte erst und verstummte. Sara sah, wie Lilly überlegte, wie sie ihre folgenden Worte formulieren soll. Schließlich sagte sie nur. „Tim bedroht mich seit längerer Zeit.“ Sara rückte näher an Lilly ran. Lilly trommelte mit ihren Fingern unruhig auf dem Tisch, ihre Nägel waren unlackiert. „Hat er dich geschlagen?“ Lilly senkte den Kopf. „Ja, einmal“, sie sprach ganz leise, flüsterte nahezu. „Dann hab ich mich getrennt. Das war vor vier Monaten. Seitdem verfolgt er mich. Ich bin schon umgezogen, aber er findet mich überall. Meine Handynummer habe ich zum fünften Mal ändern lassen, aber er bekommt sie immer wieder raus. Ich weiß nicht, was ich noch tun kann. Letzte Woche hat er meine Autoreifen aufgestochen.“ Lilly war verzweifelt und ließ den Kopf in ihre Hände sinken. Sara nahm ihre Hand. „Lilly, du musst ihn anzeigen! Hörst du?“ Sara versuchte ruhig, aber bestimmend auf ihre Kollegin einzureden, aber alles schien an ihr abzuprallen. Lilly schüttelte mutlos den Kopf. Die Bewegung wirkte steif und gezwungen, ihr Kinn zuckte. „Nein, das geht nicht“, hauchte sie leise. Cruz wurde laut. „Lilly, du musst diesen Typen anzeigen. Wir sind alle Zeugen! Der Kerl gehört weggesperrt.“ Lilly stand abrupt auf. „Ich kann nicht, bitte versteht das.“ Cruz hielt sie fest. „Doch Lilly, du kannst und du musst. Du bist nicht alleine. Wir helfen dir.“ Sie schüttelte den Kopf. „Ihr versteht das nicht. Es ist nicht nur er, es sind seine Freunde. Alles Cops. Die halten zusammen und machen mich fertig, wenn ich ihn anzeige. Das hat er mir mehr als einmal deutlich klargemacht." Sie seufzte und rieb sich die Augen. „Er wird schon irgendwann aufhören. Und jetzt lasst uns weiter nach den Kindern suchen." Sie ging zurück an ihren Schreibtisch, ihr Ton ließ keine weitere Diskussion zu. Cruz und Sara schauten sich nur skeptisch an.

Shawn kam mit dem Kaffee zurück, aber keiner wollte eine Tasse. „Wir können nichts machen, solange Lilly nicht mitmachen will." Sara zuckte mit den Achseln. „Bitte wechselt euch abends ab, dass sie nicht alleine nach Hause fährt. Mehr können wir im Moment nicht tun. Haben wir uns verstanden?" Shawn und Cruz nickten. Alle gingen zurück an ihre Arbeit, Sara war beunruhigt. Die Probleme häuften sich.

## Kapitel 22

Sara schaute auf die Uhr und stellte mit Erschrecken fest, dass sie sich beeilen musste. Matts Geburtstagsparty stand unmittelbar bevor und sie war mit Kelly vorher verabredet. Sara war nachmittags im Büro aufgebrochen und nach Torrey Pines gefahren, wo sie nun an den Klippen saß und aufs Meer schaute. Sie musste einfach mal raus nach diesen ganzen Rückschlägen. Sie hatte immer ihre Schwimmsachen im Auto und regelmäßig packte es sie einfach und sie fuhr hierher. Sie liebte diesen Ort und kam oft her, um abzuschalten, nachzudenken, ihre Gedanken zu ordnen. Torrey Pines gehörte zu dem schönsten Abschnitt des Pacific Coast Highway. Es war eine wunderschöne Stelle, oft hatte Sara das schon vergessen – in diesem Moment aber nicht. Ihre Laune hob sich für einen kurzen Moment und sie versuchte, den Fall und ihre Sorgen einmal zur Seite zu schieben. Es gelang ihr aber nicht wirklich.

Die Sonne ging langsam unter und der Himmel färbte sich langsam zartrosa, viele Menschen waren am Strand. Das war die Zeit, wo einige Fußball spielten, nochmal einen letzten Ritt auf einer Welle versuchten oder einfach eine Abkühlung brauchten - sie gehörte zu den letzteren. Eine steile Treppe führte zum Strand hinunter, sie führte über eine Böschung, die mit üppigen Bodenpflanzen bewachsen war. Sie ging hinunter zum Meer, zog ihre Sachen aus und lief im Bikini Richtung Wasser. Sie schwamm ein gutes Stück raus und ließ sich auf dem Rücken treiben, beobachtete die leicht aufziehenden weißen Wolken am Himmel. Das Wasser war nicht mehr so warm wie im August, aber immer noch sehr angenehm. Trotzdem waren nicht viele Menschen im Wasser und der Ozean gehörte Sara kurzweilig alleine. Der Ozean war zeitlos und deshalb eine Art Schutzhöhle für Sara. Hier fühlte sie sich wohl und geborgen. Die Abenddämmerung war immer eine hervorragende Zeit für Geständnisse, der untergehenden Sonne seine Sorgen und Sünden zu beichten. Sara schaute zum Strand. Die ersten Gruppen fingen an zu grillen und versammelten sich in kleinen Runden, redeten miteinander, lachten, machten Musik zusammen und hatten einfach eine gute Zeit. Auch der Strand ist ein Ort voller Erinnerungen, ihr flogen Bilder von ihrer und Matts Hochzeitsreise ins Gedächtnis. Sie hatten sich damals einen Van gekauft und waren mit diesem wochenlang an der Westküste entlang gefahren, von San Diego nach San Francisco und zurück. Sie hatten kaum Geld, aber das brauchten sie auch nicht. Sie hatten einander, ihren Strand, die Surfbretter und ihren Ozean. Die Strandpubs wurden zu ihrer Küche. Ab und zu mieteten sie sich ein Cottage am Strand, aber meistens schliefen sie am Strand unter freiem Himmel. Sie saßen stundenlang am Lagerfeuer, hatten sich immer etwas zu erzählen und liebten sich bis in die Morgenstunden. Sara seufzte. Was war nur passiert? Gleich müsste sie auf die Geburtstagsparty von Matt und zusehen, wie glücklich er mit einer anderen ist. Ihr graute jetzt schon davor. Sie holte tief Luft und tauchte ab in die Tiefe, sie zog ein paar Bahnen, bis sie luftschnappend wieder auftauchte. Sie schwamm schließlich zurück zum Strand, trocknete sich mit ihrem T-Shirt ab und ging zurück zu ihrem Wagen, um nach Hause zu fahren. Sie klappte kurz die Sonnenblende herunter und betrachtete sich im Spiegel, sie hatte tiefe Ränder unter den Augen. „Man, sehe ich scheiße aus!“, flüsterte sie.

## Kapitel 23

Bryan wusste nicht, wie lange es her war, dass die vermummte Gestalt Jason aus der Zelle riss und nach oben mitnahm. Nach wenigen Minuten brachte er ihn wieder runter. Niemand wusste, was da oben geschehen war und aus Jason war kein Wort herauszubekommen. Kurze Zeit später hatte der Mann ihnen was zu essen hingestellt. Butterbrote mit Käse. Gott sei Dank hatte er nicht mehr getan. Er war wie ein Schatten, kein Wort fiel - zu Niemandem. Er trug eine Strumpfmaske und knipste kurz das Licht an, eine nackte Glühbirne spendete spärlich Licht von der Decke. Alle saßen nur von Angst übermannt in ihren Zellen, als er ihnen das Essen und frisches Wasser hinstellte. Keiner bewegte sich. Er war höchstens zwei Minuten im Keller, dann war er wieder verschwunden. Die Stimmung unter den Kindern wurde mit jedem Tag schwieriger, jeder isolierte sich. Bryan nahm mit jeder Stunde immer mehr den vertrauten Geruch von Schweiß und Schmutz wahr. Er hatte auch das Gefühl, dass die Luft immer dünner würde. Er hätte am liebsten nur noch geschlafen. Die anderen Kinder verkrochen sich auch immer mehr in ihrer Welt. Alle wirkten wie Gespenster, vor allem die Jungs. Sie sprachen mit jedem Tag weniger, Bryan hörte oft nur ein flehendes Wimmern, Jason schien die ganze Zeit an seinem Daumen zu nuckeln. Jessica gab wenigsten ab und zu mal einen Ton von sich – auch wenn es meistens nur ein Weinen war.

## Kapitel 24

Sara stellte ihren Wagen bei sich ab und zog sich schnell um. Sie ging zu Fuß zu Kelly, die ungefähr 20 Minuten von ihr entfernt wohnte. Sara mochte den Weg. Zu dieser Zeit war es sehr ruhig, die meisten Familien aßen zu Abend oder zumindest wurde das Abendessen vorbereitet. Es war ein schöner Abend, die Temperaturen waren noch sehr mild. Es wehte ein leichter Wind. Ein kleiner Junge auf einem Rad raste an ihr vorbei. Sara dachte an den Fall. Heute war ein absolutes Fiasko gewesen, die Spurensicherung hatte auch nichts ergeben. Es hatten sich zwar weitere Personen bezüglich des Phantombildes gemeldet, diese Spuren verliefen sich aber schnell wieder. Sara hasste ihren Job. Sie hatten nichts. Manchmal beschlich sie das Gefühl, dass alle nur darauf warteten, bis ein weiteres Kind entführt wird. Soweit wollte sie es aber nicht kommen lassen.

Sara erreichte das Haus. Kelly wohnte sehr schön. Die Gegend war sehr ruhig, was eigentlich nicht zu Kelly passte, da sie keine Party ausließ. Aber sie brauchte diesen Rückzugsort, wie Sara immer dachte. Das Haus lag in einer Seitenstraße, ein gutes Stück von der Straße zurückgesetzt. Es bestand nur aus einer Etage, davor war ein kleiner Garten, der etwas heruntergekommen aussah. Diese Tatsache unterschied Kellys Haus von dem ihrer Nachbarn. Die Vorgärten rechts und links waren stets gepflegt und viel Arbeit schien in ihnen zu stecken. Vor einer Haustür stand ein Kinderwagen. Sara konnte durch das Küchenfenster ihrer Nachbarn blicken und erkannte eine Mutter, die mit ihrer Tochter am Essenstisch saß und die miteinander redeten, sie lachten. Sara lächelte und vermisste in diesem Moment ihre Mutter.

In der Garagenauffahrt parkte das Auto von Kelly, ein blauer Lexus. Sie öffnete das quietschende Fliegengitter und klopfte an Kellys Haustür. Ihre Freundin öffnete ihr mit einem Glas Sekt in der Hand. „Schätzchen!" Das Lächeln wich aus ihrem Gesicht, als sie Sara ungläubig von oben bis unten musterte. Sie schüttelte mehrfach den Kopf. „Ach, du Schreck!" Sara guckte sie verdattert an. „Was ist denn los, Kelly?" Kelly trank ihr Glas mit einem Schluck aus. „Du siehst aus, als würdest du zur Kommunion gehen. Und DU bist das Kommunionskind!" Sara konnte nicht glauben, was sie da hörte. Sie hatte vor ihrem Schrank gestanden und überlegt, was sie anziehen sollte. Die schwarze Hose und die weiße Bluse schienen ihr passend zu sein. Dass ihr die Sachen drei Nummern zu groß waren, fiel ihr schon gar nicht mehr auf. „Los, komm rein und zieh dich aus." Kelly machte eine Handbewegung in Richtung ihres Schlafzimmers. Ihr Wohnbereich war nicht sonderlich groß, aber sehr gemütlich eingerichtet. Viel Geld hatte Kelly nicht, sie war Chefkellnerin in einem beliebten Restaurant am Ocean Beach. Ihre Einrichtung hatte eine individuelle Note, die zeigte, dass Kelly fähig war, ihr knappes Budget kreativ zu nutzen, viele Kleinigkeiten prägten das Bild. Mehrere Urlaubsbilder hingen im Flur an der Wand, auf vielen war Sara mit drauf. Beide waren viel unterwegs zusammen, besonders innerhalb der Staaten. Ihr letzter Wochenendtrip ging nach Palm Springs im Frühling dieses Jahres und Sara erinnerte sich mit einem Lächeln daran zurück.

Durch einen kurzen Flur mit Garderobe und vorbei am kleinen Badezimmer kamen sie in das Schlafzimmer mit Kellys riesigem Kleiderschrank. Schlafzimmer, Wohnküche und Wohnzimmer waren mit breiten Schiebetüren verbunden und hatten alle Zugang zur Loggia. Dort haben Kelly und Sara schon viele schöne Abendstunden mit einer Flasche Wein verbracht. Wein! Sara hätte gerade alles für einen großen Schluck Rotwein getan. Sie fühlte sich unbehaglich. Sara kam eigentlich gerne hierher. Eigentlich. Im Moment graute es ihr nur davor, was Kelly mit ihr vorhatte. „Es ist deine Sache, dass du Matt vergrault hast. Du musst ihn aber nicht auch noch vor seinen neuen Schwiegereltern peinlich bloßstellen. Los, runter mit der Gardine.“ Sara murrte was vor sich hin, gehorchte dann aber. Sie wusste, es war zwecklos, Kelly zu widersprechen. Kelly sah so aus, als hätte sie die größte Herausforderung ihres Lebens vor sich. Sie warf sämtliche

Klamotten aus ihrem Kleiderschrank aufs Bett. Sie guckte auf die Uhr. „Ich habe genau 30 Minuten, um aus dir eine vorzeigbare Frau zu machen.“ Sara seufzte.

Es klingelte und Cruz holte sie wie verabredet ab. Kelly öffnete die Tür und Cruz kam gutgelaunt herein. „Hallo Kleines!“ Er gab Kelly einen Kuss auf die Wange. „Seid ihr fertig? Wo ist Sara?“ Kelly warf einen Blick Richtung Schlafzimmer. Cruz` Blick folgte ihr, Sara stand in der Tür. Cruz bekam den Mund gar nicht mehr zu.

„Hallo, schöne Frau. Ich bin Cruz und habe mich gerade unsterblich verliebt!“ Cruz konnte es nicht fassen, dass Sara vor ihm stand. „Wow. Wo ist meine unscheinbare Kollegin, auch gerne graue Maus genannt?“ Sara lächelte. „Übertreib es nicht, Cruz.“ Aber Cruz hatte es auf den Punkt gebracht. Sara sah großartig aus. Kelly hatte ihr eine enge Röhrenjeans mit dazugehörigen Stiefeln verpasst. Ein enges Shirt mit einem leichten Ausschnitt vervollständigte ihren Look, dazu ein passender Schal. Kelly hatte ihr die Haare geglättet und ein wenig Make-up verpasst. Nur einen Hauch, aber es wirkte Wunder. Sara fühlte sich sichtlich wohl und Kelly war unendlich stolz auf ihr Werk. „Dann mal los, Mädels“, Cruz klatschte in die Hände. „Hopp, hopp.“ Sie gingen zum Auto. Cruz musste natürlich fahren. Sara und Kelly nahmen auf der Rückbank Platz. „Wohin die Damen?“ Cruz schaute in den Rückspiegel. „Ins Loch!“, sagte Kelly lachend.

Ihr Weg führt sie nach La Jolla, in eine ganz besonders teure, exklusive und wohlhabende Wohngegend Amerikas. Ursprüngliche kam der Begriff „La Jolla“ aus dem Spanischen und bedeutet „Juwel“. Viele Bewohner San Diegos machten sich aber einen Spaß daraus und erzählten, dass der Name von den Indianern abstammte und „Das Loch“ bedeutete. Eine Wortauswahl, die die Einwohner La Jollas gar nicht gerne hörten und auch gerne überhörten. Sie fuhren an erhabenen Villen vorbei, etlichen Edelboutiquen und Delikatessengeschäften. So edel war La Jolla aber nicht immer – früher war es ein abgelegenes Paradies mit seinen kleinen Felsformationen, den makellosen Stränden und einer atemberaubenden Landschaft, wo nur Ureinwohner von der Fischerei lebten, Ackerbau betrieben und auf die Jagd gingen. Das änderte sich aber mit der Industrialisierung schlagartig und La Jolla wurde immer mehr zum Schauplatz der Schönen und Reichen. „War ja klar, dass Familie ‚Perfekt‘ hier wohnt“, maulte Sara. „Halt die Klappe, Schätzchen und trink das.“ Kelly gab ihr eine kleine Flasche Jägermeister. Sara überlegte nicht lange, setzte an und trank alles mit einem

Schluck. „Nicht auf einmal“, Kelly riss ihr die Mini-Flasche aus der Hand und gab ihr einen Klaps auf den Hinterkopf. „Meine Güte. Beherrsch dich mal.“ Cruz lachte und sagte nur: „Das wird ein toller Abend.“

Kelly zog sich ihren Lidstrich nach und legte knallroten Lippenstift auf. „Was schenken wir deinem Noch-Götter-Gatten eigentlich?“, fragte sie. „Hä?? Wir?“, Sara war schon leicht angeheitert. „Also, ich schenke ihm dieses Buch.“ Kelly nahm es in die Hand, musterte es und schmiss es aus dem Fenster. „Bist du verrückt?“, Sara schlug ihr auf den Arm. „Bist du bekloppt, meine Liebe? Nichts gegen ein Schnulzenbuch als Geschenk für deinen Ex, aber das hat er nun wirklich nicht verdient.“ Vor ihnen tauchten die Lichter einer Tankstelle auf. „Cruz, halt bitte an. Ich besorg mal ein Geschenk.“ Cruz fuhr auf den Parkplatz und Kelly sprang aus dem Auto, Sara leerte derweil ihren Jägermeister. „Nicht, dass ich dich später wieder im Garten aufsammeln muss“, flachste Cruz sie an. Sara schlug ihm auf den Hinterkopf. „Halt die Klappe, Cruz.“ Nach nur zwei Minuten saß Kelly wieder im Auto mit einer großen Flasche Gin. „Matt liebt doch Gin, oder?“

## Kapitel 25

Sie erreichten das Haus der Familie Caulfield. Nein, es war eher ein Anwesen. Es hatte eine ellenlange Einfahrt mit einem Tor davor. „Du heilige Scheiße“, brachte Cruz nur hervor. „Darf ich mit meinem Auto überhaupt hier reinfahren?“ Das Anwesen war von einer hohen Backsteinmauer umschlossen. Das Tor war offen und Cruz fuhr so langsam, als hätte er Angst, die Straße kaputt zu machen. Am Rand säumten sich fein geschnittene Bäume. Der gewundene Zufahrtsweg wirkte wie eine Allee, ein Rondell war vor der Tür. Dort standen schon mehrere Autos. Cruz parkte hinter einem schwarzen Porsche. Kelly merkte, dass Sara sichtlich nervös war. „Wir schaffen das schon, Schätzchen. Ich bin ja bei dir.“ Kelly drückte die Hand ihrer Freundin. Sie stiegen aus. Das Haus wirkte auf Sara wie ein prächtiges Schloss. Sie sah einen riesigen weißen Bau vor sich mit drei Stockwerken im Stil des amerikanischen Klassizismus, umgeben von schätzungsweise einem knappen Hektar smaragdgrünen Rasen, der akkurat gestutzt war. Die Fenster waren riesig, überall brannte Licht. Sara war ganz mulmig, als sie vor der Tür verweilte, um an dem Anwesen hinaufzublicken.

Eine Backsteintreppe führte hinauf zu der massiven Haustür. Bevor sie den prunkvollen Messingtürklopfer tätigen konnte, riss Matt schon die Tür auf. Er passte mit seinem Outfit nun so gar nicht in das Ambiente. Er trug eine weite Jeans, seine Boots und ein blaues Hemd – das allerdings aus der Hose guckte. Seine Haare waren mehr oder weniger auf seinem Kopf wild verteilt. Kelly schrie und warf sich ihm sofort an den Hals. „Oooohhhh, Happy Birthday! Alles Gute, mein Lieber! Hier dein Geschenk. Ich weiß, es ist nicht viel, aber deine Ex hat es verbockt." Sie drückte ihm die Flasche Gin in die Hand, schlug ihm auf die Schulter und ging an ihm vorbei ins Haus. Matt guckte verdattert, bevor auch Cruz ihn in den Arm nahm. „Matt, altes Haus. Lange nicht gesehen. Ich wünsche dir alles Gute!" Matt freute sich, Cruz zu sehen. „Danke, Cruz. Schön, dass du hier bist." Matt lächelte. „Und gut siehst du aus, Matt. Verdammt gut." Matt boxte Cruz in den Magen. „Vergiss es, Cruz." Beide lachten und Cruz ging ebenfalls ins Haus.

Nun stand nur noch Sara Matt gegenüber. Sie sagten erst gar nichts. Sie schauten sich nur an, Matt war sichtlich geplättet. „Ähm, toll siehst du aus", brachte er schließlich hervor. Sara guckte auf den Boden. „Danke! Ein Werk von Kelly. Du kennst sie ja. Wenn sie sich mal was in den Kopf gesetzt hat, ist sie davon nicht mehr abzubringen." Stille. Matt schaute sie weiterhin nur an, als ob eine Fremde vor ihm stünde. „Alles Liebe zum Geburtstag, Matt." Sara ging auf ihn zu und nahm ihn in den Arm. Sie roch sein Parfüm, das er seit Jahren schon benutzte. „Danke für die Einladung." Matt drückte sie fest an sich. „Ist doch klar, dass ich die Mutter meines Sohnes an meinem Geburtstag bei mir haben möchte." Matt lächelte. „Ist Noah auch hier?", fragte Sara verlegen, obwohl sie die Antwort schon kannte. „Nein, Katie babysittet. Er ist bei mir zu Hause. Coop passt auch auf ihn auf. Das Getümmel wollte ich ihm dann doch nicht antun." Sara nickte. Sie wollte etwas sagen, aber da fuhr das nächste Auto mit Gästen vor. „Du entschuldigst mich. Wir sehen uns drinnen." Matt ging seinen Freunden entgegen. Sara blickte ihm kurz nach und betrat dann das Haus. Ihr war ganz unwohl. „Wo um alles in der Welt ist die Bar?", nuschelte sie vor sich hin.

Das ganze Haus war herausgeputzt und festlich geschmückt. An den Wänden hingen abstrakte Gemälde, die nicht billig aussahen. Sara hörte Musik und nahm an, dass diese von einer CD kam. Klangvolle Pianotöne erfüllten den Flur. Kein Gesang, nur diese Töne, die sich zu einem wortlosen Klang zusammenfanden. Auf Sara wirkte die Musik beruhigend. Sie ging weiter ins

Wohnzimmer, das im klassischen Schwarz-Weiß gehalten war. Die Musik wurde lauter. Der Wohnraum hatte einen offenen Kamin und einen Billardtisch, überall hochmoderne Möbel. Es gab einen direkten Zugang zur Terrasse, wo Sara nur die Umrisse von einem Swimmingpool sehen konnte. Sie blickte sich um und sah in einer Ecke ein Klavier, hinter dem ein Mann saß, von dem diese wunderschönen Töne kamen. Kaum im Wohnzimmer angekommen, kam Hannah auf sie zu. „Oh nein, ich brauch erst was zu trinken“, flüsterte Sara. Aber da stand Hannah in ihrem weißen Kleid schon vor ihr. „Hallo Sara. Ich habe dich kaum erkannt. Gut siehst du aus.“ Sara nickte, umarmte sie kurz. „Danke Hannah. Du siehst aber auch toll aus.“ Wie Sara dieses Blabla hasste. „Ein wirklich tolles Haus habt ihr. Ich bin schwer beeindruckt.“ Hannah guckte sich stolz um, als ob das Haus ihr Verdienst wäre. „Ja, manchmal bereue ich es, dass ich ins Studentenwohnheim gezogen bin. Los komm. Ich möchte dir meine Eltern vorstellen.“ Oh nein, nicht auch das noch, dachte Sara. Ihr Blick ließ keine Zweifel daran, was sie von dieser Idee hielt: *Bitte nicht*! Aber sie lächelte tapfer weiter. Hannah zerrte sie durch das halbe Haus, bis sie endlich ihre Eltern gefunden hatte. Sie standen an der Bar. Gott sei Dank, die Bar, wenigstens was zu trinken. Sara atmete auf. „Mum, Dad. Darf ich euch Sara vorstellen? Die Ex-Frau von Matt." Saras Lächeln verschwand von ihrem Gesicht. „Wir sind noch nicht geschieden", betonte sie. Die Eltern hörten den scharfen Ton gar nicht und freuten sich sichtlich, Sara kennenzulernen.

Joseph Caulfield war ein kräftiger, intellektueller Mann mit Brille. Er hat für sein Alter noch dichtes Haar, das er stolz vorzeigte. Seine aristokratische Haltung bescherte Sara zunächst etwas Unbehagen. Der Blick, mit dem er sie musterte, war so intensiv, dass sie sich fragte, ob sie sich schon einmal begegnet waren. Er hatte eine erfolgreiche Firma mit Teppichen aufziehen können. Heute nahezu ein Imperium in den USA, daher kam der Reichtum. Er trug einen maßgeschneiderten schwarzen Anzug, der perfekt saß, silberne Manschettenknöpfe funkelten Sara entgegen. Martha Caulfield war treu ergebene Hausfrau und Mutter. Sie hielt die Familie zusammen und war die gute Seele des Hauses. Sie hatte ein freundliches Gesicht und trug eine hochgeschlossene edle Bluse mit drei silbernen Knöpfen an der Brusttasche, dazu einen schwarzen langen Rock. Sie machte die perfekte Figur neben Joseph. Sara hörte den beiden aufmerksam zu, wie sie die teuren Gemälde an der Wand erklärten und hielt endlich ihren heißersehnten Frozen Margarita in der Hand.

„Wussten Sie eigentlich, Sara, wie La Jolla zu einer Künstlerkolonie geworden ist?", fragte Joseph, worauf Sara nur mit dem Kopf schüttelte und Joseph freudig sein Wissen kundtun konnte. „Die Zeitungserbin Ellen Browning Scripps beschloss Ende des 19. Jahrhunderts, als Künstlerin ihr Geld zu verdienen und da ihr La Jolla, unser kleines Juwel, für die Kunst perfekt geeignet schien, machte sie es berühmt. Es entstanden kleine liebevoll gestaltete Strandhäuschen in „The Colony", die heute noch etliche Kunstliebhaber aus der ganzen Welt anzieht. In der Girard Avenue reihen sich beispielsweise bis heute Galerien wie Perlen aneinander und auch das Museum für zeitgenössische Kunst thront auf den Klippen La Jollas. Gerne nehme ich Sie dort einmal mit hin, Sara. Ich verbringe viele Stunden meiner Freizeit dort – auch wenn es ein schwieriges Unterfangen ist, dort überhaupt einen Parkplatz zu finden." Sara lächelte und nickte, während sie einen weiteren Schluck aus ihrem Glas nahm. Sara hörte aufmerksam zu, während Josephs Euphorie langsam dahinschwamm, sein Ton wurde ernst. „Aber wenn wir ehrlich sind, wird heute nur noch Geld mit Immobilien in La Jolla gemacht. Land, Häuser und Gewerbegebiete sind hier an diesem Küstenstreifen das wertvollste Gut geworden. Sie sind die Grundlage für Investitionen, Kredite, Handel, Geldwäsche etc. und bringen den

Geschäftsbossen Vermögen und Wohlstand." Joseph zog die Schultern hoch, als würde er sich dafür entschuldigen wollen. Sara verstand Josephs Problem nicht, weil er ja offensichtlich auch ein Nutznießer dieser Entwicklung war. Trotz allem - Sara mochte Hannahs Eltern, auch wenn sie in kürzester Zeit unendlich viel redeten.

„Jetzt fehlt nur noch Patrick", sagte Martha. „Patrick ist Hannahs Stiefbruder aus meiner ersten Ehe. Er wohnt im Studentenwohnheim, aber eigentlich ist er trotzdem die ganze Zeit hier", Martha lachte, „das muss wohl an meinen Kochkünsten liegen. Aber wo ist er nur?" Alle schauten sich um und Sara suchte einfach mit, obwohl sie überhaupt nicht wusste, nach wem. Joseph erspähte ihn schließlich. „Oh, da ist er ja. Wer ist denn diese leicht bekleidete Frau bei ihm?" Sara schreckte zusammen und hatte auf einmal ein ganz schlechtes Gefühl. Sie nahm einen großen Schluck aus ihrem Glas und drehte sich langsam um. Kelly. Oh nein, KELLY! Sie hing Patrick förmlich am Hals und tanzte mit ihm. Und das auch noch zu Michael Jackson. Kelly hasste Michael Jackson. Patrick schien Kellys Gesellschaft aber offenkundig zu gefallen. Ein hübscher Kerl, dachte Sara. Keine imposante Erscheinung, aber durchaus attraktiv. Vielleicht Mitte 20. Mensch, Kelly. Bevor sie in eine peinliche Situation rutschte, machte Sara sich lieber heimlich auf die Suche nach der Toilette. Familie Caulfield bemerkte ihren Abgang gar nicht. Joseph hing mit seinen Augen immer noch an Kellys kurzem Rock. Im Erdgeschoss fand Sara keine Toilette und Matt wollte sie gerade nicht fragen. Er unterhielt sich mit ein paar Kumpels von früher und hatte seinen Spaß. Die Jungs winkten ihr aber freudig zu. „Sara, komm stoß mit uns an!" Chris, ein alter Freund aus Highschool-Zeiten, prostete ihr zu. „Später Jungs! Lasst noch was für mich übrig", sie lachte der Gruppe zu.

## Kapitel 26

Sara ging Richtung Eingangstür, kam an der Küche vorbei. Diese war in einem typischen provenzalischen Stil eingerichtet, ausgestattet mit Qualitätsmaterial. Was natürlich nicht fehlte, war der Kühlschrank mit Eismaschine. Sara ging den Flur weiter lang, der ihr auf einmal noch länger erschien. Eine gebohnerte Eichentreppe führte in den ersten Stock hinauf. Sie ging die Stufen hoch. Auch in der ersten Etage fand sie einen langen Flur vor, gesäumt von einem Orientteppich mit satten Farben. Am Ende des Ganges fand sie die Gästetoilette. Das Zimmer davor stand zur Hälfte offen.

Das Fenster musste offen sein, dadurch konnte der Wind die Tür aufdrücken. Sara näherte sich dem Raum. Sie blickte sich um, ob sie alleine auf dem Gang war. Sie konnte nicht anders und warf einen Blick hinein.

Sie knipste das Licht an. In dem Zimmer herrschte Chaos, etliche Klamotten waren auf dem Boden verteilt. Ein Computer stand auf einem Schreibtisch. In dem Regel daneben ragte die Stereoanlage hervor. Ein High-Tech-Ding, dachte Sara. An der Wand hing eine Dartscheibe. Der Kleiderschrank stand halboffen und Unmengen an Hemden hingen darin. Auf dem Tisch lagen Red-Bull-Dosen. Auf dem Boden waren mehrere Tennisbälle verteilt. Das Zimmer musste einem Jungen gehören. Da kam nur Patrick in Frage, der Stiefbruder von Hannah. Ihr Blick schweifte durch den Raum, mehrere Bücher lagen auf dem Boden, Anatomiebücher. Er musste Medizin oder etwas dergleiches studieren.

Ihr Blick führte weiter zu einer Pinnwand, dort hingen mehrere Fotos. Patrick. Da war er. Ein Foto, was ihn und seine Schwester zeigte. Beide lachten, ein schönes Foto. Dann verharrte Sara an einer Stelle. Sie wunderte sich. Sie nahm ein Bild von der Pinnwand, das zwei kleine Jungs, Martha und einen fremden Mann zeigte. Die Jungs waren höchstens zwei Jahre alt und sahen nahezu identisch aus. Zwillinge, stellte Sara fest. Das musste Patrick mit seinem Zwillingsbruder sein, Martha und Marthas erster Mann. Sara stockte. Aber wo war der Zwillingsbruder? Sie steckte das Bild zurück an die Pinnwand. „Was tun Sie da?“, tönte eine dumpfe Männerstimme hinter ihr. Sara erschrak so sehr, dass sie fast die komplette Pinnwand von der Wand riss. Sie drehte sich um. Cruz. Cruz stand mit einem breiten Grinsen in der Tür. „Cruz! Du hast mich zu Tode erschreckt. Was schleichst du dich so an, du bist doch kein Ninja. Was tust du hier?“ Bei Sara saß der Schreck tief. „Was ich hier tue? Das wollte ich dich gerade fragen. Ein bisschen Hannah hinterherspionieren?“ Cruz kam zu ihr und schaute sich ebenfalls die Pinnwand mit den Fotos von Patrick an. „Hübscher Junge“, stellte Cruz fest. Sara rammte ihm den Ellbogen in die Rippen. „Du bist zu spät, mein Guter. Kelly war schneller.“ Cruz hob abwehrend die Arme. „Also, ich bin glücklich vergeben.“ Sara grinste ihn an. Sara zeigte Cruz das Familienfoto „Schau mal. Fällt dir was auf?“ Cruz nahm das Foto von der Pinnwand. „Hm, eine glückliche Familie!“ „Schau genau hin. Das sind Martha und Patrick. Und Patricks Zwillingsbruder und Marthas erster Ehemann.“ Cruz zuckte mit den Schultern. „Stimmt. Na und?“ Er war schon leicht angetrunken. „Mensch Cruz, fragst du dich nicht, wo der andere Junge ist?!“ „Was für ein Junge? Ach der andere Zwilling! Keine Ahnung. Der lebt wahrscheinlich beim Vater.“ Cruz hängte das Bild zurück an die Wand. „Und genau genommen geht es uns auch nichts an, meine Liebe.“ Cruz hatte recht. Sara seufzte und nickte. „Na los, Lieblingskollege, lass uns runtergehen. Vielleicht schenke ich dir einen Tanz.“ Sara reichte Cruz die Hand. „Hm, da kann ich natürlich nicht widerstehen.“ Sie verließen Patricks Zimmer. „Geh schon mal vor, Cruz. Ich verschwinde nochmal eben für kleine Mädchen. „Alles klar, ich warte an der Tanzfläche.“ Cruz ging zur Treppe, Sara Richtung Toilette.

Sara gesellte sich wieder ins Partygetümmel, sprach mit ein paar alten Freunden, tanzte mit Cruz und betrank sich mit Kelly an der Bar. Sie hatte Spaß. Seit langer Zeit hatte sie mal wieder Spaß. Der Pianospieler war mittlerweile nicht mehr am Klavier, die Musik kam nun vom CD-Player. Sie stand mit Cruz und Kelly an der Tanzfläche, als Martha bei ihnen vorbeiging. „Hallo Martha, eine tolle Party!“ schwärmte Kelly. „Wo ist denn Joseph? Hab ihn schon eine Weile nicht mehr gesehen. Ich habe ihm doch einen Tanz versprochen.“ Martha lachte. „Tut mir leid, Joseph ging es nicht so gut. Er hat sich schon hingelegt. Das Tänzchen müssen Sie wohl verschieben.“ Kelly winkte ab. „Dann such ich mir einen anderen Tanzpartner.“ Sie verschwand im Getümmel und zog Cruz hinter sich her. Sara schaute den beiden nach und schmunzelte.

Sie überlegte, wo sie hingehen könnte. Sie erspähte die Tür zum Garten. Sie holte sich einen Drink an der Bar und schlenderte nach draußen. Hannah stand mit ihren Freundinnen auf der Tanzfläche und sie tanzten zu ‚The Loco-Motion’ von Kylie Minogue. Matt konnte sie nicht sehen. Es herrschte ausgelassene Stimmung, die Atmosphäre war locker und entspannt. Alle kauten teures Finger-Food, schlürften Champagner oder Cocktails, lachten und plauderten. Neben Matts Freunden konnte man deutlich sehen, dass hier vor allem die Reichen von San Diego zu Gast waren. Die Frauen trugen größtenteils tief ausgeschnittene schwarze Kleider und die Männer weiße Sakkos und Krawatten. Alle perfekt braungebrannt, perfekt lächelnd, perfekt frisiert. Sara wusste, dass das nicht ihre Welt war und musste sich schon wundern, dass es offensichtlich zu Matts Welt geworden war.

Ihr Weg führte schließlich in den Garten. Es war ein wunderschöner Garten, der mit Spots angeleuchtet war. In der Mitte war ein großer Pool, der hell erleuchtete. Davor stand ein kleiner Brunnen, daneben ragte eine alte Eiche in den Himmel. Im Licht der Laternen schien der Brunnen golden zu sein, das Wasser spiegelte sich im Glanz und der Moment schien magisch zu sein. In einem Pavillon etwas abseits standen mehrere Männer, die sich unterhielten. Ansonsten war keiner im Garten. Sara setzte sich mit ihrem Drink auf eine Rattanbank und schaute sich das Wasserspiel im Brunnen an. In der Dunkelheit konnte sie gerade noch die Umrisse der Bäume erkennen, die zum Nachbargrundstück gehörten. Mittlerweile war sie ganz schön angetrunken, wie sie feststellen musste. Aber sie fühlte sich nicht unwohl. Sie dachte nochmal an das Bild in Patricks Zimmer, doch bevor sie den Gedanken weiterführen konnte, setzte sich Matt neben sie. „Darf ich?"

Sara war kurz aus ihren Gedanken gerissen. „Klar! Oder darf man dem Geburtstagskind etwas abschlagen?" Matt setzte sich. Auch er hielt einen Drink in der Hand. „Gefällt dir dein Geburtstag?", fragte Sara. Er nickte. „Ja, es ist schön, mal alle wiederzusehen." Er machte eine Pause. „Und schön, dass du da bist." Schweigen. „Klar, ich lass doch den Vater meines Sohnes nicht an seinem Geburtstag im Stich." Sie stupste ihn mit ihrer Schulter an. Beide lächelten. Matt schaute sie an. „Was hältst du davon, wenn wir nächstes Wochenende mit Noah zusammen zu

SeaWorld gehen? Wir drei. Das würde den Kleinen sicher freuen.“ Sara musste grinsen, weil sie an den letzten SeaWorld-Besuch dachte, als Noah sich unsterblich in einen Pinguin verliebt hatte. „Eine tolle Idee. Noah flippt aus vor Freude.“ Sie zuckte zusammen, als er nach ihrem Glas griff und dabei ihren Arm streifte. Ihre Blicke trafen sich, Matt räusperte sich. „Ich hol uns mal Nachschub, okay?!“ Er wollte gerade aufstehen, als plötzlich sein Handy klingelte. Es war mittlerweile weit nach Mitternacht. Er schaute auf sein Display. „Es ist Katie.“

Sara saß plötzlich kerzengerade. Matt nahm den Anruf an. „Katie, ist was passiert?“ Matt klang unruhig. „Was? Bleib ganz ruhig. Katie, langsam. Was ist genau passiert?“ Matt riss seine Augen auf. Von diesem Moment an spielte sich alles nur noch in Zeitlupe ab. Er ließ seinen Drink fallen. Das Glas zersprang in 100 Einzelteile. Er sprang auf und rannte zur Tür. Sara warf er dabei fast von der Bank. „Was ist los? MATT! Sprich mit mir!“ Sara brüllte ihm nach. Matt blieb stehen. Er drehte sich zu ihr um und stotterte. „NOAH. Noah ist verschwunden.“ Bei Sara drehte sich alles. Sie wollte aufspringen und losrennen. Aber ihre Beine trugen sie nicht, ihr wurde schwarz vor Augen und sie knallte auf den harten Boden.

## Kapitel 27

Sara kam zu sich. Sie hatte einen schrecklichen Traum. Noah war entführt worden. Kelly stand vor ihr, sie war kreidebleich und sah besorgt aus. Sara lag auf der Couch. Wo war sie? Sie erinnerte sich. Im Haus der Familie Caulfield. „Was ist passiert?", fragte sie ihre Freundin leise. Kelly starrte sie nur an. Sie sagte schließlich: „Du bist zusammengebrochen." Sara setzte sich langsam aufrecht hin, Kelly half ihr. Sie sah sich im Raum um, sämtliche Leute starrten sie an. Darunter auch Hannah, Joseph und Martha. Die anderen Menschen kannte sie nicht.

„Wo ist Matt?" Kelly setzte sich neben sie, nahm sie in den Arm. „Liebes, du kannst dich an nichts erinnern?" Sara schaute sie ungläubig an. Was wollte sie von ihr? Kelly nahm ihre Hand. Sie sprach langsam. „Liebes, hör zu. Noah. Noah ist entführt worden." Stille. Sara flogen sämtliche Bilder entgegen. Sie saß mit Matt auf der Bank, ein Anruf, Glas zersprang. „Oh nein, es war kein Alptraum", murmelte sie. Ihr wurde schon wieder schlecht. „Cruz ist mit Matt zu ihm nach Hause gefahren. Ich werde dich jetzt auch dahin bringen. Schaffst du das?" Kelly sprach immer noch sehr langsam. Sara hatte Tränen in den Augen und sagte gar nichts. Kelly half ihr auf und drehte sich zu Hannah. „Rufst du uns bitte ein Taxi.“ Hannah nickte nur, Joseph trat nach vorne. „Vergiss das Taxi. Ich fahr euch selbstverständlich. Willst du nicht mit?“, Josephs Worte richteten sich an Hannah. „Nein, Matt wollte das nicht.“ Sie schüttelte den Kopf. Kelly legte ihre Arme um Saras Taille und brachte ihre Freundin vor die Tür. Der Mercedes von Joseph stand direkt vorne, die beiden Frauen stiegen hinten ein. Joseph wusste, wo Matt wohnte, er fuhr los. Alle schwiegen die gesamte Fahrt. Kelly hatte Sara im Arm. Sie weinte. „Warum Noah? Warum?“, schluchzte sie nur immer wieder. Nach unendlichen 20 Minuten Fahrt waren sie da. Matts Haus. Die Uhr im Auto zeigte mittlerweile 2.36 Uhr morgens. Die Uhrzeit würde Sara nie vergessen.

Das Haus war weiträumig mit gelbem Flatterband abgesperrt. Überall Polizei. Aufgrund der Uhrzeit hielt sich die Zahl der Schaulustigen in Grenzen. Von der Presse war auch weit und breit nichts zu sehen – bis auf Lundberg! Sara stieg aus und ging langsam Richtung Haus. Kelly und Joseph stiegen zwar mit aus, blieben aber am Auto stehen. Sara ignorierte den Reporter, der auf sie zukam. Er war hektisch. Seine Haare wieder einmal zu einem strähnigen Zopf zusammengebunden und der Drei-Tage-Bart ließ ihn noch ungepflegter erscheinen als sonst. „Sgt. Cooper, darf ich um ein Statement bitten!“ Sara reagierte nicht, sie blickte nur starr zur Haustür. Sie ging auf die Absperrung zu, ein Polizist erkannte sie sofort und hielt das gelbe Absperrband nach oben. An der Tür hing ein Schild ‚Die Coopers’.

Im Haus liefen sämtliche Leute aufgeregt durch die Räume. Im Flur stand eine Einkaufstasche und Noahs Sportklamotten lagen auf dem Boden. Sara ging direkt ins Wohnzimmer, es lag direkt rechts vom Eingang, war geräumig und roch nach neuem Holz. Schränke und Fußboden waren aus Eiche, die Fenster groß und nach Osten gerichtet, so dass die Morgensonne hereinscheinen konnte. Sara liebte das, als sie noch hier wohnte. Im Wohnzimmer waren nicht so viele Menschen, es war wesentlicher ruhiger. Sie stand in der Tür. Katie, die Babysitterin, saß auf der Couch. Sie war völlig aufgelöst und trug einen Verband am Kopf. Cruz und Lilly befragten sie gerade. Cruz hatte Lilly und Shawn unmittelbar nach dem Anruf von Katie benachrichtigt. Sie machten sich sofort auf den Weg zum Tatort. Sara schaute sich weiter um, sie sah Matt. Er stand am Fenster und schaute apathisch in die Nacht, durch seinen Atem war die Scheibe beschlagen. Sein Rücken hob sich vom hellen Quadrat des Fensters ab. Das Licht kam vom

Streifenwagen vor der Tür. Sara ging langsam auf ihn zu, bis sie neben ihm stand. Er sah sie an, seine Augen waren rot und verweint. Er war verzweifelt. Sara berührte sacht seinen Arm, doch er zog ihn weg und schaute sie kalt an. Diesen Blick kannte Sara nicht von ihm. Es lag nicht nur eine tiefe Enttäuschung darin, sondern unbändige Wut. „Es ist alles deine Schuld. Ich hoffe, das ist dir bewusst." Sein Ton war eisig. Sein Blick traf sie mit einer unglaublichen Härte, sie spürte die unendliche Distanz zwischen ihnen. „Matt, was soll das?" Sara schossen wieder Tränen in die Augen. Matt ging einen Schritt weg von ihr. Er brüllte nicht, aber er sprach so laut, dass auch Lilly und Cruz den Kopf hoben. „Denkst du etwa, das ist ein Zufall? Dass ausgerechnet dieser Psychopath, den du seit Monaten jagst, sich deinen Jungen aussucht? Ich bitte dich!" Sara konnte keinen klaren Gedanken fassen, sie brachte kein Wort raus. „Er spielt die ganze Zeit ein perfides Spiel mit dir. Und das ist der Höhepunkt." Matt fasste sich mit den Händen an den Kopf. „Dein Job! Dein verdammter Job ist schuld an allem! Unser Sohn ist verschwunden!" Matt entfernte sich von Sara. Er ging Richtung Küche, vorbei an Lilly und Cruz, die angespannt die Szene verfolgten. „Matt, bitte. Tu das nicht." Sara flehte ihn an, sie flüsterte. Er blieb stehen und drehte sich um. „Geh mir aus den Augen, Sara. Das werde ich dir nie verzeihen!"

Matt verließ den Raum, Sara blieb am Fenster zurück. Lilly und Cruz rührten sich nicht von der Stelle. Sara hielt sich erst am Fenstersims fest, dann brach sie in sich zusammen. Sie rutsche die Wand herunter und kauerte am Boden, sie weinte fürchterlich. „Hol den Rettungsarzt", sagte Cruz leise zu Lilly. „Er muss ihr was geben. Sie muss weg hier." Lilly stand auf und ging nach draußen. Der Arzt, der Katie behandelt hatte, war noch auf dem Parkplatz. Lilly atmete auf. Er gab Sara ein starkes Beruhigungsmittel und sie schlief sofort ein. Cruz brachte sie nach Hause. Kelly, die gewartet hatte, kam mit. Joseph war mittlerweile wieder nach Hause gefahren. Cruz setzte die beiden bei Sara ab. Er brachte Sara noch ins Bett, die Stufen hätte Kelly unmöglich mit ihr im Schlepptau geschafft. „Bleibst du die Nacht bitte bei ihr? Ich muss wieder zum Tatort", Kelly nickte. „Natürlich. Hau schon ab. Meld dich, wenn es etwas Neues gibt." Cruz nickte und verließ die Wohnung. Kelly legte sich zu Sara ins Bett und nahm sie in den Arm.

## Kapitel 28

Cruz fuhr mit Höchstgeschwindigkeit zurück zu Matt, dabei überfuhr er mehrere rote Ampeln. Laut seines

Alkoholspiegels dürfte er eigentlich keinen Wagen mehr lenken; doch diesen Gedanken hatte Cruz nicht. Er war schlagartig nüchtern gewesen, als er von der Entführung hörte. Er rekapitulierte das Gespräch mit Katie, der Babysitterin. Sie hatte sich eine Pizza bestellt. Das war laut Anrufliste genau um 21.13 Uhr. Noah lag da bereits seit einer Stunde im Bett. Der Lieferant klingelte erst gegen 22.30 Uhr. Da er zu spät war, wollte ihm Katie kein Trinkgeld geben, das hatte sie sich vorgenommen, als sie die Tür öffnete. Was dann geschah, ging ganz schnell und Katie konnte sich nur noch daran erinnern, dass er ihr irgendwas ins Gesicht gesprüht hatte und ihr dann etwas Hartes auf ihren Kopf knallte. Dann war alles schwarz. Erst kurz vor Mitternacht kam sie wieder zu sich. Coop schleckte ihr im Gesicht rum. Sie war völlig weggetreten, ihre Augen brannten fürchterlich. An ihrem Kopf war eine Platzwunde. Sie dachte sofort an Noah und lief in sein Zimmer. Sein Bett war leer. Sie rief Matt an und schilderte völlig panisch, was geschehen war. Cruz dachte nach. Sie konnte sich an den Kerl nicht wirklich erinnern. Es war ein Mann, da war sie sich sicher. Und er trug das T-Shirt vom Lieferservice, sonst hätte sie ihm nicht aufgemacht. Er war nicht mehr der Jüngste und hatte keine athletische Figur. Seine Kappe hatte er tief ins Gesicht gezogen. Mehr wusste sie nicht.

Cruz fuhr wieder aufs Grundstück. Als er ausstieg, kam Shawn direkt zu ihm. „Cruz, komm mal bitte mit.“ Shawn nahm ihn mit hinter das Nachbarhaus. Zwischen den Mülltonnen lag ein Mann, ein junger Mann. Er trug nur noch seine Jeans und Schuhe. Ein Mann von der Forensik kniete neben ihm und machte Fotos. Ein anderer sicherte die Spuren im unmittelbaren Umfeld. Shawn berichtete, was er bisher wusste. „Das muss der Pizzalieferant sein. Er ist tot. Erschlagen.“ Cruz schaute entsetzt auf die Leiche. Shawn sprach weiter. „Er hat sich gewehrt, soviel ist sicher. Letztendlich hat ihn ein Schlag auf den Kopf mit einem harten Gegenstand getötet. Der Mann muss ihn vor der Tür abgefangen haben, sein T-Shirt angezogen und sich für ihn ausgegeben haben. Dann hat er ihn hierher geschafft.“ Beide tauschten einen raschen Blick aus, Cruz konnte es nicht fassen. „Jetzt suchen wir diesen Psychopathen auch wegen Mordes.“ Ihm wurde klar, dass sie es mit einem skrupellosen Mörder und Kindesentführer zu tun hatten. Cruz und Shawn gingen zurück zur Eingangstür. „Findet heraus, wer der Junge ist und benachrichtigt seine Familie.“ Shawn nickte. „Wir sind schon dran.“

Im Haus stand Lilly mit dem leitenden Beamten der Spurensicherung. Lilly kam auf Cruz und Shawn zu. „Und, was haben wir?“, Shawn sah nicht zuversichtlich aus. „Nicht viel“, Lilly schüttelte den Kopf. „Es war ein Mann mittleren Alters, und er musste größer sein als Katie. Das zeigte die Stelle der Platzwunde.“ Cruz atmete durch. „Das ist wirklich nicht viel. Gibt es Spuren im Haus? Was ist mit dem Zimmer von Noah?“ „Ja, es gibt eine Menge Spuren im Haus, aber dabei handelt es sich wahrscheinlich nur um Spuren von Matt, Noah und wahrscheinlich Hannah.“ Matt. Cruz schaute sich um. Er sah ihn nicht. „Wo ist Matt?“, fragte er Lilly. „Er ist oben in Noahs Zimmer.“ Cruz sagte nichts und ging zur Treppe. Wie lange er nicht mehr in dem Haus war, dachte er nur, als er die Stufen hochging. Seine Füße wurden mit jedem Schritt schwerer. Oben in der Etage waren noch Zeichen der Renovierungsarbeiten zu sehen. Der Geruch frischer Farbe stieg in seine Nase. Im Flur hingen Bilder. Familienbilder. Auch von Sara. Noah strahlte auf jedem Foto. Cruz atmete tief ein und krempelte die Ärmel seines Hemdes hoch. Er ging zu Noahs Zimmer und öffnete die Tür.

Matt saß auf dem Bett seines Sohnes. Sein Lieblingskuscheltier in der Hand, einen Pinguin. Cruz blieb in der Tür stehen. „Hey Matt.“ Matt blieb regungslos sitzen. „Ich weiß, dass du am Ende bist, aber wir werden alles tun, um Noah nach Hause zu holen. Das schwöre ich.“ Schweigen. Matt reagierte nicht auf die Worte. Cruz machte eine Pause, er überlegte, ob er jetzt lieber den Mund halten sollte, aber er konnte nicht. „Matt. Bitte gib Sara nicht die Schuld, für das, was geschehen ist.“ Weiterhin keine Reaktion von Matt, er schaute Cruz noch nicht einmal an. Cruz sprach einfach weiter. „Du kannst wütend auf sie sein. Ja. Aber sie liebt Noah über alles. Das weißt du. Sie würde niemals etwas tun, das ihm schadet. Und wenn du ihr jetzt die Schuld an seinem Verschwinden gibst, wird sie daran kaputtgehen. Matt. Bitte. Tu ihr das nicht an.“ Stille. Cruz wusste nicht, ob irgendwas von dem, was er gerade gesagt hatte, bei Matt angekommen war. Er verließ das Zimmer und zog die Tür hinter sich zu. Matt blieb zurück. Er drückte den Pinguin fest in seine Arme, seine Augen waren mit Tränen gefüllt. Coop lag zu seinen Füßen.

**Kapitel 29**

Die schwere Tür ging auf. Bryan zuckte zusammen, seine Hände waren plötzlich eiskalt. Die Gestalt kam die Treppen runter, wieder trug er die schwarze Strumpfmaske. Er war das personifizierte Böse. Das Licht blieb dieses Mal aus, Bryan wusste nicht, warum. Panik überkam ihn. Das letzte Mal, als er das Licht nicht anmachte, war er zu Scott in die Zelle gegangen. Stille, dann ein Rumpeln. Der Mann hatte wohl etwas im Arm. Bryan konnte nicht erkennen, was es war. Der Kerl schnaubte, er war außer Atem. Bryan war wie angewurzelt, sein Herz schlug wie wild, immer schneller. Der vermummte Mann öffnete die fünfte Zellentür und ging rein. Er legte etwas ab, soviel konnte Bryan heraushören. „Oh nein, ein weiteres Kind", flüsterte er. Er hörte den Entführer abgehackt atmen, plötzlich wurde es laut. Bryan wusste nicht, was vor sich ging. Er hörte Laute. Laute von einem Jungen, der wild um sich schrie. „Lass mich los! Hilfe." Er musste um sein Leben schreien, dachte Bryan. Immer wieder hörte er „Hilfe". Die Narkose hat wohl unerwartet früher nachgelassen, der Junge musste aufgewacht sein. Oh nein. Er schlug und trat verzweifelt um sich. Ein Schrei. „Aua. Du Mistkerl. Na warte, dir zeig ich es. Du hast es nicht anders gewollt." Bryan zuckte zusammen. Diese Laute kamen nicht von dem kleinen Jungen. Diese kamen vom Entführer. Er musste den Kerl gebissen haben. Gut gemacht, dachte Bryan. Doch dann kehrte Stille ein, kein Mucks war mehr zu hören. Der Mann ging fluchend raus. Er musste was am Bein haben, er schien zu hinken. Die Tür fiel ins Schloss. Stille.

„Hallo. Kannst du mich hören?“, Bryan versuchte mit dem Jungen in der Zelle zu sprechen. In der Zelle dazwischen lag Scott völlig teilnahmslos. Er schien nicht einmal mitbekommen zu haben, was gerade passiert war. Er lag unter seiner Wolldecke und atmete schwerfällig, so viel konnte Bryan registrieren. Bryan versuchte es weiter, aber er bekam keine Antwort, es herrschte Totenstille. Die anderen Kinder sagten auch nichts. „Bist du in Ordnung?“, Bryan ließ nicht locker, aber wieder nichts. Er gab auf und setzte sich auf sein Bett. Ihm gingen die Worte des Entführers einfach nicht aus dem Kopf. Aber warum nur? Hatte er seine Stimme etwa schon mal gehört? Er überlegte fieberhaft, kam aber auf keine Lösung.

## Kapitel 30

Es klingelte an der Wohnungstür. Sara wachte auf, es war noch sehr früh. Sie hatte schlecht geschlafen und fühlte sich unwohl. Sie war mit einer Schwermut aufgewacht, die sie zunächst nicht zuordnen konnte. Doch dann dachte sie an die gestrigen Ereignisse und dieses Mal war ihr schlagartig bewusst, dass es sich um keinen Alptraum handelte. Noah war entführt worden. Von einem irren Psychopathen. Und Matt hasste sie. Zu Recht. Sie konnte ihm nie wieder unter die Augen treten. Kelly kam ins Zimmer. „Dein Chef ist da. Er möchte dich sprechen." Sara zuckte zusammen. „Auch das noch." Sie seufzte. „Ich ziehe mir eben was über und komm dann." Kelly nickte und verließ den Raum. Nach drei Minuten stand Sara im Wohnzimmer, Kelly hatte sich in die Küche verzogen. Sara sah schrecklich aus, sie hatte eine Schlafhose an und ein viel zu großes T-Shirt, darüber trug sie eine Kapuzenjacke.

„Guten Morgen, Sara. Ich wollte schauen, wie es Ihnen geht und Sie auf dem Laufenden halten." Sara setzte sich zu ihm an den Tisch und schaute ihn aus traurigen Augen an. „Um ehrlich zu sein", gestand sie, „ich muss mich wirklich zusammenreißen, um nicht den Verstand zu verlieren." Sie blickte ihrem Chef ins Gesicht. Miller nickte. Er sah müde und abgekämpft aus, als hätte er die ganze Nacht durchgearbeitet. Er druckste rum, Sara nahm ihm schließlich die Worte ab. „Lassen Sie mich raten, Chief. Sie ziehen mich von dem Fall ab – wegen Befangenheit." Er seufzte und guckte sie mit besorgter Miene an, als fürchte er, sie könnte jede Sekunde zusammenbrechen. Er nahm ihren Arm. Sara war verwundert, das war sonst nicht seine Art, Miller war nämlich nicht der Mann, der spontan Trost spendete. „Sara, es tut mir leid. Hören Sie, mir bleibt nichts anderes übrig. Wir werden alles tun, um Noah nach Hause zu holen. Das verspreche ich Ihnen.“ Seine Stimme war vollkommen ruhig, sein Ton verriet nichts von der Sorge, die er gewiss empfand. Sara fixierte ihn, sein Gesicht war ein Netz aus Falten. Sie zog ihren Arm weg. „Ich verstehe Sie, Chief. Aber Sie müssen auch mich verstehen. Ich werde mich nicht raushalten. Ich kann mich nicht raushalten. Es geht hier um meinen Sohn.“ Ihr Chef blickte sie eindringlich an, er nahm seine Brille ab und legte sie auf den Tisch. Ohne sie sah er noch erschöpfter aus. Er rieb sich die Augen und atmete tief ein. „Meine Pflicht habe ich erledigt. Ob Sie sich an meine Anweisung halten, liegt nicht in meiner Hand.“ Er legte ihr den Untersuchungsbericht von letzter Nacht hin. „Bitte denken Sie nur daran, Ihre Dienstwaffe und -marke im Revier abzugeben.“ Er setzte seine Brille wieder auf, nickte ihr zu und ging zur Haustür.

Kelly kam zurück in den Raum. „Was war das denn?“ Sie schaute Sara verwundert an. „Das war mein Chef. Doch nicht so ein Arschloch, wie ich immer dachte.“ Mehr sagte Sara nicht. Sie trank von ihrem Tee und blickte dabei auf den Untersuchungsbericht, der vor ihr lag. Sie las alles intensiv durch. Als sie fertig war, war ihr klar, dass sie mittlerweile nach einem Mörder suchten. Er hatte gemordet. Sie holte tief Luft und versuchte, das Geschehene möglichst analytisch zu betrachten. Nur so konnte sie Noah helfen. Sie musste ihre Gefühle beiseiteschieben. Sara versuchte Cruz anzurufen, er ging aber nicht dran. Kelly kam zu ihr an den Tisch, auch sie hielt eine Tasse Tee in der Hand. „Und, was nun?, fragte ihre Freundin vorsichtig. „Keine Ahnung. Kelly, ich habe keine Ahnung." Ihr Blick sagte alles. Sara hielt inne. „Das alles erinnert mich an einen Fall von meinen Dad. Es ist so viele Jahre her, er hat nie viel über diesen Fall gesprochen." Kelly hörte ihr aufmerksam zu. „Es war auch eine Entführung. Ein kleiner Junge. Baker hieß er. Joshua Baker, gerade mal zwei oder drei Jahre war er damals. Er wurde nie gefunden. Mein Vater ist fast verrückt geworden." Kelly überlegte. „Stimmt, der Fall war in allen Medien, richtig? Das muss aber mittlerweile über 20 Jahre her sein. Warum hast du mir nie davon erzählt? Also, dass dein Vater den Fall bearbeitete?" Sara holte tief Luft. „Es ist so lange her. Ich war damals noch ein Kind. Ich habe so lange nicht mehr an den Fall gedacht. Es war der einzige Fall, den mein Vater nie aufklären konnte, er hat Jahre nach ihm gesucht. Dann ist Dad plötzlich gestorben. Ich habe das Ganze irgendwie verdrängt." Kelly dachte nach. „Baker? War der Name letztes Jahr nicht wieder in den Medien?" Sara rieb sich die Stirn und nickte. „Ja, Joshuas

Leiche wurde gefunden. In einem abgelegenen Waldstück. Ein Hund hatte seine Knochen ausgebuddelt. 19 Jahre hatten die Eltern gehofft. 19 Jahre vergebens." Kelly nahm einen Schluck aus ihrer Tasse und fixierte ihre Freundin. Sie wusste, worauf Sara hinaus wollte. „Eine Tragödie. Aber das heißt nicht, dass dir dieses Schicksal auch widerfährt. Ihr findet Noah und die anderen Kinder. Du musst nur daran glauben, du darfst jetzt nicht aufgeben. Hörst du, Kleines?"

Es klingelte an der Haustür. Kelly stand auf und ging zur Tür. Im Türrahmen stand Cruz, übel zugerichtet. Er hatte eine aufgeplatzte Lippe und mehrere Blessuren, seine Klamotten waren zerfetzt und sein Hemdkragen war blutig. „Um Gottes Willen, was ist denn mit dir passiert?" Kelly starrte ihn entsetzt an, wartete auf eine Erklärung. Cruz winkte ab. „Ach nichts Schlimmes, ich hatte eine Begegnung mit einem flüchtigen Bekannten." Sara kam in den Flur, sie war nicht weniger erschrocken als Kelly. Sie ging auf Cruz zu. „Oh Gott, bist du in Ordnung? Wer um alles in der Welt war das?" Cruz schaute sie an und verzog das Gesicht vor Schmerzen. Er klang so erschöpft, wie er aussah. „Na, rate mal. Ein Idiot, Cop, und Ex unserer Kollegin." Sara fasste es nicht. „Tim Rough hat dich so zugerichtet?" Cruz schüttelte den Kopf. „Tim und seine drei Kumpels. Fiese Typen. Sie haben mich zu Hause abgefangen. Ich hatte keine Chance. Das wäre erst der Anfang, haben sie mir noch als Botschaft mitgegeben." Cruz krümmte sich. „Aber ihr solltet erst mal sehen, was ich mit denen angestellt habe." Kelly lachte auf. „Ist klar, du Held!" „Kann mir einer von euch vielleicht mal einen Stuhl anbieten?", blaffte Cruz in den Raum, Kelly versuchte, ihn zu stützen. „Komm, mein Lieber. Ich bring dich zum Sofa und mach deine Wunden sauber." Cruz nickte. „Wir müssen uns was einfallen lassen, sonst wird dieser Tim zum echten Problem!" Er blieb kurz stehen. „Entschuldige Sara. Ich bin ein Idiot. Gibt es was Neues von Noah?" Die Frage überrumpelte Sara. Er schaute sie besorgt an und berührte ihre Schulter. „Nein, leider nicht." Sara schüttelte den Kopf.

## Kapitel 31

Der Fernseher lief. Er lag auf seiner Couch und dachte an die vergangenen Stunden; kein Auge hatte er zubekommen, die komplette Nacht lag er wach. Es gab einen Toten! Das war nicht der Plan gewesen, seine Hände zitterten immer noch. Alles war so gut vorbereitet gewesen, dieser Zwischenfall belastete ihn nun. Warum musste sich dieser Pizzabote auch wehren. Selber schuld. Er nahm einen Schluck aus einer Bierflasche und setzte sich aufrecht hin, ein Lächeln schlich sich auf seine Lippen. Der Rest war spielend gewesen. Diese Babysitterin hatte keine Chance und Noah aus seinem Bett zu holen, war kaum der Rede wert. Der Kleine hatte nichts bemerkt. Erst im Auto wurde er wach, doch da wurde er schnell wieder betäubt - so wie die anderen Kinder mit einem Chloroform getränkten Lappen. Er schmunzelte vor sich hin und machte den Fernseher aus.

Auf dem Weg zur Küche leerte er seine Bierflasche, um sich aus dem Kühlschrank eine neue zu holen. Eine Strickjacke spendete ihm etwas Wärme, ihm war kühl. Er setzte sich vor sein Haus auf eine Bank und nahm einen kräftigen Schluck von seinem Bier. Eigentlich hatte er aufgehört zu trinken, aber nach diesem Akt hatte er sich die Belohnung verdient. Es war mittlerweile hell draußen. Er zog seine Brille aus, legte sie neben sich und rieb sich die Stirn. Während er die Augen schloss, genoss er den leichten Windstoß. Noah hatte es ihm da unten nicht leicht gemacht. Er war früher aufgewacht als erwartet, hatte ihm schlimm in die Hand gebissen und einen ordentlichen Tritt gegen sein Schienbein gegeben. Dieses war durch einen Motorradunfall sowieso schon zerschmettert und bereitete ihm jetzt entsprechende Schmerzen. Er begutachtete seine verbundene Hand, indem er eine Faust machte. Sein Schienbein streckte er immer wieder durch und verzog dabei das Gesicht. Es tat immer noch weh und er ärgerte sich über seine Unachtsamkeit. Naja, letztendlich hatte er Noah ruhig gestellt. Vielleicht war er etwas grob gewesen, aber der Bengel hatte es nicht anders verdient und das war noch ein Kinderspiel im Gegensatz zu dem, was er mit ihm vorhatte.

Es wurde frisch draußen, der Wind wehte immer wieder die Blätter vor seinem Haus auf und ließ sie vor seinen Augen tanzen. Während er seine Strickjacke zumachte, gehörten seine Gedanken Jason, seinem erstes Opfer. Es war nicht seine Art, Mitleid zu empfinden, aber der Junge lag schon über drei Monate da unten. Er rührte sein Essen kaum an und wurde immer lethargischer. In seinen Augen sah er nur noch Leere, sonst nichts, nicht mal mehr Angst. Er musste bald alles beenden, das war ihm klar. Diese Verzögerungen waren so nicht geplant, aber die nächsten Entführungen zogen sich einfach immer weiter nach hinten. Das kleine Mädchen folgte darauf, dann der kleine Dicke und Bryan. Er musste seine nächsten Züge gut abwägen und vorbereiten. Er freute sich auf seinen finalen Schlag, alles war perfekt. Das Bett rief. Bevor er sich hinlegte, musste er aber noch einen Anruf tätigen.

Er ging ins Haus und nahm ein Prepaid-Handy zur Hand und tippte eine Nummer ein. Nach mehrfachem Klingeln nahm am anderen Ende jemand ab. „Hallo!". „Ich bin es. Sie wissen, was Sie zu tun haben", entgegnete er mit kalter Stimme. Am anderen Ende Schweigen. „Haben Sie mich verstanden? Tun Sie das, wofür ich Sie bezahle", wiederholte er befehlend. Die Person am anderen Ende stotterte, mit der Situation offensichtlich völlig überfordert. „Ich, ich möchte das nicht mehr, ich steige aus. Hören Sie. Das mit Noah ging entschieden zu weit. Suchen Sie sich einen anderen für die Drecksarbeit." Stille, dann schnaubte er verächtlich. „Jetzt passen Sie mal gut auf. Wenn Sie aussteigen wollen, finden Sie es wahrscheinlich auch nicht schlimm, wenn ich unseren Emailverkehr öffentlich mache, oder? Meine Adresse kann man nicht zurückverfolgen, Ihre schon. Ich würde mir also gut überlegen, ob Sie aussteigen wollen." Er drückte wütend das Gespräch weg. Er hatte ein Problem und er wusste, dass noch ein ganz anderes Problem viel gewichtiger war.

## Kapitel 32

Bryan vernahm ein Geräusch, ein Rascheln. Er setzte sich rasch aufrecht hin. Noah musste zu sich gekommen sein. „Hörst du mich? Bist du okay?“, fragte Bryan, während er aufstand. „Ja, hallo. Wo bin ich?“, Noah war irritiert. Sein Schädel brummte und er hatte schlimmen Durst. „Wer ist da?“, fragte er ängstlich ins Nichts hinein. „Nicht erschrecken. Ich bin Bryan.“ Die anderen Kinder gaben keinen Mucks von sich. Noah verstand nicht, was passiert war. „Wo, wo bin ich?“, wollte er wissen. Bryan überlegte, was er sagen sollte. „Keine Ahnung. Dieser Kerl hat uns hergebracht.“ Noah konnte nicht glauben, was er da hörte, er bekam schreckliche Angst. Sein Atem ging immer schneller. Er erinnerte sich an die letzten Momente. Katie hatte ihn ins Bett gebracht und jetzt war er hier. Er schaute an sich herunter, er trug seinen Bären-Pyjama, den seine Mama ihm geschenkt hatte. Er fing an zu weinen. Bryan versuchte, Noah alles zu sagen, was er wusste. Noah bekam aber immer mehr Angst. Die anderen Kinder gaben weiterhin keinen Laut von sich. Bryan stellte Noah viele Fragen, bekam aber keine Antworten. Noah stand unter Schock. Bryan versuchte, ihn zu beruhigen, aber Noah fing plötzlich an zu wimmern. Bryan sah ein, dass er ihn in Ruhe lassen musste.

Bryan ließ sich auf seine Matratze fallen und schloss die Augen. Die Luft schien immer dünner zu werden. Das Knarren von dem Gitter über ihm war nur manchmal zu hören, genau wie das Spüren der frischen Luft. Er vernahm, wie Noah langsam immer ruhiger wurde, er musste wieder eingeschlafen sein. Bryan war in Gedanken. Immer wieder ging Bryan die Stimme des Entführers durch den Kopf. Immer wieder. Plötzlich riss er die Augen auf. Er wusste, wo er diese Stimme schon mal gehört hatte. Es kam ihm wie ein Blitz. In der Reinigung, der Typ, der sich über Baseball mit ihm unterhalten hatte.

## Kapitel 33

Matt lag auf dem Bett, starrte an die Decke. Er trug immer noch die Sachen von letzter Nacht. Sein blaues Hemd war nun aufgeknöpft, darunter trug er ein weißes T-Shirt. Er hatte alle Rollos runtergezogen, es herrschte absolute Dunkelheit. Er hatte in der Nacht kein Auge zugemacht. Matt konnte das alles nicht fassen. Die Digitaluhr neben dem Bett zeigte 12.45 Uhr. Sein Telefon hatte bereits mehrfach geklingelt – jedes Mal Sara. Er konnte nicht mit ihr reden. Er wollte es nicht, sein Schmerz und seine Wut saßen zu tief. Ihm war richtig schlecht. Sobald er seine Augen schloss, sah er Noah. Seinen kleinen Noah, der strahlend vor ihm stand. Er erinnerte sich an seine Geburt, wie winzig er war. Sein Kinderzimmer hatte Matt schon sechs Monate vor seiner Geburt fertiggestellt. Er konnte es kaum erwarten, den kleinen Wurm im Arm zu halten. Dann war er endlich da. Sara und er waren so glücklich. Sie hatten Noah mit Samthandschuhen angefasst. Sara war übervorsichtig, hatte ihn nie eine Sekunde aus den Augen gelassen. Noahs erste Worte, sein erstes Lachen, die ersten Schritte, sein erstes Pflaster, die gemeinsamen Ausflüge an den Strand – all diese Bilder schossen Matt plötzlich in den Sinn. Er musste grinsen, als er an den Moment dachte, wo Noah das erste Mal Hirsche gesehen hatte und ungläubig vor den Tieren stand. Das war wohl die glücklichste Zeit in seinem Leben, dachte Matt. Die ersten zwei bis drei Jahre mit Noah. Ungefähr als Noah drei war, wurde es zunehmend schwierig zwischen ihm und Sara. Sara war kaum noch zu Hause. Sie war nur noch im Büro, jagte von einem Tatort zum nächsten. Am Anfang machte er sich keine Sorgen, aber irgendwann konnte er die Stunden in der Woche abzählen, die Sara bei ihm und Noah war. Er wurde zunehmend skeptisch, unterstellte Sara sogar eine Affäre mit Cruz. Als er dann erfuhr, dass Cruz schwul war, war ihm das äußerst unangenehm. Erste Anzeichen für ihre

Arbeitswut stellte er schon vor Noahs Geburt fest, vor allem nach dem Tod ihres Dads. Sie flüchtete sich förmlich in ihre Arbeit. Das war ihre Art, mit der Trauer umzugehen. Matt dachte an Max, Saras Dad. Er mochte ihn sehr. Nachdem seine Eltern bei einem Autounfall ums Leben kamen, da war er 16 Jahre, waren die Webbers seine Ersatzfamilie. Er war zu diesem Zeitpunkt ein Jahr mit Sara zusammen. Max und Dana Webber kümmerten sich um ihn. Vor allem Max. Er spielte mit ihm Fußball, ging aber auch mal mit ihm in eine Bar. Es war ein harter Schlag für alle. Matt versuchte, für Sara da zu sein. So, wie er es konnte. Heute denkt er oft, dass das nicht genug war. Sie stürzte sich nach diesem Schicksalsschlag in Arbeit und verbiss sich in nahezu jeden Fall. Matt fiel es in der Zeit nicht so auf, weil er selber dabei war, seine Karriere als Anwalt voranzutreiben. Er hatte gerade sein Studium beendet und startete als Junganwalt in einer renommierten Kanzlei.

Mit Mitte 20 heiratete er Sara. Es war eine kleine Hochzeit am Strand. Sie waren beide barfuß. Er erinnerte sich, wie Sara strahlte. Es war bis dato der schönste Tag seines Lebens. Er dachte, sie könnten alles zusammen meistern, egal, was kommt. Er lag falsch, wie er heute traurig einsehen musste. Er hatte alles versucht, die Ehe zu retten, aber Sara blockte ab. Er kam gar nicht mehr an sie heran. Schließlich sah er nur noch den Weg der Trennung. Eigentlich wollte er ausziehen, aber Sara kam ihm zuvor. Dass Noah bei ihm bleiben würde, war von Anfang an klar. Er jonglierte mit seiner Rolle als Anwalt, Vater und Hausmann. Da er seine Arbeit mit nach Hause nehmen konnte, hatte er nicht den Zwang, neun Stunden am Tag im Büro zu sitzen. Eine Nanny half ihm mit Noah am Nachmittag. Es war anstrengend. Aber er war jeden Tag froh, dass Noah bei ihm war. Schließlich war er auch ein Teil von Sara, das Einzige, was ihm von ihr geblieben zu sein schien. Nach der Trennung holte Sara Noah zunächst jedes Wochenende zu sich. Da sie sonst unter der Woche auch kaum da war, musste Noah sich nicht wirklich umstellen. Doch die Wochenenden wurden immer seltener. Sie richtete ihren Dienstplan irgendwann nicht mehr nach Noah aus und arbeitete oft am Wochenende. Matt bildete sich lange ein, dass Noah nicht darunter leiden würde. Doch wenn er ihn in letzter Zeit beobachtete, fiel ihm oft sein trauriger Blick auf. Matt schloss die Augen. Er wurde durch das Klingeln an der Haustür aus seinen Gedanken gerissen. Er ignorierte es und blieb liegen. Es war bestimmt Sara.

## Kapitel 34

Bryan hörte Geräusche. Er zuckte wie jedes Mal zusammen, als der Unbekannte die schwere Tür öffnete. Von Noah hatte er nichts mehr mitbekommen. Bei Jason wusste er manchmal gar nicht, ob er überhaupt noch atmete. Die Tür ging auf und ein Schatten stand in der Tür, der Fremde war wie immer vermummt. Die ersten Male hatte Bryan immer unheimliche Angst bekommen, aber mittlerweile hatte er ein Gesicht zu der Gestalt. Der Mann aus der Reinigung. Das Licht ging an, was ein gutes Zeichen war. Bryans Atem beruhigte sich, der Mann würde nur Essen bringen. Als erstes ging der Vermummte zu Jason in die Zelle. Er legte ihm Brote neben seine Matratze. Jason rührte sich aber nicht, der Kerl schien irritiert. Er stupste Jason an, immer noch nichts. „Hey, wach auf!“, sagte er energisch zu Jason. Nichts. Er beugte sich runter und schüttelte den Kleinen. Erst leicht und dann immer heftiger. Er schien Panik zu bekommen. Jason kam langsam zu sich und murmelte irgendwas vor sich hin. Bryan konnte es nicht verstehen. Der Typ ließ ihn los und ging hintereinander zu den anderen Kindern in die Zellen und verteilte das Essen.

Bryan war der letzte. Er saß auf seiner Pritsche, als der Kerl in seine Kammer kam. Er legte auch ihm zwei belegte Brote hin – dieses Mal mit Wurst. Einen Moment schaute er Bryan in die Augen. Bryan zuckte zusammen, der Blick war bedrohend, so als würde der Kerl ihn gleich mit seinen Augen töten wollen. Bryan bekam schrecklich Angst und rückte weg. Plötzlich kamen Laute aus Jasons Zelle. Jason versuchte aufzustehen, brach aber zusammen und lag regungslos auf dem kalten Boden. Der Kerl schreckte zusammen, lief aus Bryans Zelle rüber zu Jason. Er hockte sich zu ihm und hob den Jungen hoch. Bryan zögerte keinen Moment, seine Zellentür war offen. Er stürmte hinaus, vorbei an Noah und Jessica, die nur regungslos auf ihren Pritschen lagen und ihm nachsahen. Der Entführer reagierte nur sehr langsam. Er legte Jason auf seine Matratze und stürmte auch aus der Zelle. Bryan war aber wieselschnell schon an ihm vorbei, die Stufen hoch, hinaus in den langen Gang gerannt. Der Kerl fluchte. „Verdammter Mist! Bleib stehen, Bryan." Seine Stimme hallte. Bryan zuckte zusammen. Der Kerl war sehr langsam, das war Bryans Glück. Er erreichte die Stufen zur Öffnung, kletterte diese flink hoch, die Luke war offen, er musste sie nur noch aufstemmen. Das bereitete ihm große Mühe, doch unter enormer Anstrengung bekam er sie schließlich auf. „Gott sei Dank", murmelte Bryan. Er kletterte die Stufen hoch. Die Todesangst lähmte ihn nicht, sondern gab ihm einen unglaublichen Energieschub. Er war flink wie eine Gazelle. Plötzlich hörte er Geräusche hinter sich. Er spürte das Böse hinter sich, fühlte, wie es dicht hinter ihm war. Sein Verfolger packte ihn am Fuß und hielt ihn fest, er hatte ihn eingeholt. In Bryan machte sich Panik breit und sein Schrei hallte durch die Luft.

## Kapitel 35

Sara saß an ihrem Tisch und versuchte, eine Suppe zu essen. Sie brachte aber nichts runter. Die Erinnerung hatte sie schlagartig wieder eingeholt. Das Gefühl von Schuld, Schmerz und Verzweiflung bohrte sich in ihre Brust. Vor ihr lag die Zeitung von heute mit der Headline: *Sgt. Cooper schafft es nicht mal, ihr eigenes Kind zu schützen!* Sie fegte die Zeitung vom Tisch. „Dieser Arsch", murmelte sie vor sich hin. Es war früher Nachmittag, als Sara zu ihrem Auto ging. Kurz bevor sie die Fahrertür aufschließen wollte, spürte sie plötzlich einen Schatten hinter sich. Sie riss ihren Körper herum. Lundberg!

Der Reporter stand vor ihr und hielt entschuldigend die Hände nach oben. „Sgt. Sorry, ich wollte Sie nicht erschrecken", sagte er trocken. Saras Körper spannte sich an. „Was fällt Ihnen ein, Lundberg? Verschwinden Sie und arbeiten Sie an einem weiteren Drecksartikel!" Sara war wütend und kämpfte gegen den Drang an, ihm einen Schlag auf die Schläfe zu verpassen. Lundberg hielt sie fest. „Ich möchte Ihnen die Chance geben..." Sara schüttelte ihren Arm und drückte Lundberg mit aller Kraft von sich. Ihre Augen zuckten vor Wut. „Verschwinden Sie! Sie behindern seit Monaten unsere Arbeit und erschweren uns jeden einzelnen Schritt, Sie Arschloch! Ich werde freiwillig kein Wort mit Ihnen reden. Und jetzt hauen Sie ab. Sofort." Sara brüllte ihn an. Ohne ihn eines Blickes zu würdigen, stieg sie in ihren Wagen ein und fuhr weg.

Sie drehte das Radio voll auf und versuchte runterzukommen. Was dachte sich Lundberg dabei, einfach bei ihr vor der Wohnung aufzukreuzen? Sie schüttelte den Kopf und versuchte, Matt zu erreichen. Aber er ging wieder nicht an sein Telefon. Heute Mittag war sie kurz bei ihm zu Hause vorbeigefahren, es war alles dunkel. Sie hatte geklingelt. Nichts. Er schien nicht da zu sein oder er machte die Tür einfach nicht auf. Sara konnte Matt verstehen, sie machte sich schwere Vorwürfe. „Warum? Warum?", stammelte sie immer wieder. Wäre sie doch nie Polizistin geworden, dann wäre Noah nichts passiert und Matt wäre ihr nicht weggelaufen. Sara hasste sich selbst. Sie fuhr mit ihrem Wagen durch die Gegend, bis sie feststellte, dass sie immer im Kreis fuhr. Ins Büro konnte sie nicht. Chief Miller würde sie wahrscheinlich in eine Zelle stecken. Ihr Team versorgte sie telefonisch mit allen neuen Informationen. Kelly hatte Cruz weitestgehend wieder hergestellt und nach ein paar Stunden Schlaf war er wieder ins Revier gefahren, um seinem Team bei der Suche zu helfen. Kelly war unterdessen nach Hause gefahren. Heute sollten noch die Ergebnisse der Spurensuche eintreffen. Sara wartete auf den Anruf, aber ihr Handy blieb standhaft stumm und war nur ein überflüssiges Gewicht in ihrer Tasche. Sie überlegte, was sie zur Überbrückung tun könnte. Sie musste etwas tun, sonst würde sie verrückt werden.

Da kam ihr Familie Caulfield in den Sinn. Sie wollte sich sowieso noch bei Joseph für das nächtliche Fahren bedanken. Sie drehte um und fuhr Richtung La Jolla. Insgeheim hoffte sie irgendwie, auch Matt dort anzutreffen. Ihr Weg führte sie über Pacific Beach, einem alten Küstenort, der für alle Amerikaner ein Begriff ist. Sara schaltete das Radio aus und kurbelte das Fenster herunter, sie genoss den kühlen Wind auf ihrem Gesicht. Sara mochte PB, wie es die Einheimischen nannten, es lag nur wenige Meilen nordwestlich der Innenstadt und war insbesondere im Zuge der Weltwirtschaftskrise ein gern besuchtes Juwel. Hier fand man Dinge, die man sonst nicht vorfand, wie beispielsweise Häuser, viele Menschen und einen der besten Strände der USA - der vor allem kostenlos und für jeden zugänglich war. Das Konzept war immer Spaß. PB war der einzige Strand in Kalifornien, an dem man noch trinken durfte. Zwischen der Mittagszeit und den frühen Abendstunden war es offiziell erlaubt, Alkohol zu konsumieren – in welchen Mengen auch immer. Diese Tatsache machte PB schnell zur Partymeile Amerikas mit dem Luxus eines Strandes vor der Tür. Für Surfer wurde es schnell zu einem Mekka. Sara passierte die Garnet Avenue, die direkt zum Strand führte. Zwischen dem Abschnitt Mission Boulevard und Ingraham Street war immer was los, insbesondere nach Sonnenuntergang. An allen Abenden im Sommer, Frühjahr und Herbst waren die Bars rappelvoll mit jungen Menschen aus der ganzen Welt.

Auch Sara war hier früher oft mit Matt, als es noch friedlich war. Mittlerweile verlor PB seinen guten Ruf und immer mehr Kriminalität hielt Einzug. Saras Kollegen wurden auch immer öfter zu Einsätzen in dieses Gebiet gerufen. Es galt immer zunehmender als heruntergekommen und gefährlich. Viele Gangs aus anderen Stadtteilen nisteten sich hier ein und trieben ihr Unwesen – insbesondere nachts. Sie fluteten die Clubs und es kam immer häufiger zu Schlägereien. Es war eine Schande, dachte Sara im Vorbeifahren. Die lockere Surferatmosphäre musste allmählich einer Stimmung aus Alkohol, Drogen und Gangs weichen. Familien, die immer gerne herkamen, suchten nun Mission Beach oder oben Del Mar auf. Sara hatte oft das Gefühl, dass viele PB schon aufgegeben hatten und es den Trinkern, Dealern und Prostituierten überließen. Sie atmete tief ein und verließ PB. Für den Rest der Fahrt schaltete sie das Radio wieder ein, versank in Gedanken und näherte sich schließlich La Jolla. Als nach einer Kurve die Sonne direkt in ihr Gesicht schien, klappte sie die Sonnenblende runter.

Sie erreichte das Caulfield Anwesen und das große Tor kam ihr am helllichten Tag noch prachtvoller vor. Sie fuhr die imposante Auffahrt lang und näherte sich dem Rondell. Vor der Haustür waren mehrere Menschen versammelt. Ein Auto parkte vor der Haustür. Ein Mann lehnte an der Motorhaube, Sara sah ihn nur von hinten. Martha und Joseph standen in der Tür oben auf der Treppe. Patrick kam aus dem Haus, gab seiner Mutter einen Kuss auf die Wange. Joseph ignorierte er. Er ging zum Auto. „Los Dad, wir können starten." Beide stiegen ein. Das musste Patricks leiblicher Vater sein. Der vom Foto. Sara konnte nicht alles hören, obwohl sie ihr Fenster immer noch unten hatte. Aber von dem Zwillingsbruder war immer noch nichts zu sehen. Oder saß er im Auto? Sie konnte es nicht erkennen, das Licht reflektierte auf den Fensterscheiben. Sara parkte ihren Wagen. Da klingelte ihr Handy, es war Cruz. „Cruz, was gibt es?" Cruz war ganz aufgeregt. „Sara, du glaubst es nicht. Wir haben etwas gefunden." Sara versuchte, ganz ruhig zu bleiben. „Was Cruz? Was habt ihr gefunden?" Ihr Herz schlug schneller, Cruz holte Luft. „Wir haben das Ergebnis aus dem Labor. Die Spuren vom Tatort wurden ermittelt. Und jetzt halt dich fest. Neben den zu erwartenden DNA-Spuren von Matt, Noah, Hannah und sogar dir haben wir auch die DNA von einer völlig anderen Person gefunden. Und zwar im ganzen Haus. Auch in Noahs Zimmer. Eine Person, die da bestimmt nichts zu suchen hatte. Joseph Caulfield."

## Kapitel 36

Bryan schrie und trampelte um sein Leben. „Lass mich los. Hilfe!" Er entwickelte eine Kraft, die ihn selber überraschte. Er konnte seinen Fuß aus den Händen des

Entführers befreien, da dieser das Gleichgewicht auf den Stufen verlor. Bryan gab ihm sogar noch einen Tritt auf den Kopf mit – eher unabsichtlich, aber so gewann er Zeit. Er donnerte die Luke zu und rannte los. Es war hell draußen, das Licht blendete ihn. Er musste seit Tagen kein Sonnenlicht mehr gesehen haben. Er rannte trotzdem weiter, obwohl er erst nur Umrisse erkannte. Wo war er um Gottes Willen? Da war ein Haus, das erkannte er und noch etwas, ein kleineres Haus. Dann ein Waldstück. Er überlegte sekundenschnell, dann rannte er Richtung Wald, immer tiefer hinein.

Die Stille der Natur hüllte ihn plötzlich ein. Er sprang über Baumstümpfe und Äste, der Geruch von Erde umgab ihn wie eine dicke Wolke. Das Sonnenlicht fand vereinzelt den Weg durch die Baumkronen. Er konnte den Kerl plötzlich wieder hinter sich hören, er schrie nach ihm. Bryan hatte schreckliche Angst, lief aber weiter. Sein eigener Atem hämmerte. Das Unterholz wurde immer dichter, eine Wand von Bäumen schlug ihm entgegen. Er glaubte durch einen grünen Tunnel zu laufen. Zweige und Sträucher waren ihm im Weg, sein Gesicht war schon voller Kratzspuren. Er rannte und rannte. Überall Bäume und Büsche, seine Beine waren taub. Der Schweiß lief ihm das Gesicht herunter, seine Haare klebten an seinem Kopf. Hinter ihm wurde es immer stiller, glaubte er zumindest.

Hatte er den Kerl etwa abgehängt? Freude kam in ihm auf und Hoffnung. Hatte er es bald geschafft? Er lief trotzdem immer weiter, die Euphorie schien ihn noch schneller zu machen, er schaute sich im Laufen um. Nichts. Er vernahm ein Rauschen, war da Wasser? Niemand war mehr hinter ihm, der Kerl war weg. Bryan atmete auf. Erst jetzt bemerkte er die brennenden Stiche in seiner Brust. Jetzt wird alles gut, dachte er - doch dann stolperte er plötzlich auf dem unebenen Boden. Er stürzte über eine Wurzel, verlor das Gleichgewicht und rollte unsanft einen Hügel hinunter. Er knallte hart auf den kalten Boden gegen einen Busch. Hilflos lag er auf der harten Erde. Eine Schar Vögel wurde aufgescheucht. Dann Stille. Das letzte, was Bryan vor sich sah, war ein Bild seiner Mutter. Seine Augen fielen zu.

## Kapitel 37

Sara war geschockt. „Es passt alles, Sara“, Cruz Worte prasselten auf sie ein. „Selbst das Phantombild macht nun einen Sinn. Er ist das Phantom. Ein Alibi für Noahs

Entführung hat er auch nicht. Ich hab es selber mitbekommen. Er hat sich früh zurückgezogen, weil es ihm nicht gut ging. Du warst dabei. Es wäre keinem aufgefallen, wenn er sich mal eine Stunde davongeschlichen hätte. Dann hat er dich auch noch zum Tatort gefahren. Krankes Schwein. Sara, er war es!“ Sara konnte es nicht fassen. „Wie seid ihr an seine DNA gekommen?“ Cruz lachte kurz auf. „Pures Glück. Da er am Tatort rumlungerte, haben wir eine Probe genommen. Eigentlich nur, um ihn als Verdächtigen ausschließen zu können. Alle mussten eine Probe abgeben, die dort waren. Aus der Nummer kommt er nicht mehr raus.“ Sara hielt inne. Dieser nette Herr soll ein Psychopath und Mörder sein? „Sara, wo bist du?“ Cruz war ganz euphorisch. Sara atmete tief durch. „Du wirst es nicht glauben, ich stehe vor dem Haus der Caulfields.“

Sara konnte es nicht fassen. Joseph? Sie überlegte, was sie jetzt tun sollte. Sie öffnete die Wagentür. Joseph und Martha sahen Sara aus ihrem Auto aussteigen und kamen ihr auf der Treppe entgegen. Sie winkten ihr zu. Warum ging sie nicht auf Joseph los?, fragte sich Sara. Er hat deinen Sohn entführt. Aber ihre innere Stimme sagte ihr, dass irgendetwas nicht passte. „Hallo Sara.“ Joseph und Martha bemerkten sofort, dass mit Sara etwas nicht stimmte. „Sara, alles in Ordnung?“, fragte Martha besorgt. Sara schaute sie ernst an, dann ging ihr Blick zu Joseph. „Ich muss mit dir reden, Joseph. Alleine.“ Martha schaute irritiert. Joseph betrachtete Sara eindringlich, als hätte er etwas zu sagen, konnte es aber nicht vor seiner Ehefrau tun. Er atmete tief durch, sein Blick ruhte auf Sara. „Ist schon gut, Martha.“ Joseph nickte Martha zu. Martha war immer noch irritiert, zuckte mit den Schultern, ging dann aber in die Küche. „Komm rein“, richtete er seine Worte an Sara.

Joseph und Sara gingen weiter durch den Salon ins Wohnzimmer, das gestern noch als Tanzfläche diente. Das Haus war blitzblank geputzt, als hätte nie eine Party stattgefunden. Sie nahmen auf dem großen blütenweißen Sofa Platz. Sara drehte sich zu Joseph, der eine graue Tweedjacke über einem aschfarbenen Hemd trug. Seine breiten Schultern fielen ihr trotzdem sofort ins Auge. Ihre Stimme klang ruhig, nahezu gelassen. „Joseph, in ein paar Minuten wird es hier nur von Polizisten so wimmeln. Ich gebe dir jetzt die einmalige Chance, mir zu erklären, was deine DNA in Matts Haus zu suchen hatte. Und zwar überall im Hause. Auch in Noahs Zimmer. Sag es mir, bitte.“ Joseph schaute sie an. Er seufzte. „Ich wusste es, als ich die Probe gestern abgeben musste. Das wird mir zum

Verhängnis." Sara sah ihn entsetzt an. „Was Joseph? Was meinst du? Hast du was mit dem Verschwinden von Noah zu tun? Weißt du, wo all die Kinder sind?" Joseph guckte sie mit aufgerissenen Augen an. „Nein, Sara, nein. Um Himmels willen. Ich könnte doch keinem Kind etwas antun." Sara verstand nicht. „Was willst du mir sagen, Joseph?" Seine Wangen zuckten kurz und seine Unterlippe begann zu zittern. „Ach Sara, es tut mir so leid. Es ist einfach in mir. Ich kann nichts dafür." Er begann zu weinen. Sara wurde unruhig, ihr Rücken wurde stocksteif.

„Was ist in dir? Joseph, sprich Klartext." Er versuchte, sich zu sammeln. „Es ist nur einmal passiert. Vor Jahren. Seitdem habe ich es im Griff." Er schluchzte immer weiter. Sara glaubte nicht, was sie da hörte. Ihr wurde schlecht. Sie guckte auf den Boden, sie konnte es nicht fassen. Sie saß einem Pädophilen gegenüber. Sara sprang auf, schüttelte Joseph, der nur jammerte. „Hast du meinem Jungen etwas angetan? Du verdammtes Schwein." Joseph schüttelte nur den Kopf. „Nein, ich schwöre. Ich habe ihm nichts angetan. Lass mich erklären. Wir waren neulich bei Matt eingeladen. Wir hatten alle viel getrunken. Ich wollte auf die Toilette. Da bin ich an Noahs Zimmer vorbei und konnte nicht anders. Ich habe die Tür geöffnet und da lag er in seinem Bett. Ganz friedlich." Sara schossen Tränen in die Augen. Laut sagte sie: „Was hast du getan, Joseph? WAS?“ Joseph schaute sie an. Dabei zitterten seine Hände so sehr, dass er sie in seinen Schoß legen musste. „Ich habe nichts getan. Ich habe mich in seinem Zimmer umgesehen und stand dann eine ganze Weile vor seinem Bett. Ich habe ihn nur beobachtet. Das schwöre ich dir.“ Sara wurde wütend. „Beweise, dass du nichts mit dem Verschwinden der Kinder zu tun hast!“ Joseph dachte nach. „Dieser Bryan. Als er verschwand, war ich mit Martha auf Hawaii. Das kannst du nachprüfen.“

In diesem Moment stürmten Cruz und die Kollegen ins Haus. Das Auge von Cruz war geziert von einem Pflaster. Seine Lippe war blutverkrustet. „Mr. Caulfield. Ich verhafte Sie wegen mehrfacher Kindesentführung und Mordes.“ Sara stand auf und unterbrach Cruz. „Er ist es nicht, Cruz!“ Cruz sah einer verweinten Sara ins Gesicht. „Was?“ Sara schüttelte den Kopf. „Er ist es nicht. Und warum, erklärt dir das Schwein selber.“ Sara verließ das Wohnzimmer und Cruz blieb verwundert zurück. Joseph senkte den Kopf. Sara ging wortlos hinaus, Martha schaute ihr nur sprachlos nach. Sara verließ das Haus, draußen kamen ihr Lilly und Shawn entgegen, die sie aber ignorierte. Die frische Luft tat ihr gut, doch konnte auch der aufbrausende Wind ihre Anspannung nicht wegwehen.

Der Gehweg erstreckte sich vor ihr wie ein dunkler Fluss, mehrere Streifenwagen parkten auf dem Gelände. Die Sonne ging gerade unter. Sie schaute auf ihr Handy, in der Hoffnung, Matt hätte sich gemeldet, aber es waren wieder nur verpasste Anrufe ihrer Mutter auf dem Display.

## Kapitel 38

Erst als sie im Auto saß und die Tür verriegelt hatte, spürte Sara, wie die Nervosität von ihr wich. Sie fuhr nach Hause, sie war völlig fertig und hundemüde. Plötzlich klingelte ihr Handy. Ihre Mutter, dachte Sara sofort. Sie nahm das Handy, das sie in die Ablage gelegt hatte und blickte auf das Display, unbekannte Nummer. Sie überlegte kurz, ob sie das Gespräch annehmen sollte, tat es dann aber. „Sara Cooper." „Sara, ich bin es, Jane!" Sara stockte und musste rechts ranfahren. JANE. Ihre Schwester hatte ihr gerade noch gefehlt. Sie hatten seit fast zwei Jahren kein Wort mehr miteinander gesprochen. „Jane, hallo." Zu mehr ließ Jane ihr keine Gelegenheit. „Sara, sag mal. Mum versucht dich seit Tagen zu erreichen! Was denkst du dir dabei, nicht ans Telefon zu gehen?!", schnaubte sie ihre Schwester an. „Jane, es tut mir leid. Ich wollte sie heute Abend anrufen." „Wollte, hätte, sollte – davon kann sich

Mum auch nichts kaufen. Du bist unmöglich, sie stirbt vor Ungewissheit. Wie kannst du ihr das antun?“ Stille. Sara hielt ihr Handy umklammert, hielt es so fest an ihr Ohr gepresst, dass sie das Pochen ihres eigenen Pulsschlags hören konnte. Sie hatte keinen Nerv mit ihrer Schwester zu sprechen, schon gar nicht in diesem Ton. „Jane, hör zu. Noah ist verschwunden und es tut mir leid, wenn ich in der ganzen Panik vergessen habe, euch zu informieren! Ich hab jetzt keine Zeit. Ich werde mit Mum nachher sprechen.“ Sara wollte das Gespräch beenden. „Wie konnte es überhaupt soweit kommen?“, fragte Jane hastig. Sara hörte wieder diesen vorwurfsvollen Ton heraus. „Was meinst du?“, erwiderte Sara gereizt. Jane war aufgeregt, ihre Stimme überschlug sich. „Dass Noah verschwinden konnte? Hast du nicht auf ihn aufgepasst? Was bist du für eine Mutter?“ Sara musste sich zusammenreißen, nicht loszuschreien. „Pass mal gut auf, Jane. Wir machen gerade die schlimmsten Stunden unseres Lebens durch und du machst mir wieder nur Vorwürfe! Lass mich in Ruhe!“ Sara legte auf, schäumend vor Wut. Ihr Handy klingelte erneut, wieder unbekannte Nummer. Sara drückte das Gespräch weg, ohne es anzunehmen.

Als sie zu Hause ankam, ging sie eilig in ihr Appartement. Sie donnerte ihre Sachen in die Ecke und machte sich ein Bier auf. Erschöpft ließ sie sich auf die Couch fallen. Sie nahm einen kräftigen Schluck aus der Bierflasche und dachte an ihre Schwester. Seit dem Tod ihres Vaters entwickelte sich das Verhältnis zu ihr immer mehr zu einer Katastrophe. Jane warf ihr immer vor, Daddys Liebling gewesen zu sein. Dass er sich ja nie für sie interessiert hätte, weil sie eine Lehre zur Krankenschwester gemacht hat. Es ging ihm immer nur um Sara, die angehende Polizistin. Völliger Schwachsinn in Saras Augen. Aber Sie hatte in den Jahren gelernt, dass jeder seine eigene Wahrheit mit sich herumträgt, daher hatte sie aufgegeben, mit Jane diese Kämpfe auszutragen. Sara stand wütend auf, sie konnte sich gar nicht beruhigen. Sie überlegte, ob sie sich was zu essen machen sollte. Bei einem Blick in den Kühlschrank merkte sie aber, dass sie gar keinen Hunger hatte. Das Gespräch mit ihrer Schwester war ihr ordentlich auf den Magen geschlagen. Sie ging ins Bad, dort stellte sie sich minutenlang unter die heiße Dusche. Das heiße Wasser lief über ihren Kopf ins Gesicht und sie atmete tief die dampfende Luft ein. Ihre Gedanken schweiften zu Joseph und sie konnte nicht begreifen, dass sie sich so in einem Menschen täuschen konnte. Sie überlegte kurz, ob Martha wohl davon gewusst hat, verwarf den Gedanken dann aber schnell. Nein, das traute sie einer Frau wie Martha nicht zu.

Sie wusch sich die Haare und genoss den warmen Strom der Dusche auf ihrem Körper, bis ihr Bilder von Noah in den Kopf schossen – und die Worte ihrer Schwester ‚*Wie konnte das überhaupt passieren?*'. Sie musste sich zwingen, nicht anzufangen zu weinen, verlor aber den Kampf mit ihren Gefühlen. Da war wieder der dumpfe Schmerz in ihrem Inneren, Tränen vermischten sich mit dem Wasser in ihrem Gesicht. Sie weinte immer heftiger und sackte schließlich in der Dusche an den Fliesen runter. Dort kauerte sie eine Weile und ließ ihren Gefühlen freien Lauf. Jane hatte recht, sie war eine schreckliche Mutter. Sie bemerkte nur langsam, wie ihr immer kälter wurde. Sie stellte die Dusche so heiß, wie sie es ertragen konnte, in der Hoffnung, die düsteren Gedanken zu vertreiben. Sie wusste nicht, wie lange sie unter dem heißen Strahl war. Endlich, nachdem sie keine Tränen mehr übrig hatte, trocknete sie sich ab und zog sich eine Jogginghose und ein weites T-Shirt über. Der Spiegel war beschlagen und sie wischte ihn langsam mit ihrer Hand sauber. Als sie sich die nassen Haare kämmte, betrachtete sie ihr Spiegelbild. Unter dem hellen Licht sah sie deutlich die dunklen Ränder unter ihren Augen. Sie begriff, dass ihr Leben ein einziger Trümmerhaufen war. Bevor sie wieder anfangen musste zu weinen, ging sie schnell ins Wohnzimmer und legte sich auf die Couch. Sie wollte ihre Mum anrufen, aber innerhalb weniger Minuten war sie eingeschlafen. Sie fiel in einen tiefen und erschöpften Schlaf.

Es war mitten in der Nacht, als ihr Handy klingelte, dachte sie zumindest. Sara schreckte auf, ihr T-Shirt war schweißnass. Es war aber die Haustür. Es klingelte erneut, Sara kam langsam zu sich. Sie stand auf und ging langsam zur Tür. „Sekunde“, rief sie Richtung Haustür. Als sie die Tür öffnete, sah sie eine völlig verstörte Lilly vor sich stehen. Sie war kreidebleich. „Was ist los, Lilly?“ Sara hatte sofort ein ungutes Gefühl. Lilly stotterte. „Sara, ähm, es...“, sie holte tief Luft. Sara starrte sie gebannt an, ihre Halsschlagader pochte. Sie hatte Angst, vor dem was jetzt kam. Lilly sprach schließlich weiter. „Es wurde eine Kinderleiche gefunden. Es ist ein kleiner Junge.“

## Kapitel 39

Lilly hatte es gerade so geschafft, Sara in ihren Wagen zu bringen, sie wäre fast zusammengebrochen. Nun saßen beide im Auto. Erste Strahlen der Morgenröte erhellten den Himmel. Lilly ließ den Motor an und fuhr los. „Ist es Noah?“, stammelte Sara. Lilly schaute sie an. „Das wissen wir nicht. Shawn müsste gleich am Fundort sein. Dann wissen wir hoffentlich mehr.“ Sara trug immer noch die Jogginghose, in der sie gestern Abend eingeschlafen war. Zudem hatte sie sich eine Fleecejacke übergeworfen. „Wo? Wo ist er gefunden worden?“ „Am Lake Tower See. Er lag am Ufer. Er muss ins Wasser geworfen worden sein. Und letztendlich hat ihn die Strömung wieder ans Land gespült. Ein Jogger hat den Jungen wohl gefunden.“ Sara wurde schlecht. Sie gab Lilly ein eiliges Zeichen, den Wagen anzuhalten und Lilly fuhr schnell an den Straßenrand. Sara riss die Tür auf und übergab sich.

„Geht es wieder?“ Lilly legte besorgt ihre Hand auf den Rücken ihrer Kollegin und hielt ihr ein Taschentuch hin. Sara wischte sich den Mund ab und nickte nur. „Geht schon. Fahr weiter.“ Sara dachte nach. Langsam konnte sie wieder denken. Matt. Sie musste Matt anrufen. Sie suchte ihr Handy aus ihrer Tasche und wählte seine Nummer. Mailbox. „Dieser Arsch“, fluchte Sara. Lilly blickte sie ernst an. „Matt?“ „Er geht die ganze Zeit nicht an sein Handy. Ich versuche seit gestern Morgen, ihn zu erreichen.“ Lilly überlegte. „Pass auf, ich schicke eine Polizeistreife zu seinem Haus. Sie sollen ihn zum Fundort bringen“, Lilly sprach in den Polizeifunk. Sara schickte parallel eine SMS an Matt. Als Lilly die Streife zu seinem Haus geschickt hatte, schaute Sara sie fragend an. „Wurden die anderen Eltern in Kenntnis gesetzt?“ Lilly nickte widerwillig. „Ja, die Presse weiß auch schon Bescheid. Daher bringt es gar nichts, den Eltern etwas vorzumachen. Sie werden gerade benachrichtigt und dann zum See gebracht. Wir könnten sie sowieso nicht davon abhalten.“ Sara schloss die Augen und hielt ihre Hände im Schoß verschränkt. Ihr Herz pochte und ihre Kehle war trocken.

Knapp 12 Kilometer hinter La Jolla begann das besagte Waldstück. Lilly begann langsamer zu fahren und bog schließlich in einen schmalen und verwilderten Waldweg ein. Er war voller Schlaglöcher und das Waldstück ringsherum war von Unkraut überwuchert. Der Wagen rumpelte schwankend über die holprigen Furchen. Lilly fuhr vorsichtig und hoffte, die Dämpfung würde keinen bleibenden Schaden davontragen. Die Morgensonne fand ab und zu ihren Weg durch die oberen Baumkronen. Autos parkten bereits am Rand, unter anderem auch mehrere Übertragungswagen der Fernsehsender. Sara war immer noch wie gelähmt. Selbst den holprigen Weg registrierte sie nicht. Der schmale Pfad mündete schließlich in einer kleinen Lichtung, dahinter lag der See. Sofort stürzten ihnen Reporter entgegen, die sich um das Auto säumten. Alle hofften auf einen kurzen Blick, eine kleine Unachtsamkeit, eine belanglose Bemerkung, um an ihre

Story zu gelangen. Sie umzingelten Lillys Wagen, Lilly blieb gar nichts anderes übrig, als den Wagen anzuhalten. Sie nahm die Hand von Sara. „Ganz ruhig, Sara. Ich bin bei dir." Sara atmete tief ein und nickte. Die zwei stiegen aus. Es war noch sehr frisch an diesem Morgen, Sara schlug den Kragen ihrer Fleecejacke hoch. Der Zoom jeder einzelnen Kamera war auf sie gerichtet. Sara ignorierte die Mikrofone in ihrem Gesicht und blickte sich kurz um. Sie sah Lundberg etwas abseits, der sie nur anstarrte, doch dessen Miene verriet nichts. Sara wich seinem Blick aus und ging auf die Absperrung zu, Lilly war dicht hinter ihr. Sie glaubte, ihren eigenen Herzschlag zu hören, der wie ein immer schneller werdender Trommelwirbel unter ihrer Brust in Fahrt kam.

Der Tatort war abgesperrt, so dass es den Reportern noch nicht einmal möglich war, einen Schnappschuss zu machen. Es war ein schöner See, die Sonne spiegelte sich auf dem Wasser. Die Luft war klar. In der Mitte war eine Art Insel, es könnte ein richtiges Idyll sein. Die imposanten Bäume ringsherum des Sees hatten eigentlich eine Atmosphäre ungestörter Geborgenheit. Das einzige Geräusch, das Sara wahrnahm, kam von mehreren Vögeln, die sich in Scharen in den Baumkronen sammelten. Sie sahen Shawn, der unten am Wasser stand. Bei ihm standen mehrere Beamte der Spurensicherung in weißen Overalls. Sie verdeckten den Blick auf etwas, das auf dem Boden lag. Das musste die Leiche sein, dachte Sara und ihre Beine wurden schwach. Sie musste kurz stehen bleiben, Lilly reichte ihr die Hand. „Geht es?“, fragte sie besorgt. Sara nickte nur. Die Frauen gingen einen kleinen Pfad hinab, um auch ans Ufer zu gelangen. Überall lagen Holpersteine. Nach wenigen Metern waren ihre Hosenaufschläge total verdreckt. Die Bäume standen hier sehr dicht, grüne Äste neigten sich über ihre Köpfe. Der Himmel war klar, aber in der Luft lag plötzlich dieser säuerliche Leichengeruch. Auch Lilly wurde ganz anders. Sie hielt sich ein Taschentuch vor ihre Nase. Egal, wie sie sich drehte, dieser Verwesungsgestank verpestete die ganze frische Morgenluft. Obwohl es früh am Morgen war, bemerkte Lilly Mücken und Fliegen um sich herumschwirren.

Shawn erblickte sie und kam eilig auf sie zu. Er war sehr blass und nahm seinen Mundschutz ab. Sein Anzug war zerknittert, seine Wangen waren mit Stoppeln überzogen. „Hi, wir wissen noch nichts Genaues.“ Sara wollte an ihm vorbei zur Leiche, die gerade zum Abtransport bereitgemacht wurde. Shawn hielt sie fest. „Das ist keine gute Idee, Sara. Du bleibst hier.“ Sara löste sich aus seinem Griff und blaffte ihn an. „Ich gehe hin, wo ich will. Verstanden?“ Shawn schaute sie ernst an. „Du bleibst hier.“ Sie ignorierte seine Worte und wollte weitergehen. Er hielt sie erneut fest und schüttelte sie heftig. „Hör zu! Die Leiche lag längere Zeit im Wasser und die Tiere haben ihr Übriges getan. Du weißt, was das heißt.“ Sara starrte ihn entsetzt an. „Was meinst du?“ Ihre Stimme bebte. Das Summen der Fliegen schien zu einem pulsierenden Dröhnen anzuschwellen. Shawn holte Luft. „Das heißt, dass wir erst eine Autopsie machen müssen, um 100%-ig sagen zu können, um wen es sich hier handelt. Wir können lediglich ausschließen, dass es Jessica Warner ist. Es ist definitiv ein Junge.“ Sara schüttelte den Kopf. „Nein, Shawn. Ich erkenne Noah. Ich bin seine Mutter. Hörst du!“ Sie stockte und überlegte. „Was hat er an? Wir würden Noahs Schlafanzug sofort wiedererkennen.“ Shawn blickte sie ernst an. „Sara, der Junge war vollständig unbekleidet.“

## Kapitel 40

Sara blieb regungslos stehen. Shawn zog Lilly zur Seite, sie gingen außer Hörweite. Sara konnte das alles nicht glauben. Sie ließ den Blick über die Landschaft aus entwurzelten Unkrautbüscheln und Baumstümpfen schweifen. Sie erblickte die Eltern von Jason, das Ehepaar Smith. Sie standen tränenaufgelöst bei einer Dame, die versuchte, beide zu beruhigen. Das musste die Psychologin sein. Die werden immer zu solchen Tatorten gerufen. Wobei, so einen Alptraum hatte Sara noch nie erleben müssen. Das Kind, das da liegt, könnte ihres sein. Etwas abseits erkannte sie die alleinerziehende Mutter von Scott. Ihr Gesicht sah ausgezehrt aus und von Sorgen gequält. Sie wirkte erschöpft und ausgelaugt, ihr Gesicht hager und fahl. Eine Beamtin stand bei ihr. Amanda und Kenneth Gore hielten sich im Arm. Kenneth sah sie nur von hinten. Er war kleiner als Amanda, das fiel ihr sofort auf. Mehr konnte sie nicht sehen. Sara konnte nicht beschreiben, wie alle diese Eltern aussahen, es gab einfach keine Worte dafür. Alle machten zurzeit die schlimmsten Stunden ihres Lebens durch. Ein Irrer hat ihr Glück mit einer unglaublichen Härte zerrissen. Sara fröstelte es. Sie suchte Matt. Sie sah ihn nicht, sie rief ihn erneut an. Wieder nichts. Kelly hatte mehrfach versucht, sie zu erreichen, die Nachricht musste also schon öffentlich sein, dachte Sara.

Sara versuchte, sich zusammenzureißen, hatte ihre Gefühle aber nicht mehr unter Kontrolle. Die Möglichkeit, dass ihr kleiner Noah dort unten am Ufer lag, brachte sie um den Verstand. Ihr wurde wieder schlecht. Sie befahl ihrem Magen, Ruhe zu bewahren. Ihren Magen schien sie in den Griff zu bekommen, ihre Gefühle aber nicht. Sie war kurz davor, eine Panikattacke zu bekommen, ihr Herz klopfte so heftig, dass ihr die Brust wehtat. Ihr Atem ging immer schneller und sie brach schließlich in sich zusammen. Sie kauerte hilflos auf dem Boden, sie atmete unregelmäßig. Lilly war sofort bei ihr und nahm sie in den Arm. Doch Lilly fand keine Worte, sie hielt Sara daher einfach nur fest. Eine Sanitäterin kam und gab Sara eine Beruhigungsspritze. Sie zitterte so heftig, dass sie kaum stehen konnte und so schlang die Sanitäterin ihr den Arm um die Taille und führte sie gestützt in den Rettungswagen. Dort legte sich Sara hin, Lilly war dicht bei ihr.

Shawn kam hinzu und gab Lilly ein Zeichen, Lilly stieg aus dem Wagen aus. Shawn drückte ihr eine Wasserflasche in die Hand, seine Jacke hatte er mittlerweile ausgezogen. Lilly nahm einen kräftigen Schluck und atmete auf. „Danke dir". Sie war dankbar für die Erfrischung, ihre Kehle war aber immer noch trocken. Diese Art von Durst ließ sich nicht durch Wasser allein stillen. Sie blickte Shawn an. „Was hat der Jogger gesagt, der die Leiche gefunden hat?" Lilly sprach leise, so dass Sara sie nicht hören konnte. Shawn schüttelte den Kopf. „Nichts Besonderes. Er joggt die Strecke jeden zweiten Tag immer vor der Arbeit, zusammen mit seinem Hund. Der war auf einmal verschwunden und fing an zu bellen. Der Jogger ist ihm hinterher und naja, den Rest kennst du." Lilly senkte den Kopf, während Shawn weitersprach. „Er ist sofort in psychologische Betreuung gekommen. Man entdeckt ja nicht jeden Tag eine Kinder-Wasserleiche. Schrecklich." Lilly blickte ihn an. „Wann können wir mit dem Ergebnis der Obduktion rechnen?" Shawn rieb sich erschöpft den Nacken. „Ich denke, die Identifikation sollte heute Abend erfolgt sein. Das Ergebnis der Autopsie dann etwas später." Kurzes Schweigen. „Hast du die Leiche gesehen?", fragte Lilly vorsichtig. Sein Blick sagte alles, seine Miene wurde hart. „Ja, das habe ich. Keine Chance, irgendetwas zu erkennen. Hier lauern so viele Aasfresser und Insekten, die auf sowas nur gewartet haben. Von Füchsen, Vögeln und Nagern gar nicht zu sprechen." Er stand auf und ging zu einem Beamten der Spurensicherung, auf seinem Hemdrücken waren Schweißflecken zu erkennen.

Lilly beobachtete, wie die Leiche abtransportiert wurde. Sie hatte das Gefühl, als ob aller Sauerstoff aus der Luft herausgesaugt worden wäre. Über ihr ertönte plötzlich ein lautes Geflatter. Sie legte ihren Kopf in den Nacken und beobachtete das Geschehen. Die Vögel, die sich in den

Baumkronen scharten, waren alle gleichzeitig aufgeflogen und kreisten mit hektischen Flügelschlägen über ihr. Das Summen der Fliegen schien verschwunden. Lilly sah zu den Vögeln auf, sie glaubte, Krähen zu erkennen. Sie starrte sie minutenlang an, bis ihr Anblick sie nervös machte. Sie atmete tief ein und spürte, dass es immer schwüler wurde. Gewitterwolken zogen am Himmel auf.

## Kapitel 41

Matt ging immer noch nicht an sein Handy. Sara hatte sich mittlerweile etwas gefangen. Die Autopsie fand in der Gerichtsmedizin statt. Jedes Elternteil musste eine Speichelprobe am Fundort der Leiche abgeben sowie eine Zahnbürste oder Ähnliches von zu Hause holen, um einen DNA-Abgleich machen zu können. Sie fuhr zu Matts Haus. Sie hatte einen bitteren Geschmack im Mund. Es war mittlerweile früher Mittag, die Temperaturen waren nochmal auf über 25 Grad gestiegen, aber in der Ferne war schon Donnergrollen zu hören. Sara war verzweifelt und kämpfte abermals mit den Tränen. Als sie vor dem Haus parkte, sah sie Matts blauen Honda in der Einfahrt stehen. Matt kam gerade mit Coop um die Ecke, er musste wohl mit ihm eine Runde gegangen sein. Er trug ein T-Shirt, eine ausgewaschene Jeans und Sandalen. Seine Haare waren nass, als ob er am Strand gewesen wäre. Matts Zufluchtsort. Dort konnte er seine Gedanken ordnen und ganz er selbst sein. Coop sprang die ganze Zeit an ihm hoch.

Sara hielt an und stieg aus. Als Matt Sara sah, winkte er ab, mit dem er das Offensichtliche zeigte: Er war nicht erfreut, seine Ex hier zu sehen. „Verschwinde, Sara!“ Sara lief auf ihn zu, hielt ihn am Arm fest und schrie ihn an. „Du verdammter Arsch! Weißt Du, was ich die letzten Stunden durchgemacht habe?“ Matt drehte sich um. Sara stieß ihn grob weg. Matt hob abwehrend die Arme. Er wusste nicht, was er sagen sollte. Sara hatte ihn noch nie so angeschrien, er war von ihrem Verhalten völlig überrumpelt und schüttelte nur irritiert den Kopf. Sara fing an zu weinen, Matt ging auf sie zu. „Ganz ruhig, was ist denn los?“ fragte er besorgt. Er hielt sie an den Schultern fest und schaute ihr direkt in die Augen. Sara war immer noch aufgebracht. „Du verdammter...“ Tränen liefen ihre Wangen runter, während sie mit ihren Fäusten gegen seine Brust hämmerte. „Es wurde eine Leiche gefunden. Ein kleiner Junge.“ Matt sah sie entsetzt an. „Wie bitte? Ist es...?“ Sara weinte weiter. „Wir wissen es nicht. Ich hab die ganze Zeit versucht, dich zu erreichen“, stammelte sie. „Er lag im Wasser. Längere Zeit. Er wurde von den Tieren übel zugerichtet.“ Sie konnte kaum sprechen und weinte immer heftiger. „Eine Identifizierung ist nur noch über die DNA möglich. Sie sind gerade dabei.“ Sie lehnte ihren Kopf an seine Brust. „Wir brauchen Noahs Zahnbürste“, flüsterte sie. Matt strich ihr übers Haar und drückte sie. „Es tut mir leid, Sara. Es tut mir so leid. Jetzt bin ich ja da.“ Matt war kreidebleich.

## Kapitel 42

Sara und Matt fuhren ins Gebäude des *San Diego County Medical Examiner*. Genaugenommen in die Gerichtsmedizin, wo die Obduktion durchgeführt wurde. Das kriminaltechnische Labor befand sich im Nordflügel des Polizeireviers. Sie sprachen kein Wort auf der Fahrt, im Bewusstsein der Dinge, die unausgesprochen waren. Matts Augen schienen ins Leere zu starren. Auf dem Weg fing es an zu regnen und die dunklen Gewitterwolken hatten die Stadt fest im Griff. Die Luft wurde mit dicken silbrigen Regentropfen erfüllt, die in Massen auf das Auto herunterprasselten. Anfangs war es nur ein leichtes Plätschern, doch mittlerweile hatte der Himmel seine Schleusen geöffnet. Zwischendurch erhellte ein Blitz das

Trauerspiel am Himmel, gefolgt von gewaltigen Donnern. Matt schien das gar nicht zu registrieren, er schaute teilnahmslos aus dem Fenster, mit seinen Gedanken völlig woanders. Sara versuchte mehrmals, ein Gespräch anzufangen, aber er hörte ihr gar nicht zu. Sara gab es schließlich auf und schaute auf die Straße. Die einzigen Geräusche waren das Surren der Reifen auf dem nassen Asphalt und das Zischen des Gebläses. Saras Gedanken waren bei Noah und wie es soweit kommen konnte. Sie richtete ein Stoßgebet nach dem nächsten Richtung Gott, obwohl sie seit langem aufgehört hatte, an diesen zu glauben. Aber heute machte sie eine Ausnahme.

Als sie ihr Ziel erreicht hatten, hatte der Regen zwar an Intensität verloren, aber die Tropfen waren noch deutlich zu erkennen. Sie stiegen aus. Sara wollte die Hand von Matt nehmen, doch er zog sie weg und ging zügig ins Gebäude. Sara blieb einen Augenblick stehen, schaute in den Himmel und schloss die Augen. Ihr regenfeuchtes Gesicht fühlte sich schnell an, als trüge sie eine Maske. Sie atmete tief ein und ging schließlich auch durch die schwere Glastür. In der Eingangshalle angekommen, gab Sara als erstes die Zahnbürste von Noah vorne am Zentralempfang ab. Ein paar Strähnen hatten sich aus ihrem

Pferdeschwanz gelöst und klebten an ihrer Stirn. Matt wartete auf sie, seine Hände in der Jeanshose vergraben.

Dann gingen sie wortlos in den Warteraum, wenn man diesen als solchen überhaupt bezeichnen konnte. Dort saßen schon die Eltern von Jason, Bryan und die Mutter von Scott. Allesamt sahen sie erschöpft aus, entmutigt. Als würde ihr Leben zu Ende gehen. Für ein Elternpaar würde das in den nächsten Stunden auch traurige Realität werden. Amanda Gore hielt einen Becher Kaffee in der Hand. Als sie Sara erblickte, sah sie die Verzweiflung in ihren Augen. Sara nickte ihr zu. Matt und Sara setzten sich in die gegenüberliegende Reihe. Es war ein kahler Raum. Nur Stühle, weiße Vorhänge, keine Bilder. Es hatte wieder stärker angefangen zu regnen, dicke Tropfen plärrten gegen die Fenster. Das aufdringliche Neonlicht brachte keine Beruhigung, im Gegenteil. Sara konnte keine Sekunde ruhig sitzen. Sie stand auf. „Ich hol mir einen Kaffee. Willst du auch einen?“, sie flüsterte. Matt schüttelte lediglich den Kopf. Er hatte schon eine ganze Weile nichts mehr gesagt.

Sara ging den Flur auf und ab, in der Hand den Kaffeebecher. Der Kaffee musste mittlerweile kalt sein, getrunken hatte sie keinen Schluck. Mehrere Beamte befanden sich auch auf dem Gang. Sara registrierte diese aber gar nicht, wie ein nervöses Fohlen trat sie immer wieder von einem Fuß auf den anderen. Ihr gingen tausend Gedanken durch den Kopf, aber sie konnte keinen klaren fassen. *Du bist noch am Leben. Ich würde doch spüren, wenn es nicht so wäre, oder?!* Sara seufzte. Sie überlegte, ob sie noch was tun kann, doch ihre Angst trübte jeden ihrer Gedanken. Sie ging eine Ewigkeit den Flur auf und ab, bis sie sich schließlich hinsetzte und mit einem leeren Blick auf ihren Kaffeebecher starrte. Sie registrierte lediglich die trommelnden Regentropfen auf dem Gebäude und den lauten Verkehr, dröhnend und hupend. Sie wurde aus ihren Gedanken gerissen, als Lilly und Cruz den Flur entlangkamen. Cruz war ganz durchnässt, Lilly trug eine Kapuze. Beide genauso bleich, man konnte ihnen die Strapazen der letzten Tage deutlich ansehen. Cruz nahm Sara in den Arm. „Wo ist Shawn?", fragte Sara. „Er sucht das Waldstück ab. Er wird den Gedanken nicht los, dass der Junge nicht weit von dem Fundort gefangen gehalten wurde", antwortete Cruz. Sara seufzte.

Lilly und Sara gingen zurück in den Warteraum. Dort herrschte betretendes Schweigen, niemand sagte etwas. Matt und Sara wechselten nur einen kurzen Blick. Cruz verschwand durch die Tür, die zu den

Untersuchungsräumen führte. Die Mutter von Jason war zwischendurch unter Tränen an den Schultern ihres Mannes eingenickt, sie war wie in Trance. Das Ehepaar war äußerst gegensätzlich. Er war knapp 1,90 Meter, massig, mit strohblondem Haar und sanften braunen Augen. Sie war eine zierliche, ja zerbrechliche Person, ihre Lockenpracht hatte sie zu einem Zopf zusammengebunden. Im Moment war sie weiß im Gesicht und ihre Lippen waren blass. Die Mutter von Scott, Caroll Walsh, war dagegen eine liebliche Frau. Sie hatte ihre Rundungen, aber einen besonders warmen Blick. Ihr Gesicht war mit Sommersprossen übersät, ein paar Strähnen ihrer rotblonden Haare fielen ihr über die Augen. Ihr Mann hatte sie wegen einer Jüngeren verlassen. Seitdem kümmerte sie sich mit noch mehr Hingabe um Scott. Er war alles, was sie hatte. Sie schniefte immer wieder in ein Taschentuch, ihre Augen waren gerötet.

Amanda Gore schien mittlerweile jenseits von Panik und Angst zu sein, sie befand sich in einem Zustand der Isolation. Ihr Mann, Kenneth, hielt ihre Hand. Sein Sakko schien viel zu weit zu sein für seine hängenden Schultern. Er musste in den letzten Tagen mehrere Kilos abgenommen haben. Sie sprachen kein Wort. Von seinem Unfall konnte Sara äußerlich nichts mehr sehen, außer dass er sich sehr schwerfällig bewegte und bei jeder ruckartigen Bewegung sein Gesicht schmerzerfüllt verzog. Seine Rippen mussten immer noch höllisch wehtun. Sara schloss die Augen.

„Wie lange dauert denn so was?", platzte es plötzlich aus Mr. Smith heraus. Alle zuckten zusammen. Der Vater von Jason schien die Kontrolle zu verlieren. Er stand auf und brüllte wahllos in den Raum. Er war mittlerweile ein Nervenbündel. Lilly, die neben Sara saß, stand auf und versuchte, Mr. Smith zu beruhigen. „Hören Sie! David Havers macht die Autopsie. Er ist der Beste. Wir haben sicher bald ein Ergebnis." Mr. Smith winkte ab. „Sie haben doch keine Ahnung! Ist es Ihr Kind, was da liegen könnte?", seine Stimme klang matt und leblos. „Sie tappen doch seit Monaten im Dunkeln! Ich hoffe, Ihnen ist bewusst, dass Sie an diesem ganzen Horror schuld sind. Schämen sollten Sie sich!" Bevor er Lilly weitere Vorwürfe machen konnte, stockte er. „Jason...", murmelte er und presste seine Handrücken gegen seine Schläfen. Er brach abrupt ab und verharrte regungslos, die Augen starr auf die Tür zum Autopsiesaal gerichtet. Seine Frau zog an seinem Arm, er schaute langsam nach unten auf sie herab. „Schatz, bitte. Komm her." Er beruhigte sich langsam und ließ sich aschfahl zurück auf seinen Platz fallen. Er atmete tief ein und legte seinen Arm um seine Frau. Lilly setzte sich wieder, sichtlich getroffen von den Worten. Ihre Lippen waren zu einem dünnen Strich zusammengepresst, ihre Stimme versagte. Sie tauschte einen schnellen Blick mit Sara aus. Sara nickte ihr vorsichtig zu, sie hatte nicht die Kraft, Lilly die Schuldzuweisungen auszureden. Das würde sie später machen. Für die Eltern muss diese Situation nochmal schlimmer sein als für sie. Sie waren alle noch nie in der Rechtsmedizin. Die Prozedur, die sich in diesem Moment auf der anderen Seite abspielte, musste ihnen gewiss entsetzlich vorkommen – weil sie auch nicht genau wussten, was exakt vor sich ging. Sara dachte an Havers. Sie kannte ihn. Er war wirklich gut in seinem Job, aber das half ihr im Moment auch nicht weiter. Sie blickte zu Matt, der immer noch völlig apathisch neben ihr saß. Sein Gesicht war versteinert. Wo sie einmal Zuversicht und Sicherheit gesehen hatte, waren nun nur noch Zweifel und Angst.

Cruz hatte direkt vor dem Raum der Obduktion Platz genommen und rutschte nervös auf seinem Stuhl auf und ab, wirklich konzentrieren konnte er sich nicht. Er kannte Noah seit Jahren, er war oft bei Matt und Sara zu Besuch gewesen. Noah liebte es, auf seinem Schoss zu sitzen, während Cruz ihm vorlas. Die Vorstellung, dass Noah auf dem Tisch lag, ließen Tränen in seine Augen schießen. Plötzlich ging die Tür auf und ein Mann im weißen Kittel stand vor ihm. Cruz erhob sich. „Havers, und?“ Havers atmete tief ein. „Wir haben den Jungen identifiziert.“

## Kapitel 43

Der Abend war schon weit fortgeschritten, als die Tür aufging und Cruz vor den Eltern stand. Sara hörte nichts als das Rauschen ihres eigenen Pulses, ihre Knie begannen zu zittern. Sie vermied Cruz in die Augen zu schauen. Alle Eltern zuckten zusammen und starrten Cruz regungslos an. Stille. Schreckliche Stille. Sara nahm Matts Hand, sie war eiskalt. Cruz räusperte sich, seine Gesichtsmuskeln spannten sich an.

„Barbara und Garry Smith, darf ich Sie bitten, mit mir zu kommen.“ Sara wusste, was das bedeutete. Sie war sich aber nicht sicher, ob die Eltern Smith das wussten. Diese regten sich kaum, standen leise auf und folgten Cruz. In dem Wartezimmer herrschte weiterhin Stille. Keiner traute sich etwas zu sagen. Plötzlich hallte nur ein Schrei aus der Gerichtsmedizin. Der Schrei zerriss die Luft. Eine Frauenstimme. Barbara Smith. Sara schloss die Augen.

Barbara und Garry Smith hatten gerade die Nachricht über den Tod ihres Sohnes übermittelt bekommen. Jason Smith war tot.

Beamte brachten die Eltern von Bryan und die Mutter von Scott nach Hause. Barbara und Garry Smith wurden direkt ins Krankenhaus eingeliefert. Sie bekamen starke Beruhigungstabletten und sollten erstmal unter Beobachtung bleiben. Bei beiden bestand akute Suizidgefahr. Sara und Matt blieben zurück im Warteraum. Während Lilly und Cruz mit dem Gerichtsmediziner sprachen, dachte Sara nach. Sie war erleichtert, dass es nicht Noah war, der dort auf dem Tisch lag. Aber sie konnte sich nicht freuen, ihr ganzes Mitgefühl galt den Eltern Smith. Sie konnte sich nicht ausmalen, was die beiden jetzt durchmachen mussten. Bevor sie sich weitere Gedanken machen konnte, kamen Cruz und Lilly zurück. Sie hatten das vorläufige Autopsieergebnis. Während Sara sofort aufstand, blieb Matt sitzen. „Was habt ihr?“, Sara schaute ihre Kollegen erwartungsvoll an. „Es war ein Unfall“, Lilly sprach ganz ruhig. „WIE BITTE?“, Sara konnte es nicht fassen. „Was meinst du mit Unfall?“ Ihre Augen waren ungläubig geweitet. Lilly schaute in den Autopsiebericht. „Jason ist eines natürlichen Todes gestorben, kein Fremdeinwirken. Er hatte einen anaphylaktischen Schock, darauf folgte das Versagen des Herz-Kreislauf-Systems."

Sara musste sich wieder setzen. Cruz nahm den Bericht und fuhr fort. „Der Mageninhalt zeigt deutlich, dass der Entführer ihm etwas zu essen gegeben hat, wahrscheinlich Aufschnitt und eines der Gewürze darin hat der Junge nicht vertragen." Sara schüttelte ungläubig den Kopf. „Das darf doch nicht wahr sein", stammelte sie. „Der Fundort ist nicht der Tatort, wenn man ihn als solches überhaupt noch bezeichnen kann", fuhr Cruz fort. „Jason war schon tot, als er ins Wasser geworfen wurde. Laut Autopsie muss er mindestens seit 24 Stunden tot sein." Sara konnte es nicht fassen. „Was habt ihr noch?" „Keinen Hinweis auf sexuellen Missbrauch? Der Täter hat ihn lediglich unbekleidet in den See geworfen." Cruz stockte und schluckte, bevor er weitersprach. „Jason hat aber schlimme Spuren von körperlichen Misshandlungen an seinem Körper. Neben Schürfwunden hat er überall schlimme Hämatome, mehrere Rippenbrüche und Frakturen und…", Cruz sah schockiert auf den Bericht, der in seiner Hand lag, seine Hände zitterten. „Sag schon, Cruz!", Sara war ungeduldig. „Es sieht so aus, als wäre Jason gefoltert worden." Cruz sprach ganz leise. „Er hatte keine

Fingernägel mehr. Die wurden ihm mit Gewalt ausgerissen!“

## Kapitel 44

Sara blieb regungslos stehen. Erst Stille, dann brach es aus ihr heraus. „Dieses Schwein!“, sie war außer sich. Keiner wusste, was er sagen sollte, dann bekam Cruz eine SMS. Er schaute auf sein Display. „Von Shawn. Ein Zeuge hat sich gemeldet.“ Er steckte das Handy weg. „Wir müssen los.“ Er gab Lilly ein Zeichen. Sara erhob sich schlagartig. „Ich will mit. Bitte.“ Cruz schüttelte den Kopf. „Miller bringt uns um. Das weißt du. Fahr mit Matt nach Hause. Versucht, etwas zu schlafen. Wir melden uns, sobald wir was haben, versprochen!“ Sara nickte enttäuscht. Lilly und Cruz eilten Richtung Ausgang.

Matt und Sara verließen das Gebäude ebenfalls. Draußen war es stockdunkel. Es regnete immer noch und die Luft war feucht. Sara spürte kalte Regentropfen auf der Wange, während beide in ihren Wagen stiegen, sie ließ den Motor an und fuhr los. Sara schaute durch die regennasse Scheibe. „Wir können so froh sein, dass es nicht Noah war!“ „Das denken die Smiths mit Sicherheit nicht.“ Matt klang abweisend. Sara schaute ihn an, er war immer noch bleich. „Ich weiß, Matt. So war das auch nicht gemeint. Es ist ein Alptraum für die Smiths.“ Matt fasste sich an den Kopf. „Bring mich bitte heim.“ Sara nickte. „Das will ich gerade tun. Was ist denn los?“ Matt schaute sie fassungslos an. „Das hätte auch Noah sein können! Ist dir das überhaupt bewusst? Ganz zu schweigen davon, was der Kerl mit ihm gerade anstellen könnte.“ Sara schaute ihn erstaunt an. „Sag mal, natürlich ist mir das bewusst.“ Matt schüttelte den Kopf. „Das Gefühl habe ich nicht. Du warst sofort wieder im Element der Polizistin.“ Sara fuhr rechts ran, sie konnte es nicht fassen.

Sara bremste den Wagen und drehte sich zu Matt. „Matt, was soll das jetzt schon wieder? Weil ich mit Cruz und Lilly zu diesem Zeugen wollte? Ist es das, was dir wieder mal nicht passt?“ Matt schaute regungslos aus dem Fenster, seine Arme waren vor seinem Körper verschränkt. „Ich rede mit dir, Matt.“ Matt schaute sie schließlich an. „Ich glaube, dir ist nicht bewusst, worum es hier geht! Unser Junge ist verschwunden. Von einem sadistischen Irren entführt.“ Sara sah in das Gesicht von Matt. Sie sah deutlich die Anspannung in seinen Augen, als er weitersprach. „Du verschließt dich vor der Wahrheit. In deiner Verzweiflung hast du in deinem Leben so oft die falschen Entscheidungen getroffen und die Folgen nicht logisch bedacht“, er war aufgebracht und lachte ironisch auf. Sara wurde laut. „Pass mal auf, ich versuche, Noah zu finden. Nichts anderes.“ Matt winkte ab. „Du kapierst es nicht, oder?! Der Kerl spielt hier seine Spielchen – mit uns allen, aber vor allem mit dir. Und wir können gar nichts machen. Nichts. Wir sind die Schachfiguren. Er stellt die Spielregeln auf und wir tanzen nach seiner Pfeife. Und ich bleibe dabei, wärst du keine Polizistin, wären wir nicht in diesem Horrorszenario gefangen!“ Seine Augen waren weit aufgerissen, er brüllte sie an. „Noah kann das hier alles nicht überleben!“ Seine Worte schienen in der Luft zu hängen. Sara war schockiert, sie prustete ungläubig. „Das ist nicht fair, Matt. Ich bin Polizistin und ich...“ Sara brüllte zurück. Matt schnitt ihr das Wort ab. „Das ist der Punkt! Hast du einmal an mich gedacht die letzten Jahre oder an Noah? Was ich durchgemacht habe, wenn du zu einem Tatort gerufen wurdest. Du hast doch keine Vorstellungen davon, wie es ist, wenn Angst dein ständiger Begleiter ist. Du denkst, du bist unverwundbar, dass dir niemals etwas passieren könnte. Damit liegst du aber FALSCH! Wenn dir was zustößt, bist du nicht die Einzige, die bluten muss.“ Seine Worte schlugen ihr wie Blitze entgegen. „Matt, bitte...“ „Lass gut sein. Fahr bitte weiter.“ Matt rieb sich das Gesicht.

Sara holte Luft und ließ diese mit einem frustrierten Seufzer entweichen. Ihr war kalt und sie begann zu zittern. Der Regen hatte die Luft zwar etwas abgekühlt, aber es herrschten angenehme Temperaturen im Wageninneren. Sie ließ den Motor wieder an und setzte den Blinker. Die weitere Fahrt blieben beide stumm, es war eine lähmende Stille. An seinem Haus angekommen, schnallte Matt sich ab. „Hör zu, Sara. Wir können beide unglücklich sein oder wir können nach vorne schauen und mit dem allem abschließen. Ich entscheide mich dafür, nach vorne zu schauen." Er schaute Sara nicht an. Ihre Stimme zitterte, sie saß kerzengerade. „Wie meinst du das, Matt?" Er hatte den Türgriff in der Hand und öffnete die Wagentür. „Ich werde die Scheidung einreichen." Seine Worte klangen brutal. Er stieg aus, ohne ihre Reaktion abzuwarten. Sara blieb alleine zurück und blickte ihm wortlos nach. Die Luft, die sie einatmete, war schlagartig so eiskalt, dass sich ihre Kehle zuschnürte. Ihre Augen füllten sich mit Tränen, sie wollte ihm hinterherrennen, aber sie war wie gelähmt. Sie bemühte sich, die Fassung wiederzuerlangen. Sie konnte Matt verstehen, er hatte recht und dafür hasste sie ihn in diesem Moment. Er hat sich zu einem Schritt entschieden, den sie an seiner Stelle schon viel eher getan hätte. Matt hatte ihre empfindlichste Stelle getroffen.

Sara legte den Gang ein, ließ den Wagen langsam anrollen und überlegte, wo sie hinfahren sollte. Sie reihte sich in den Verkehr ein, der zu dieser späten Tageszeit fließend lief. Sie hatte keine Ahnung und fuhr ziellos durch die Stadt, sie war wie in Trance. Erst als sie die Innenstadt erreichte, löste sich die Sperre in ihrem Kopf. Es herrschte reger Betrieb, die Bars waren voll und Lichter brannten. Elegant gekleidete Menschen kamen aus Restaurants und schlenderten die Straßen entlang, satt durch leckeres Essen und beschwingt durch den Wein. Sie lachten und redeten, alles wirkte normal. Dabei wurde Sara schlagartig klar, dass sie von dieser Normalität ausgeschlossen war. In ihrem Leben war nichts mehr normal. Jeder dieser Personen hatte sein eigenes Leben, seine eigenen Probleme. Eine Weile beobachtete Sara das rege Treiben. Langsam gelang es ihr, aus dem Teufelskreis zwanghafter Gedanken auszubrechen, die ihr durch den Kopf schossen. Sie wünschte, sie könnte mit den Problemen dieser Leute tauschen. Diese konnten nicht so schwer auf ihnen lasten wie ihres. Sie atmete tief und ruhig ein. Sie presste ihre Lippen aufeinander und fühlte sich plötzlich fremd in ihrem eigenen Körper.

## Kapitel 45

Nachdem es nach 2 Uhr war, beschloss Sara, zu Kelly zu fahren. Nach Hause wollte sie auf keinen Fall. Sie wollte einfach nur irgendwohin flüchten, wo ihr niemand wehtun konnte. Kelly öffnete total verschlafen die Tür. Ihre Haare standen ab, sie war abgeschminkt und hatte ihren Pyjama an. Ihre Augen waren halb zu, doch diese weiteten sich schnell, als sie ihre Freundin sah. „SARA! Was ist passiert? Heute Morgen kam nur in den Nachrichten, dass eine Kinderleiche gefunden wurde. Ich habe tausendmal versucht, dich zu erreichen." Sara ließ sich in Kellys Arm fallen. „Es ist nicht Noah." Sara sprach leise, Kelly atmete auf. „Gott sei Dank! Aber wer ist es denn?" Sara löste sich aus der Umarmung und ging an Kelly vorbei ins Haus. „Es ist Jason Smith. Auch eines der Kinder, das verschwunden ist." Sara hörte Kelly hinter sich nur aufjammern. „Oh nein, wie schrecklich. Die armen Eltern." Sara nickte. „Ja, ein absoluter Horror." Sie ging direkt zur Kaffeemaschine, setzte Kaffee auf und gähnte unentwegt dabei. Kelly nahm Sara den Kaffee aus der Hand. „Du, meine Liebe, legst dich jetzt erstmal hin. Erzählen kannst du mir später immer noch alles." Sara schüttelte den Kopf. „Auf keinen Fall. Als ob ich jetzt ein Auge zu machen könnte." Sie hob abwehrend die Hände. Kelly versuchte, auf sie einzureden.

„Liebes, du bringst Noah nichts, wenn du dir jetzt die halbe Nacht um die Ohren schlägst.“ Sie ging zu einer Schublade und holte ein Päckchen mit Tabletten heraus. „Hier, nimm eine davon. Dann kannst du schlafen.“ Sara weigerte sich. Kelly nahm sie bei den Schultern und ihr Ton verschärfte sich. „Keine Widerrede!“, Kelly sprach laut und bestimmend. „Du nimmst jetzt die Tablette und morgen sehen wir weiter. Verstanden?“ Sara fing an zu weinen, sie bekam einen heftigen Weinkrampf. Kelly nahm sie sofort in den Arm. „Liebes, alles wird gut. Glaub mir“, versuchte sie Sara zu beruhigen. Sara schluckte heftig. „Er will die Scheidung. Matt will sich von mir scheiden lassen“, schluchzte sie immer wieder die nächsten Minuten. Kelly konnte ihre Freundin kaum verstehen und hielt sie einfach nur ganz fest, bis sie sich ein wenig beruhigt hatte. Sie brachte Sara schließlich ins Bett. Sara ließ sich aufs Bett fallen und war innerhalb weniger Minuten eingeschlafen, die Tablette hatte sie noch in ihrer Hand.

Sara bekam noch nicht mal mit, als Kelly sich wenige Minuten später neben sie ans Bett setzte. Kelly beobachtete ihre Freundin eine Weile, Sara atmete schwer. Kelly strich ihr sacht übers Haar. Sie konnte spüren, dass die Probleme selbst im Traum wie eine tief sitzende pechschwarze Wolke über Sara hingen. Sie wusste, wenn

Noah nicht lebend gefunden wird, würde ihre Freundin daran zu Grunde gehen. Sie gab ihr einen Kuss auf die Stirn und legte sich hinter sie, ihre Arme schlang sie fest um sie herum, als wolle sie ihre beste Freundin vor alldem beschützen. Sara atmete tief ein und nahm Kellys Hände in ihre.

Sara schlief tief und fest, als Kelly sie weckte. Sie war ganz benommen. „Sara, dein Chef und Cruz geben eine Pressekonferenz!" Sara verstand nur langsam. „Was? Pressekonferenz?" Kelly nickte. „Los, steh auf. Es geht um 9 Uhr los. Cruz hat mich gerade angerufen." Kelly verließ das Schlafzimmer. Sara guckte auf die Digitaluhr, die neben dem Bett stand. 8.52 Uhr. Wie lange hatte sie geschlafen? Sie rieb sich die Augen und streckte sich. Matt. Sie versuchte die Gedanken an gestern schnell zu vertreiben. Alles tat ihr weh, sie raffte sich auf. Da sie komplett in ihren Klamotten eingeschlafen war, musste sie sich nichts überziehen. Sie ging kurz ins Bad und machte sich frisch. Als sie ins Wohnzimmer kam, saß Kelly mit einer Tasse Kaffee schon auf dem Sofa. „Kaffee ist fertig", Kelly zeigte Richtung Küche. Sara nickte nur und machte sich schnell eine Tasse. Dann setzte sie sich zu Kelly auf die Couch. „Gut geschlafen?", fragte Kelly. „Wie ein Stein", erwiderte Sara. „Musst du nicht arbeiten?" „Nein, ich hab mir heute frei genommen", erwiderte Kelly nur kurz, ihr Blick haftete am Bildschirm.

Die Übertragung begann. Zu sehen waren Vertreter sämtlicher TV-Sender und Zeitungen. Lundberg saß in der ersten Reihe, er wirkte irgendwie nervös. Ein leerer Tisch stand am Kopfende des Raumes. Darauf die Namensschilder „Miller" und „Rodriquez". Cruz und Miller betraten den Raum, Blitzlichtgewitter setzte ein. Cruz hatte eine blaue Jeans, ein weißes Hemd und ein schwarzes Jackett an. Sein Pflaster über der Augenbraue hatte er abgemacht, eine leichte Kruste war zu erkennen. Miller sah aus, als wäre er in den letzten Tagen um fünf Jahre gealtert. Sara hatte ihn das letzte Mal in ihrem Appartement gesehen, als er sie von dem Fall abzog. Er hatte tiefe Ränder unter den Augen, sah erschöpft aus und seine Haare waren strähnig. Er war nie ein imposanter körperlicher Mann gewesen, aber heute sah er richtig gebrechlich aus. Cruz und Miller nahmen Platz.

Langsam kehrte Stille ein. Miller setzte seine Brille auf und holte Luft. „Guten Morgen. Nachdem es gestern einen traurigen Todesfall bei unseren Entführungsfällen gab, werde ich Ihnen heute einen Stand der Ermittlungen geben. Ich bitte Sie, mich ausreden zu lassen. Danach bin ich bereit, Fragen von Ihnen zu beantworten.“ Sein Blick wirkte leer. Stille. Einzelne Reporter nickten. Miller fuhr fort. „Also, gestern Morgen wurde gegen 7.15 Uhr eine Kinderleiche am Lake Tower See entdeckt. Bei der Leiche handelt es sich um den 8-jährigen Jason Smith, der vor gut drei Monaten entführt wurde. Nach der Autopsie steht fest, dass der Junge eines natürlichen Todes starb. Und zwar an einem anaphylaktischen Schock. Er hat ein Gewürz in einem Essen nicht vertragen und darauf folgte eine allergische Reaktion, die schließlich mit dem Versagen des Herz-Kreislauf-Systems endete. Das hat die Autopsie zweifelsfrei ergeben.“ Er machte eine Pause und sammelte sich kurz. „Der Junge wurde erst in den See geworfen, als er schon tot war“, fuhr er sachlich fort. „Außerdem handelt es sich um kein Sexualverbrechen. Wir gehen davon aus, dass dieser Vorfall ein absoluter Schock für den Täter gewesen sein muss und wir hoffen nun auf Ihre Mithilfe.“ Miller nickte Cruz zu, der rechts neben ihm saß. Er übernahm. „Es hat sich ein Zeuge bei uns gemeldet, der gestern Morgen etwas Auffälliges gesehen hat. Ein grauer Pick-up dieses Fabrikats wurde in der Nähe der Fundstelle gesehen.“ Cruz verteilte das Bild eines Autos. Die Blätter wurden schnell durch die Reihen gereicht. Außerdem erschien es in Großformat auf dem Fernseher. Sara erstarrte, ihr Körper straffte sich bei dem Anblick des

Pick-Ups. „Das glaub ich jetzt nicht“, flüsterte sie. Kelly blickte sie verwundert an. „Was ist, Sara?“ Sara beugte sich weiter nach vorne, ihre Hände waren gefaltet. „Genau so ein Wagen, hat mich und Lilly neulich auf dem Weg zum Revier bedrängt.“ Sie löste ihren Blick nicht vom Fernseher und hörte Cruz weiter aufmerksam zu. „Es wurde außerdem ein Mann dabei beobachtet, wie er etwas aus seinem Kofferraum hob“, fuhr Cruz fort. „Der Zeuge stand leider zu weit weg, um die Person zu erkennen oder geschweige denn das, was er im Arm hielt. Außerdem war es noch recht dunkel. Aber bei dem Wagen ist er sich sicher, es ist ein grauer Pick-up. Wir bitten nun um Ihre Mithilfe. Wer hat dieses Auto schon mal gesehen? Vor allem in letzter Zeit? Alle sachdienlichen Hinweise bitte an diese Nummer.“ Es wurde eine Nummer eingeblendet. Miller schaltete sich wieder ein. „Das war es von uns. Nun gerne ihre Fragen.“ Sara nahm die Fernbedienung und machte leise. „Den Scheiß brauchen wir uns jetzt nicht mehr anhören.“ Sara dachte nach, warum hatte Miller nichts von den Folterungen erzählt? Aus Rücksicht vor den Eltern und Angehörigen? Oder aus Angst vor Nachahmungstätern? Beides war wahrscheinlich. „Der graue Pick-up“, murmelte sie vor sich hin. „Vielleicht ist es ein Zufall, Kleine“, sagte Kelly vorsichtig. „Es gibt

Hunderte dieser Pick-ups in San Diego." Sara schüttelte mit dem Kopf. „Nein, das ist kein Zufall. Das spüre ich."

## Kapitel 46

Sara verbrachte den Vormittag mit Kelly. „Los, du musst mal raus hier", sagte Kelly zu Sara. „Auf keinen Fall, ich suche Noah." Sara winkte energisch ab. Kelly schaute sie eindringlich an. „Liebes, was willst du hier denn ausrichten? Ins Büro kannst du nicht und Cruz meldet sich, sobald es was Neues gibt. Du brauchst mal etwas Abstand. Und Matt solltest du erst einmal in Ruhe lassen." Sara schüttelte nur mit dem Kopf. „Nein, Kelly." „Doch, Sara. Keine Widerrede. Los, wir fahren mal raus und du erzählst mir alles, was ihr bisher habt. Vielleicht hilft das ja, um ein bisschen Ordnung in das Ganze zu bringen." Kelly hob die Schultern und lächelte ihre Freundin an. „Na gut, vielleicht hat du recht." „Natürlich habe ich recht!", Kelly stupste Sara liebevoll an. Sie hatte Sara eine Jeans und ein kariertes Hemd von sich gegeben, damit Sara nicht in ihrer Jogginghose von gestern rumlaufen musste. Kelly und Sara fuhren zum Cabrillo Monument National Park, wo der bekannte Leuchtturm über San Diego ragte. Der Himmel war wieder wolkenfrei und die Sonne schien auf den

Asphalt, vom Gewitter am Vortag war keine Spur mehr zu sehen. Auf dem Weg dorthin passierten sie eine alte Militärbasis. Dahinter befand sich einer der größten Militärfriedhöfe San Diegos, der Fort Rosecrans National Cemetary. Die Straßenseiten waren gesäumt von unendlich vielen weißen Grabsteinen. Sara hatte immer ein beklemmendes Gefühl, wenn sie diese Straße entlangfuhr - heute besonders.

Nach wenigen Minuten Fahrt waren sie am Cabrillo Monument angekommen, hier parkte Kelly ihren Wagen unmittelbar vor dem Visitor Center. Die beiden Frauen stiegen aus und Sara streckte sich, während sie die klare Luft einatmete. Um zum Leuchtturm zu gelangen, mussten sie auf einem leicht ansteigenden Weg gehen, der entlang der nordöstlichen Hügelkuppe führte. Oben angekommen zog Kelly ihre Jacke aus und legte sie sich über den Arm. „Komm, lass uns da rübergehen", Sara zeigte auf eine Bank in der Sonne, von wo man einen wunderschönen Rundblick über San Diego hatte. Es handelte sich um die höchste Erhebung San Diegos und bei klarem Wetter hatte man eine Sicht von bis zu 70 km. Heute war ein solcher Tag. Kelly und Sara fuhren oft hier hoch, obwohl es meistens von Touristen nur so wimmelt. Aber da heute kein Wochenende war und die Uhr nicht mal 10 zeigte, war es recht leer. Ein älteres Ehepaar machte gerade Fotos und genoss die spektakuläre Aussicht. Eine Familie mit drei Kindern lief ebenfalls über den Platz und der Vater erklärte gerade seinen Jungs auf einer der sonnengebleichten Schautafeln die verschiedenen Schiffs- und Flugzeugtypen der Navy, die man hier ständig beobachten konnte. Eine häufige Geschichte ist, dass Tom Cruise den Film Top Gun hier in San Diego gedreht hatte. Sara wollte immer einmal geschaut haben, ob eine einzige Tafel sich ausschließlich damit beschäftigte – hatte es aber immer wieder vergessen.

Obwohl Kelly und Sara hier lebten und oft hier oben waren, saßen sie auf ihrer Bank und ließen den Blick schweifen. Keine andere Stelle bot einen so umfassenden Überblick über die Bucht von San Diego und so war die Betrachtung der Skyline und der Seewege mit den vielen Schiffen und Yachten dann auch immer eine ihrer Hauptbeschäftigungen. Der Blick reichte von den San Bernadino Mountains im nördlichen Hintergrund über die North Island Naval Air Station auf der Coronado Island in der Mitte der Bucht, von der Harbor Island und dem International Airport mit der Skyline von San Diego dahinter bis zur Coronado Bridge und auf den Pazifik hinaus. Irgendwo bewegt sich immer etwas. Da zogen die

Hubschrauber der Küstenwache ihre Kreise, dort verließ ein Kriegsschiff den Hafen, Yachten und Segelschiffe kamen und gingen. In diesem Moment war wieder ein Schiffshorn zu hören, welches das ältere Ehepaar aufhorchen ließ.

Sara war in einer seltsamen unruhigen Stimmung. Sie wurde das Gefühl nicht los, dass sie etwas Entscheidendes übersah. Aber es fiel ihr momentan schwer, einen klaren Gedanken zu fassen. Die Ereignisse der letzten Tage überrannten sie förmlich. Sara massierte ihren Nasenrücken und atmete tief ein, sie dachte angestrengt nach. „Was ist los?", fragte Kelly, die sich ihre Sonnenbrille aufsetzte. „Jason wurde gefoltert!", sagte Sara, ohne Kelly anzuschauen. „Wie bitte?", Kelly zog ihre Sonnenbrille wieder aus und stützte sich mit den Ellbogen auf den Tisch. Sie blickte Sara eindringlich an. Sara wollte ansetzen, da unterbrach Kelly sie. „Verschon mich mit den Einzelheiten. Verstehe ich das richtig: Grobe Gewalt ja, Pädophilie nein?" Sara nickte mutlos. „Wir müssen Noah schnell finden, bevor es zu spät ist", sagte sie leise und vergrub ihr Gesicht in ihren Händen. Auch Kelly verstand die Tragweite dieser Einzelheit, wollte sich damit aber nicht abfinden. „Ihr werdet Noah und die anderen Kinder finden!" Sara schien ihr nicht zuzuhören, sie blickte starr in den Himmel. „Ich versteh es einfach nicht, Kelly. Was will der Kerl?“ Kelly zuckte mit den Achseln, als ein verliebtes Pärchen engumschlungen an ihnen vorbeiging. „Überleg doch mal, gibt es jemanden, der dir und deiner Familie was Böses will? Jemanden, den du gehörig verärgert hast?“ „Kelly, ich denke seit Tagen an nichts anderes. Ich bin Polizistin, ich verärgere jeden Tag Menschen. Ob Leute, die ich verhafte oder deren Angehörige – mit Nettigkeiten wird da nicht rumgeworfen.“ Sara überlegte angestrengt, sie kniff ihre Augen zusammen, die von der Sonne geblendet wurde. „Nein, Kelly. Auch wenn es viele Arschlöcher sind, ich traue aber niemandem eine solche Tat zu. Niemandem.“ Kelly sah sie betreten an und strich sich eine Strähne aus ihrem Gesicht.

Sara versuchte mehrmals, Matt zu erreichen, aber er ging mal wieder nicht an sein Handy. Sie steckte das Telefon enttäuscht wieder in ihre Jackentasche. „Ich verstehe ihn ja“, erklärte Sara ihrer Freundin. „Ich hasse ihn für seine Zielgenauigkeit, immer alles exakt auf den Punkt zu bringen, aber warum macht er immer sofort dicht. Er ist so stur. Es ist genauso meine Ehe und Noah ist genauso mein Sohn. Er tut so, als ob er alles eigenmächtig entscheiden kann.“ Kelly nahm ihre Hand. „Liebes, er hat Angst. Er hat fürchterliche Angst. Du bist vor langer Zeit gegangen und Noah ist das Einzige, was ihm geblieben ist." Sara seufzte. Kelly schaute ihre Freundin an. „Sara, du liegst richtig, wenn du sagt, dass es euer Sohn ist und alles, was ihn anbelangt, ihr beide zusammen zu entschieden habt. ABER du liegst falsch, was euch beide angeht. Er braucht dich nicht, um für sich zu entscheiden, dass er die Scheidung will!" Die Worte taten Sara weh. Kelly strich ihr eine Strähne aus dem Gesicht. „Fahr zu ihm, Sara. Du bist am Zug. Sprich mit ihm. Ihr müsst jetzt zusammenhalten und dürft euch nicht gegenseitig runtermachen. Es geht um Noah. Um euren Sohn. Um nichts anderes. Verstanden? Alles, was euch angeht, könnt ihr danach klären." Sara nickte. „Ich hasse es, wenn du recht hast." „Und kack ihn nicht sofort wieder an", mahnte Kelly ihre Freundin, Sara lächelte schwach. Sara stand auf und nahm ihre Jacke und Tasche. Kelly tat es ihr gleich. „Na los, ich fahr dich zu deinem Auto." Sara blieb stehen und nickte. „Danke Kelly. Ich bin so froh, dass ich dich habe." Sie nahm ihre Freundin in den Arm und hielt sie sekundenlang fest.

## Kapitel 47

Kelly hatte Sara zu ihrem Wagen gefahren, nun war Sara auf dem Weg zu Matt. Sie hatte ein komisches Gefühl, seit sie bei Kelly losgefahren war, schaute immer wieder in den Rückspiegel und fühlte sich verfolgt. Ein blauer Ford war seit längerer Zeit hinter ihr. Sie bog in eine Seitenstraße ab, um zu sehen, ob der Wagen ihr weiter folgte. Er tat es. Sara bremste abrupt, der Wagen hielt ein Stück hinter ihr. Sie stieg aus und stürmte auf das Auto, ihre Waffe hatte sie gezogen. Als sie näher kam, erkannte sie Lundberg hinter dem Steuer, sie riss die Tür auf und schnauzte ihn an. „Warum verfolgen Sie mich?"

Lundberg stieg kommentarlos aus und blickte sich um – als habe er Angst, beobachtet zu werden. „Ich muss mit Ihnen reden. Bitte hören Sie mir eine Minute zu." Er schaute sie bittend an, sein scharfer Ton, den sie sonst von ihm kannte, war verschwunden. Sie atmete durch. „Na gut, was wollen Sie? Und fassen Sie sich kurz." Er stand kerzengerade vor ihr und überlegte angestrengt, wie er die folgenden Worte formulieren sollte. „Hören Sie zu und bitte lassen Sie mich ausreden." Sara nickte genervt und Lundberg sprach weiter. „Vor ungefähr vier Monaten hat mich ein Mann mit einem sonderbaren Angebot kontaktiert. Er hat geschrieben, dass er mir die Story meines Lebens verschafft, wenn ich in der nächsten Zeit tue, was er von mir verlangt." „Worauf wollen Sie hinaus, Lundberg?" Sara war ungeduldig, Lundberg seufzte. „Er hat gesagt, dass in der nächsten Zeit mehrere Kinder verschwinden und ich immer der erste sein werde, der am Tatort ist und von ihm mit den besten Informationen versorgt würde. Er versprach mir das Exklusivrecht! Zudem eine monatliche Aufwandsentschädigung." Sara riss die Augen auf und packte ihn am Kragen. Sie drückte ihn mit aller Kraft gegen das Auto. „Was haben Sie getan, Sie Penner?" „Ich sollte im Gegenzug Sie, Sgt. Cooper, in der Presse zerreißen. Ihnen das Leben zur Hölle machen – so dass es die ganze Stadt mitbekommt." Sara konnte nicht glauben, was sie da hörte, sie schüttelte immer wieder mit dem Kopf. „Sie haben einen Pakt mit dem Teufel geschlossen, Lundberg." Sie schrie ihn an. „Was wissen Sie über den Kerl? Was ist mit Noah, mit all den Kindern?" Lundberg stockte. „Ich weiß es nicht. Erst habe ich mir nichts dabei gedacht. Ich brauchte das Geld und er versicherte mir, den Kindern würde nichts passieren. Das müssen Sie mir glauben. Als aber immer mehr Kinder verschwanden, bekam ich ein schlechtes Gefühl. Als dann Noah entführt wurde, wollte ich schon aussteigen, aber er hat mir immer wieder damit gedroht, dass er mich auffliegen ließe. Als dann aber das Kind tot aufgefunden wurde, konnte ich nicht weitermachen. Seitdem droht er mir, aber mir ist es egal, was er mit mir macht." Sara überlegte. „Warum erzählen Sie mir das alles?" Er senkte den Kopf. „Wissen Sie, ich bin damals Reporter geworden, um für Gerechtigkeit zu kämpfen. Um über die Wahrheit zu schreiben. Dieses Ziel ist mir aber immer mehr entwichen. Ich schäme mich so dafür." Sara packte ihn erneut und schrie ihn an. „Ihre Mitleidstour können Sie sich sparen. Warum erzählen Sie mir das alles?" Er blickte Sara aus leeren Augen an. „Er will SIE zerstören! Alles, was SIE besitzen, will er Ihnen nehmen. Er hat einen unbändigen Hass auf SIE – warum, weiß ich nicht."

Sara ließ ihn los, ihr Herz hämmerte. „Haben Sie ihn jemals gesehen?", fragte sie. „Nein, niemals. Alles lief über E-Mails." „Geben Sie alles, was Sie von ihm haben, an Sgt. O'Grady. Alle Mails, alles, was Ihnen einfällt. Sofort!" Er nickte. Sara ließ ihn zurück und ging zu ihrem Auto. „Sgt. Cooper", Lundberg rief ihr hinterher. Sie drehte sich langsam um. Er sprach laut. „Sie müssen Noah und die Kinder schnell finden. Der Kerl ist unberechenbar. Und mit Noah hat er jetzt, was er immer wollte." Sara antwortete nicht, sondern stieg schweigend in ihr Auto. Sie wollte einfach nur zu Matt. Die Straßen waren frei, sie dachte an Lundbergs Worte: ‚*Er will Sie zerstören!*' Ja, das hatte der Kerl fast geschafft.

## Kapitel 48

Es war mittlerweile Mittag, als sie an Matts Haus ankam. Er packte gerade eine Tasche ins Auto, Hannah war bei ihm. Sie diskutierten heftig miteinander, bis Hannah sich schließlich sauer in ihr Auto setzte und wegfuhr. Bevor Sara ausstieg, atmete sie nochmal tief ein. Sie ging langsam auf Matt zu, er sah sie und blieb stehen. „Ich habe keine Zeit, Sara". Er sah müde aus. „Matt, bitte. Soll das jetzt ewig so weitergehen? Ich weiß, dass du mich hasst. Aber ich brauch dich. Bitte." Matt verharrte kurz und ging dann Richtung Haustür. „Das fällt dir ja früh ein. Musste dafür erst unser Sohn verschwinden?" Er setzte sein Baseball-Cap auf und nahm eine Angel aus dem Spind im Flur. „Ich muss zu Harold." Sara guckte ihn verwundert an. „Wer um alles in der Welt ist Harold? Und seit wann angelst du?" Matt lachte auf. „Tja, es gibt eine Menge Dinge, die du nicht von mir weißt." Sara hielt ihn fest. „Matt, bitte." Matt winkte nur ab. „Sorry, Harold wartet." „Wer ist Harold?", wiederholte sie. Matt blieb stehen und seufzte. „Du gibst ja eh keine Ruhe. Harold ist der leibliche Vater von Patrick. Patrick hat Ferien und verbringt diese Woche bei seinem Dad. Die beiden wollen eine Trekkingtour machen, Kajak fahren und Angeln gehen. Da Patrick keine Angelausrüstung besitzt, bring ich ihm jetzt meine.“ Sara starrte ihn weiterhin nur an. Matt setzte sich ins Auto. „Und hier fällt mir nur die Decke auf den Kopf. Ich muss hier raus.“ Coop sprang auf den Beifahrersitz. „Matt, das kannst du nicht machen. Wir müssen reden.“ Sara war sauer. „Nicht jetzt“, sein Ton war kalt. Sara machte einfach die Beifahrertür auf, nahm Coop auf den Schoß und setzte sich. „Das ist jetzt nicht dein Ernst, Sara.“ Matt war genervt. Sara verschränkte die Arme vor ihrem Körper. „Pffh. Du willst es ja nicht anders. Fahr los.“ Sara machte die Tür zu.

Matt wollte keine Diskussionen und fuhr los stadtauswärts. Coop schlief sofort auf Saras Schoß ein. Matt drehte das Radio auf, woraufhin Sara es sofort leiser machte und auch noch den Sender verstellte. „Sara, lass das. Das ist mein Auto, deswegen hören wir meine Musik. Kapiert?“ Sara maulte ihn an. „Ja, ja. Das ist aber keine Musik. Das ist einfach nur schrecklich.“ Matt haute auf den Off-Knopf und es herrschte Stille. „Besser so?“, fragte er schnippisch. Sara warf ihm einen Seitenblick zu. „Du bist wie ein Mädchen.“ Die nächsten Minuten schwiegen beide, draußen flog die spätsommerliche Landschaft aus blühenden Bäumen vorbei. Bald sollte die Gegend immer karger werden, wenn die Bäume erst mal ihre Blätter verlieren, dachte Sara. Der Herbst stand vor der Tür, sie hasste diese Jahreszeit. Sie wurde durch ein lautes Hupen aus ihrer Träumerei gerissen. Matt hatte versucht, sich in einen Konvoi von Schwertransportern einzureihen, das Unterfangen aber abrupt abgebrochen. „Sag mal, spinnst du? Bleib einfach auf der Spur!" pampte sie Matt an. „Entspann dich", gab er nur trocken zurück. Sie seufzte und starrte nachdenklich auf die Straße. Sie erzählte Matt schließlich kurz die Vorkommnisse mit Lundberg, Matt schüttelte nur den Kopf. „Unfassbar! So ein Arsch, der tut für Geld wirklich alles!" Sara atmete tief ein. „Er wird seine Quittung bekommen, Matt."

Sara schaute aus dem Fenster, eine grüne Wand von Bäumen begleitete sie an der Seite. „Hast du deine Mutter angerufen?", fragte Matt schließlich, ohne sie dabei anzuschauen. „Sie hatte es mehrfach bei mir versucht." Sara schüttelte den Kopf. „Oh nein, verdammt, ich habe es immer wieder vergessen." Sie holte ihr Handy aus der Hosentasche und wählte die Nummer ihrer Mutter, sie ging aber nicht dran. „Jane hat mich angerufen!", sagte Sara und atmete durch. Matt blickte sie erstaunt von der

Seite an. „Wie bitte? Und, was hat sie gesagt?“ „Na, was wohl?! Sie hat mir Vorwürfe gemacht – wie immer. Was ich für eine Rabenmutter bin. Immer das gleiche Spiel.“ Matt schnaubte. „Ach Sara, du kennst sie doch. Das meint sie im Grunde nicht so. Sie macht sich eben auch Sorgen um Noah. Und da vertut sie sich mal schnell in ihrer Wortwahl.“ Sara rieb sich die Augen. „Na, wenn du meinst. Ich kann im Moment auf jeden Fall gut auf sie verzichten.“

Der Verkehr wurde immer dichter. Neben ihr fuhr plötzlich ein Pick-up und Sara schreckte kurz zusammen. Der Wagen war aber schwarz und ihr Puls verlangsamte sich wieder. Sie lehnte sich in ihren Sitz zurück und machte das Fenster einen Spalt auf. Sie schloss die Augen und genoss den frischen Windstoß. Sie überlegte, wie sie die nächsten Worte formulieren sollte. „Ich muss dir was sagen, Matt. Es geht um Joseph.“ Sara klang ernst. Sie hatte Matt noch gar nichts von den letzten Ereignissen erzählt. Matt schaute sie nicht an, sein Blick war auf die Straße gerichtet. Sara zögerte, dann sprach sie weiter. „Joseph ist ein Pädophiler.“ Matt sah sie entgeistert an. „Wie bitte?“ Während Sara ihm alles erzählte, schüttelte er immer wieder den Kopf. „Ich glaub es nicht. Und du bist sicher, dass er nicht unser Mann ist?“ Sara nickte. „Wir prüfen gerade alle seine Alibis, während die anderen Kinder verschwunden sind. Aber ich glaube ihm, dass er damit nichts zu tun hat." Matt musste an Hannah denken. „Hoffentlich hatte er sich nie an Hannah vergangen. Dieses Schwein." Sara schaute ihn an und nickte. Matt wirkte nicht sonderlich beruhigt.

Sara kraulte Coop am Kopf, der schlief immer noch sehnlich. Matt atmete tief durch. „Sara, hör zu. Es tut mir leid." Er löste seinen Blick von der Straße. „Es war nicht richtig, dir die Schuld für alles zu geben. Schon gar nicht für Noahs Entführung. Das war unfair." Sara war erleichtert, dass Matt das sagte. Ihre Blicke trafen sich kurz. Hinter ihren Augen verbarg sich große Müdigkeit und Anspannung. „Du hattest mit allen Vorwürfen recht, Matt." Ihre Stimme klang sanft und resignierend zugleich. „Wäre ich keine Polizistin, hätten wir wahrscheinlich ein glückliches Leben und wären jetzt nicht in dieser unbeschreiblichen Sorge um Noah. Und ich habe bei allem auch oft nicht an dich gedacht, an deine Ängste. Dafür möchte ich mich bei dir entschuldigen. Ich war oft egoistisch." Matt lächelte Sara verlegen an. „Damit liegst Du allerdings richtig." Er verstummte. Sara fixierte Matt und überlegte, ob sie folgende Worte aussprechen sollte. Sie tat es schließlich. „Aber Matt, Du wusstest immer, dass ich Polizistin werden wollte. Du wusstest von meiner Leidenschaft, meiner Liebe und meiner Faszination – jeher. Ich wollte nie etwas anderes und ich habe dir in dieser Hinsicht niemals etwas vorgemacht.“ Stille. Matt schaute sie nicht an, sein Blick war konzentriert auf die Straße gerichtet. Er dachte aber merklich über die Worte nach. Er rieb sich über die Stirn. „Vielleicht haben wir verpasst, einen Mittelweg zu finden, Sara.“ Sara widersprach ihm nicht. Draußen am Himmel türmten sich wieder weiße Wolken auf.

„Wo fahren wir eigentlich hin?“, fragte Sara, um die Stille zu durchbrechen. Matt schaute auf ein Straßenschild und fuhr vom Highway ab. Die Gegend wurde immer verlassener, tiefe Wälder umschlossen zunehmend die Straße. „Harold wohnt am Rande von San Diego, nahe der mexikanischen Grenze. Am Pacific Gateway Park.“ Sara hatte keinen Schimmer, wo das war. „Aha“, sagte sie nur. Er schaute auf die Uhr. „Es ist nicht mehr weit.“ Sara nickte, als ihr Handy klingelte. Shawn. „Hi Shawn, was gibt es?“, fragte Sara ins Telefon. Am anderen Ende war nur ein Rauschen, die Verbindung war schlecht, bis sie vollends unterbrochen wurde. „Keine Chance“, sagte Matt. „Hier hast du kein Netz, erst wenn wir durch diese Wälder sind." Sara seufzte. „Na, großartig", sie steckte ihr Handy in ihre Jackentasche.

„Woher kennst du diesen Harold eigentlich?", nahm sie das Gespräch mit Matt wieder auf. Matt klopfte mit seinen Händen auf das Lenkrad. „Er kam vor ungefähr einem Jahr in meine Kanzlei und bat um anwaltliche Hilfe. Er wurde mit Alkohol am Steuer aufgegriffen. Und hat darauf die Beamten, die ihn angehalten haben, beleidigt und einen sogar tätlich angegriffen." Sara seufzte. „Ach Gott, so einer." Matt schüttelte den Kopf. „Das dachte ich zuerst auch. Aber je öfter er bei mir im Büro war, desto besser haben wir uns verstanden. Wir sind immer öfter ins Gespräch gekommen." Sara wunderte sich über gar nichts mehr. Sie schaute aus dem Fenster und beobachtete die Wagenkolonnen neben ihr, die immer seltener wurden. „Auf jeden Fall hat er nur eine Geldstrafe bekommen. Als Dank hat er mich dann zu einem Angelausflug eingeladen." Sara riss sich zusammen, keinen blöden Kommentar abzugeben. „Das haben wir dann immer öfter gemacht und irgendwann hat er mir seinen Sohn bei einem Essen vorgestellt. Der hatte wiederum seine Stiefschwester dabei. Hannah. Den Rest kennst du ja." Sara nickte. „Stimmt, dann kam Super-Hannah", brummte sie. Matt warf ihr einen strengen Seitenblick zu, ließ diesen Spruch aber kommentarlos stehen und richtete seinen Blick wieder auf die Straße. Sara dachte nach. „Und was ist mit Patricks Bruder?“ Matt wirkte erstaunt. „Bruder? Was für ein Bruder?“ Sara dachte schon, dass sie halluzinierte. Aber sie rief sich wieder das Foto an Patricks Pinnwand in den Sinn. „Hat Harold nie von einem weiteren Sohn gesprochen?“ Matt nahm die Ausfahrt. „Nein, nie. Er hat immer nur von Patrick und Hannah gesprochen.

## Kapitel 49

Matt und Sara hatten die letzten Meter vor sich, Sara war in Gedanken. Es war nicht der Verkehr, der sie ablenkte; sie schien ihre Frage genauestens abzuwägen, nach den richtigen Worten zu suchen. Sie schaute Matt an und berührte ihn am Arm. „Matt“, sagte sie leise. „Glaubst du, Noah geht es gut?“ Matt erwiderte ihren Blick. „Du meinst, ob ich glaube, ob er lebt?“ Sara nickte stumm. Matt drückte ihre Hand. „Ja, Sara. Er lebt. Ich weiß es!“ Sie sah in seinen Augen, dass er wirklich daran glaubte. Die Angst vom Vortag war aus seinen Augen gewichen. Irgendwie beruhigte sie das.

Sie waren am Ziel angekommen. Sara blickte durch die Windschutzscheibe auf ein mittelgroßes, graues Gebäude. Die Gegend war sehr einsam, weit und breit waren keine Nachbarhäuser zu sehen. Das Land war flach, bis zum Horizont nichts als Wald zu sehen. Matt parkte den Wagen direkt vor der Einfahrt. Sara stieg aus und musterte das Haus. Es war ein unscheinbares Haus. Zweistöckig. Der graue Putz kam an manchen Stellen runter. Unten waren die Vorhänge zugezogen, nur etwas Licht drang durch, oben war alles dunkel. „Komm, lass uns schnell die Sachen abgeben und dann nach Hause." Matt zog seine Jacke an und holte das Equipment aus dem Kofferraum. Coop sprang aus dem Auto und flitzte an den nächsten Strauch. „Coop, hier lang." Matt pfiff, aber Coop schnüffelte weiter. Matt ging zu ihm und nahm ihn an die Leine, Coop zog unentwegt. „Wie wäre es mal mit Hundeschule?", fragte Sara. Matt guckte sie nur böse von der Seite an. „Ich glaube, wenn hier jemand therapeutische Hilfe braucht, dann nicht der Hund!" Sara verdrehte die Augen. Ein wild gepflasterter Weg, dessen Platten mit Unkraut überwuchert waren, führte zur Eingangstür. Der Kies knirschte unter ihren Füßen, als sie auf die Haustür zugingen. Eine Holzbank stand an der Wand und zu beiden Seiten standen zwei große Steintöpfe. Blätter lagen auf dem Boden.

Matt klingelte. Nach wenigen Sekunden kam jemand zur Tür. Harold. „Hi Harold." Matt begrüßte ihn. „Das ist meine..." Er stockte, weil er nicht wusste, wie er Sara vorstellen sollte, er sagte schließlich. „Das ist Sara." Harold freute sich und gab Sara einen kräftigen Handschlag. „Na, dann mal hereinspaziert. Wollt ihr was trinken? Patrick ist mit einem Freund unterwegs, er kommt erst spät." Harold war ein gutaussehender Mann. Mitte 50, wie Sara schätzte. Er hatte dunkles dichtes Haar mit graumelierten Schläfen, die ihn aber keineswegs alt aussehen ließen. Seine Augen waren blau, tief eingebettet über den ausgeprägten Wangenknochen. Er trug eine Brille. Sein Lächeln war ansteckend. Diese Grübchen mussten ihn schon als Baby zum Star gemacht haben, dachte Sara. „Eigentlich wollten wir dir nur schnell die Angelsachen bringen", rief Matt Harold in die Küche nach. „Keine Widerrede, ihr beiden. Ein Drink geht immer. Nehmt Platz." Coop lief Harold hinterher in die Küche und sprang immer wieder hoch. Sara wusste nicht, ob Coop ihn mochte oder nicht. Sie für ihren Teil fand ihn sehr sympathisch.

Sara schaute sich im Wohnzimmer um, der Boden war mit Eichenparkett ausgestattet, das abgetreten aussah. Als Einrichtungsberater hätte Harold verloren. Keines der Möbelstücke passte zusammen. Das durchgesessene Sofa nicht zum Knautschsessel, der Sessel nicht zum selbst zusammengebauten Couchtisch. Die Wände waren olivgrün gestrichen. Schrecklich, dachte Sara, als Harold mit einem Tablett wiederkam. Darauf standen drei Whiskey. „Oh, nicht für mich“, winkte Matt dankend ab. „Ich muss noch fahren.“ Matt holte sich ein Wasser aus der Küche. Coop lief ihm hinterher und sammelte alle Krümel vom Boden ein. „Lass das, Coop. Immer das Gleiche mit dir.“ Matt hob den Finger, während er mit Coop schimpfte, der Vierbeiner ignorierte ihn konsequent. Als Matt zurück ins Wohnzimmer kam, hatte Sara bereits auf dem Sessel Platz genommen. Ihre Jacke hatte sie ausgezogen. Matt setzte sich neben Harold auf das Sofa. Alle erhoben ihr Glas und prosteten sich zu. Sara nahm einen ordentlichen Schluck, die Eiswürfel klirrten im Glas. „Gibt es was Neues von Noah?“, Harold schaute beide besorgt an. „Patrick hat mir alles erzählt. Schreckliche Sache. Es muss schlimm sein, ein Kind zu vermissen.“ Matt schaute auf den Boden. „Ja, wir können nur hoffen.“ Sara starrte auf ihr Glas, der Whiskey stieg ihr schon zu Kopf.

Das Handy klingelte, es war Saras, sie hatte wieder Netz. „Das ist Lilly. Entschuldigt mich bitte, da muss ich kurz drangehen.“ Sie klappte ihr Handy auf. „Lilly, was gibt es?“ Sara hörte Lilly zu. Sie stand plötzlich auf, ihre Augen weiteten sich. „BRYAN! Bryan wurde gefunden. Oh mein Gott. Das ist toll. Wie geht es ihm? Hat er was gesagt? Hat er Noah erwähnt?“ Sara nickte und strahlte. „Das ist unglaublich. Lilly, danke. Ich bin unterwegs. Was? Ich bin mit Matt bei Harold. Erzähl ich dir später. Bis gleich im Krankenhaus.“ Sie legte auf, ihr Akku piepste schon, er war fast leer. Matt war mittlerweile auch aufgestanden. „Und?“ Er schaute sie erwartungsvoll an. Auch Harold stand, sein Oberkörper hatte sich angespannt und seine Miene verriet angespannte Erwartung, was jetzt kommen würde. Er hatte seine Brille abgenommen und putzte sie mit seinem Hemdärmel. Saras Worte überschlugen sich. „Bryan lebt!“, schoss es aus ihr heraus. Sie lachte. „Er konnte entkommen.“ Sara lief aufgeregt auf und ab. Sie holte Luft. „Er wurde von einem Wandererpaar gefunden – ein paar Meilen von hier in einem Waldstück. Er hatte sich das Bein auf der Flucht gebrochen und lag die Nacht dort. Aber es geht ihm gut. Noah geht es auch gut, sagt er.“ Sie ging zu Matt und er nahm sie in den Arm. Harold wusste nicht, was er sagen sollte, er klopfte beiden auf die Schulter. „Ich freu mich so für euch.“ Sara war ganz außer sich vor Freude. „Er hat die Stimme des Entführers erkannt, es ist wahrhaftig der Kerl aus der Reinigung. Der vom Phantombild.“ Matt konnte es nicht fassen. „Dann werden wir bald die anderen Kinder finden." Sara nickte. „Das hoffe ich. Los, lass uns ins Krankenhaus zu Bryan fahren. Er kann uns sicher noch viel mehr erzählen. Vor allem zu dem Entführer." Matt nahm seine Jacke. Sara schaute Coop hinterher, der in diesem Moment aus dem Wohnzimmer flitzte. Sie sprang auf. „Oje, Coop. Du kleiner Teufel. Komm sofort her", Sara war genervt. „Ihr entschuldigt mich. Ich hol schnell den kleinen Racker und dann können wir aufbrechen."

Sara ging durch einen kleinen Flur. Sie musste kurz stehenbleiben, ihr wurde leicht schwindelig, sie war wohl zu aufgeregt. Die Dielen knarrten unter ihren Füßen und sie blickte sich um, Coop kratzte an einer Tür. „Was ist denn da, Kleiner?" Sara ging zu der Tür und überlegte, ob sie sie aufmachen sollte. Coop flippte förmlich aus, er fiepste und kratzte weiter. Sara blickte sich kurz um, aber der Flur lag im Stillen hinter ihr. Sie öffnete schließlich widerstrebend die Tür. Ein Arbeitszimmer, Harolds Arbeitszimmer. Sara schaute sich um. Die blank polierten, hellen Holzdielen fielen ihr direkt ins Auge. „Ob er wohl eine Putzfrau hat?" Sara sprach mit sich selbst. Es roch nach Bleistiftspänen und altem Papier. Die in tiefe Nischen eingelassenen Fenster hatten schrecklich grüne Vorhänge. Sara schmunzelte, grün musste wohl seine Lieblingsfarbe sein. Die Einrichtung erinnerte sie an die ihres Vaters. Ein großer massiver Schreibtisch stand vor einem großen Bücherregal, das mit unzähligen juristischen Büchern, Fachzeitschriften und Gesetzestexten bestückt war. Dahinter ragte der Schreibtischsessel hervor. Auf dem Tisch herrschte absolute Ordnung, alles stand akkurat an seinem Platz. Der Bleistiftgeruch kam vom elektrischen Bleistiftspitzer, der ebenfalls auf dem Tisch stand. Ein Computer stand in der Mitte, rechts daneben waren in einem Ablageregal sämtliche Papiere gesammelt. Coop hatte sich mittlerweile wieder beruhigt und schnüffelte nur noch. Sara betrachtete zwiegespalten die Sammlung von Hirschgeweihen und toten Tieren, die an der Wand thronten. „Die armen Tiere“, brummelte sie vor sich hin.

Sie wollte den Raum schon wieder verlassen, als ihr Blick auf einen Tresen fiel. Er war voller gerahmter Fotografien. Sara ging hin. Auch hier stand wieder das Foto, das auch bei Patrick im Zimmer hing. Sara schaute es eindringlich an. Die Grübchen fielen ihr bei Harold sofort wieder ins Auge. Ihr Blick führte nach rechts neben den Tresen, dort stand ein kleiner Sekretär. Er stand offen. Sara überlegte, konnte aber nicht anders und riskierte einen Blick. Sie sah säuberlich geordnetes Briefpapier und mehrere Rechnungen. Oben lag die Handyrechnung. Sie nahm sie in die Hand, registrierte aber nichts Auffälliges. Sie wollte das Papier schon wieder weglegen, als sie auf das Adressfeld schaute. Ihr Blick verengte sich, sie stockte. Adressiert an Harold Baker. Sie erstarrte, ihr Herz schlug schneller. BAKER? BAKER! Ihre Augen kehrten zurück zu dem Familienfoto, sie sah die Kinder an. Alles spielte sich sekundenschnell ab. Patrick! Patrick und Joshua? Oh mein Gott. Sie riss die Augen auf. Joshua. Sie sah Harold an. Sie begriff nur ganz langsam. Ihr schoss das Bild in den Kopf, als Harold seine Brille gerade abnahm. Das Phantombild! Sie spürte einen kalten Hauch an ihrem Hemdkragen und eiskalte Finger schienen über ihren Nacken zu streichen. Sie riss ihren Körper herum, schweißgebadet. Doch da stand niemand, nur Coop saß immer noch zu ihren Füßen.

Ein kalter Schauer lief über ihren Rücken und ihre Nackenhaare waren aufgestellt. Sie versuchte sich zusammenzureißen und nicht die Nerven zu verlieren. Sie suchte ihr Handy, es war ausgegangen, Akku leer. Sie griff nach ihrer Waffe. Die steckte in ihrer Jacke und die lag auf dem Sessel im Wohnzimmer. „Mist. Ich Idiot." Ihre Stimme bebte. Was sollte sie tun? Coop guckte sie nur mit seinen Kugelaugen an und begriff gar nichts. Sie schlich langsam aus dem Arbeitszimmer. Sie schwankte. Alles vor ihr verschwamm. Was war nur los mit ihr? „Reiß dich zusammen", ermahnte sie sich selbst. Aber es ging nicht, sie wurde immer wackeliger auf den Beinen. Sie musste erneut stehen bleiben und sich an der Wand festhalten. Der Drink, dachte sie. „Oh nein. Harold hat mir was ins Glas getan." Sie sprach mit sich selbst. Plötzlich ein Schuss. Sie erschrak. MATT. Panik überkam sie. Ihr ganzer Körper zitterte. Es wurde plötzlich kalt im Flur, als sei alle Wärme daraus entwichen. Sie wollte losrennen, aber ihre Beine machten das nicht mit. Sie verlor das Gleichgewicht und knallte auf den Boden. Ihr wurde schwarz vor Augen.

## Kapitel 50

Bryan lag in seinem Krankenhausbett auf der Intensivstation. Er war immer noch sehr schwach und stand unter Schmerztabletten. Der Sturz hatte ihm das rechte Bein gebrochen, von seinen Rippenquetschungen ganz zu schweigen. Sein Gesicht war von unzähligen Schürfwunden zerrissen und sein Körper war völlig ausgemergelt. Ein Infusionsständer stand neben seinem Bett, dessen Schlauch in seinen Arm führte. Sein Kreislauf war am Boden. Als er eingeliefert wurde, hatte er einen schlimmen Eindruck gemacht. Nachdem er für einen kurzen Moment Auskunft geben konnte über das, was geschehen war, war er schnell eingeschlafen. Er schlief jetzt ganz ruhig und sah friedlich aus, als seine Mutter zu ihm ans Bett trat. Sie lächelte.

Amanda Gore lag apathisch auf ihrem Sofa, als der Anruf kam, dass ihr Bryan gefunden wurde. Sie konnte es nicht glauben und war sofort in ihr Auto gesprungen. Ihr Mann war am Stadtrand von San Diego bei einem Arztbesuch und müsste nun auch auf dem Weg ins Krankenhaus sein. Sie war so glücklich, hielt sich die Hand vor den Mund und schluchzte leise – vor Glück und Erleichterung. Sie betrachtete Bryans geschundenen kleinen Körper, seine blasse Haut. Sie setzte sich dicht neben ihn aufs Bett und strich ihm langsam über seine Stirn. Tränen liefen über ihre Wangen, sie konnte es nicht fassen, ihr Junge lebte. Die Hoffnung hatten sie und ihr Mann nie aufgegeben, aber oft hatten sich Zweifel eingeschlichen. Sie saß eine lange Weile neben ihrem Sohn und hielt seine kalte Hand fest umschlossen. Als sie sie sachte gegen ihren Mund drückte, schlug er plötzlich seine braunen Augen auf und auf seinen Lippen zeichnete sich ein Lächeln ab und in seinen Augen ein leuchtendes Strahlen. „Mommy“, flüsterte er.

Lilly beobachtete alles von draußen – durch eine große Glasfront. Ihr standen Tränen in den Augen. Sie wischte sich kurz über das Gesicht, als plötzlich Cruz hinter ihr stand. Er war nicht minder erleichtert und lächelte Lilly zu. Er gab ihr einen Kaffeebecher in die Hand, seine Kollegin nickte nur und nahm dankend einen Schluck. Minutenlang sahen sie durch das Fenster, wie Amanda Gore ihren Bryan fest umschlungen hielt. Für solche Momente waren sie so dankbar. Das grelle Neonlicht, das den Flur durchflutete, wirkte auf einmal beruhigend auf die beiden. Kenneth Gore zerriss die Stille, als er schnellen Schrittes an ihnen vorbei eilte und in das Zimmer stürmte. Er weinte ebenfalls, als er endlich seinen Jungen in seine Arme schließen konnte. „Wir müssen Bryan befragen", sagte Lilly leise. Cruz nickte nur. „Gib den drei noch ein paar Minuten. Wir gehen gleich rein." Ein Geräusch war hinter ihnen und Cruz drehte sich um. Shawn hielt eine Akte in der Hand. „Ich glaube, das ist nicht nötig. Ich habe etwas Interessantes herausgefunden. Wo um alles in der Welt ist Sara? Ich habe mehrfach versucht, sie zu erreichen."

## Kapitel 51

Sara kam langsam zu sich, sie lag in einer Badewanne. Unfähig, den Kopf nach rechts oder links zu bewegen, konnte sie zuerst nur nach oben an die Decke starren, eine weiße Decke. Der Nebel in ihrem Kopf wollte sich nur langsam lichten. Ihre Nackenknochen entspannten sich und sie konnte sich etwas umgucken. Sie war in einem Badezimmer, indem sie zuvor noch nie war. Das Badezimmer wirkte riesig. Es herrschte die Farbe Weiß vor. Sara hatte noch nie einen so weißen Raum gesehen. Ein weißgerahmter Spiegel hing über zwei Waschbecken - mit Armaturen aus weißem Porzellan.

Sie hatte Schmerzen. Ihre Hände waren auf ihrem Rücken gefesselt, ihre Beine waren schwer. Sie schaute an ihrem Körper hinunter, an ihren Füßen waren vier dicke Steine gebunden. Die Knoten saßen fest. Sie konnte sich nicht rühren. Das Betäubungsmittel aus dem Drink tat sein Übriges, sie war wie gelähmt. Sie versuchte fieberhaft, ihre Beine zu bewegen, dann spürte sie einen Schatten links von ihr. „Das ist hoffnungslos, Sara." Harold stand in der Tür zum Badezimmer. „Die Steine haben insgesamt ein Gewicht von 20 Kilo. Die bekomme ich noch nicht mal zusammen hoch." Sein nettes Lächeln war völlig verschwunden, sein Blick wirkte unheimlich. Sara blickte ihn fassungslos an, ihr schauerte es. Sie sagte laut: „Wo ist Noah? Was ist mit Matt?“ Harold grinste. „Also das Leben deines Noch-Götter-Gatten hast du auf dem Gewissen. Warum musstest du auch mit ihm hierherkommen? Der Showdown sollte erst viel später erfolgen. Aber so musste ich ihn leider ausschalten, bevor er mir noch in die Quere gekommen wäre. Schade, ich mochte ihn eigentlich.“ Sara wollte das nicht glauben. In ihren Schläfen konnte sie das Pochen ihres eigenen Pulses spüren. Sie versuchte, ihre Tränen zurückzuhalten. Harold kam mit quälend langsamen und bedächtigen Schritten auf sie zu. Schaute zu ihr nach unten und drehte den Wasserhahn mit einem süffisanten Grinsen auf.

Saras Augen weiteten sich ungläubig. „Ich bring dich um, du Schwein!“ Sara fing an zu schreien, ihre Stimme hallte laut durch das Badezimmer. „Sei still. Du hast doch keine Ahnung.“ Harold brüllte sie an. Seine unverhohlene Wut ließ sie zusammenschrecken. Sie musste sich zwingen, ruhig zu bleiben, um nicht vollends die Kontrolle zu verlieren. „Warum? Erklär mir warum?“ Sara versuchte, ihn am Reden zu halten. Erschöpft und angsterfüllt zwang sie sich nachzudenken. Sie überlegte fieberhaft, wie sie aus dieser Situation wieder rauskommen könnte. Wie sie ihr

Leben retten konnte. Das Wasser bedeckte bereits ihre Beine. Harold setzte sich auf den Badewannenrand. „Dein Dad. Dein Dad hat mein Leben zerstört. Er hat meinen Joshua nicht gefunden. Er war erst drei Jahre! Hörst du, drei! Dein Vater hat versagt. Ich hatte so viel Wut in mir. Martha hat es nicht mehr ausgehalten und ist mit Patrick ausgezogen. Mein Hass wurde immer größer. Und dann stirbt dieser Feigling einfach." Sara schaute ihn entsetzt an, ihre Sinne waren geschärft. Was sie sah, war eiskalte Abneigung. Ihr wurde immer kälter.

„Warum erst jetzt? Und vor allem die anderen Kinder? Ein Kind musste sterben!" Harold stand wütend auf. „Dass dieses Kind gestorben ist, da konnte ich nichts für." „Jason! Das Kind hieß Jason!" Sara unterbrach ihn und in ihren Augen blinzelten Tränen. Harold stockte und wirkte für eine Sekunde weich. „Ich wollte nicht, dass dem Jungen etwas zustößt. Hörst du!" Sara sah eine Hoffnung, an ihn heranzukommen. Daher verzichtete sie darauf, ihn mit den Folterungen zu konfrontieren, stattdessen sagte sie: „Ich weiß, Harold. Warum willst du den anderen Kindern jetzt was antun?" Sara versuchte, ruhig zu bleiben. Er schaute sie von oben herab an, sein weicher Blick war verschwunden. „Das hast du zu verantworten! Die anderen Kinder gehörten zum Spiel. Sie waren aber nicht wichtig.

Du solltest ja nicht sofort mitkriegen, dass es was persönliches ist.“ Sara wurde schlecht, aber sie verstand die Zusammenhänge noch nicht. „Und warum erst jetzt?“, Sara wiederholte ihre Frage. „Ganz einfach. Nachdem dein Dad tot war, flehte mich Martha an, eine Therapie zu machen. Sonst würde sie mir Patrick ganz wegnehmen.“ Harold drehte den Hahn etwas weiter auf. Sara musste hilflos zusehen, sie konnte sich nicht bewegen. „Ich hörte auf sie und es wurde besser“, fuhr Harold bedacht fort, als zöge eine dunkle Wolke trauriger Erinnerung an ihm vorüber. „Unsere Ehe haben wir zwar nicht gerettet, aber meine Wut ließ nach. All meine Hoffnung lag darin, dass Joshua noch lebte und er irgendwann wieder vor der Tür steht.“ Sara schloss die Augen. „Doch dann wurde seine Leiche letztes Jahr gefunden.“ Sara beendete Harolds Ausführung.

„Richtig, Frau Polizistin. Alles war wieder da. Meine Wut stieg ins Unermessliche. Ich wusste nicht, wohin damit.“ In seinen stechenden Augen sah Sara nur Abscheu. Sie begriff langsam alles, das Blut in ihren Schläfen pochte. „Dass du Matt kennengelernt hast, war auch kein Zufall, richtig?“ Sie fixierte das Gesicht, das auf sie herabblickte und dort regungslos verharrte. Harold grinste hämisch, kniete sich langsam zu ihr runter und starrte sie an.

Sekundenlang fixierte er ihre Augen. „Ja, brillant, nicht?! Ich habe die ganze Zeit dein Leben und das deiner Mutter verfolgt. Erst nur aus Interesse. Als deine Mutter nach Miami gezogen ist, lag meine volle Aufmerksamkeit bei dir. Ich wusste von deiner Hochzeit mit Matt, von Noah. Einfach alles. Als dann Joshua letztes Jahr tot aufgefunden wurde, war mir sofort klar, dass deine Familie dafür büßen muss. Es war schließlich dein Vater, der meine Familie zerstört hat." Sara brüllte ihn an. „Aber es war nicht mein Vater, der dein Kind entführt und getötet hat. Mein Vater wollte euch helfen! Verdammt noch mal." Harold schlug ihr mit aller Kraft ins Gesicht und drückte kurz ihren Kopf unter Wasser, riss sie an den Haaren dann aber wieder nach oben. Sara prustete und schnappte nach Luft. Vorsichtig öffnete sie die Augen, gefasst auf den nächsten Schlag. Ihr Kopf dröhnte vor Schmerz. Sie zitterte vor Angst, als Harold ruhig weiter sprach. „Aber er hat ihn nicht gefunden! Verstehst du das nicht? Er war für die Suche verantwortlich und er hat meinen Joshua einfach aufgegeben." Harolds Gesicht war ein Schlachtfeld unterschiedlicher Emotionen, jetzt starrte er Sara finster und zornerfüllt an. „Ich musste irgendwie an euch rankommen. Da schien mir Matt der einfachste Weg. Diese Cops zu bedrohen, hat mir sogar auch noch Spaß gemacht. Dann ging ich in Matts Kanzlei. Es war wie ein

Geschenk Gottes, als er mir irgendwann von seiner kaputten Ehe erzählte. Da kam dann Hannah ins Spiel. Das war gar nicht geplant, es war mehr eine göttliche Fügung." Harold schien den Moment zu genießen. Das Wasser in der Wanne stieg immer mehr, hatte schon ihre Brust erreicht. Sara zitterte vor Kälte. „Du bist krank, Harold. Einfach nur krank", wiederholte Sara immer wieder, sie sprach sehr leise.

Harold lachte nur. „Nein, Liebes. Ich bin ein Genie. Und dann noch der erfolglose Lundberg. Er hat mir aus der Hand gefressen. Es war alles so einfach." Ein Rascheln. „Das ist ja interessant!", ein Mann stand im Türrahmen, in der Hand ein Messer. Harold riss seinen Körper herum.

## Kapitel 52

Lundberg! „Sie Mistkerl", Lundberg schrie, seine Hände zitterten, er fuchtelte wild mit dem Messer um sich. Sara hätte nie gedacht, dass sie einmal froh sein würde, Lundberg zu sehen – aber jetzt war sie es. Sie beobachtete alles, Harold schien jedoch nicht sonderlich beeindruckt zu sein. Er fixierte den Reporter genau. „Sie haben mein

Leben zerstört“, stotterte Lundberg, er schwitzte am ganzen Körper. Sara hatte kurz die Vermutung, dass er betrunken sei. „Verschwinden Sie, Lundberg!“ Harold blieb ganz ruhig. „Ich bitte Sie, machen Sie sich nicht lächerlich. Sie haben doch sowieso nicht das Zeug dazu, mir etwas zu tun. Sie sind ein Verlierer, ein dummer Feigling!“, sagte Harold sachlich. Lundberg rieb sich mit dem Handrücken über die Stirn. „Zumindest nicht zu dumm, um Peilsender anzubringen“, sagte der Reporter, während er überlegte, was er tun sollte. Dann spannte sich sein ganzer Körper an und er stürmte plötzlich mit aller Kraft auf Harold, das Messer nach vorne auf ihn gerichtet. Harold wich jedoch geschickt mit einem Schritt aus und Lundberg fiel unsanft auf den Badewannenrand. Ein dumpfer Knall ertönte und er hing kopfüber auf dem Rand und starrte Sara direkt in die Augen. Sara und sein Blick trafen sich für einen endlos lang wirkenden Augenblick, bevor Lundberg den Badewannenrand runtersackte. Dabei hinterließ er eine Blutspur an den Kacheln. Er war auf sein eigenes Messer gefallen und hatte es sich in die Brust gerammt.

Lundberg lag auf dem Boden und bewegte sich nicht, um ihn herum sammelte sich eine Blutlache. Harold blickte auf ihn herab. „Der Kerl ist wirklich zu nichts zu gebrauchen.“ Sara schloss die Augen. „Wo ist Noah? Wo sind die Kinder? Sag es mir, bitte!“ Sara flehte Harold an. Sie wusste, dass Lundberg ihr nicht mehr helfen konnte. Harold ging wieder einen Schritt auf sie zu und grinste. „Das wird dir nicht mehr viel bringen, meine Liebe. Noah wird in den nächsten Minuten sterben. Genau wie die anderen Kinder. Sie sind in einem unterirdischen Bunker und langsam geht ihnen der Sauerstoff aus. Dafür habe ich gerade gesorgt. Sämtliche Luftzufuhr habe ich abgeschnitten.“ Sara riss die Augen auf. „NEIN, ich flehe dich an. Tu das nicht.“ Harold stand auf, sein Blick war stahlhart. „Ich habe deinen Vater auch angefleht, meinen Joshua zu finden“, erwiderte er mit gepresster Stimme. Sara musste ihren Kopf anheben, um kein Wasser in den Mund zu bekommen. Sie spuckte. Harold blickte auf sie herab. „Eigentlich wollte ich dich auch Jahre im Ungewissen lassen. Und dann hätte ich dir irgendwann Noahs Überreste präsentiert. Aber jetzt bist du mir zuvorgekommen. Aber Genugtuung ist es trotzdem.“ Harold triumphierte und lächelte sie provokativ an. „Na, wie ist das Gefühl zu wissen, dass das eigene Kind stirbt?“ Sara schrie. Sie schrie um ihr Leben und das um Noah. „Hier stirbt niemand.“ Harold drehte sich erschrocken um. MATT.

## Kapitel 53

Matt lag auf dem Boden und hielt eine Pistole in der Hand. Es musste Saras Waffe sein. Ohne zu zögern, drückte er ab. Die Kugel traf Harold im Oberkörper, er sackte zusammen und lag neben Lundberg. „NEIN“, Sara brüllte, weil sie sich der Tatsache bewusst war, dass nur Harold über den Aufenthaltsort der Kinder Bescheid wusste. Ihr Schrei hallte durch das Badezimmer, aber es war zu spät. Harold rührte sich nicht. Ob er tot oder benommen war, konnte sie nicht mehr erkennen. Sie holte noch einmal Luft, das Wasser hatte sie nun vollständig bedeckt.

Matt raffte sich auf. Er kniff immer wieder seine Augen vor Schmerzen zusammen und atmete schwer. Harold hatte ihn an der Schulter getroffen. Er lag mehrere Stunden bewusstlos im Wohnzimmer. Lundberg musste ihn für tot gehalten haben. Matts T-Shirt war blutdurchtränkt, er schrie auf. Er versuchte aufzustehen und sich zur Wanne vorzukämpfen. Er konnte Sara nicht mehr sehen. Harold lag mit dem Rücken auf dem Boden, seine Augen standen offen. Er war tot. Matt kroch an ihm vorbei, völlig am Ende mit seiner Kraft. Lundberg lag an der Badewanne, aber er atmete – soviel konnte Matt erkennen. Überall war Blut. Sein ganzer Körper war angespannt und er bäumte sich ein letztes Mal auf. Mit letzter Energie warf er sich förmlich auf den Wannenrand und zog sich hoch. Er griff nach Sara und bekam ihre Haare zu fassen. Er riss sie hoch. Ihr Kopf lag nicht mehr im Wasser, aber sie gab auch keinen Mucks von sich, ihre Lippen waren blau unterlaufen. Matt schrie vor Schmerzen wieder. Mit seinem gesunden Arm griff er in die Wanne und suchte den Stöpsel. Er zog fest daran, das Wasser lief langsam ab. Er ließ sich an der Wanne runtersacken und lag neben Lundberg.

In diesem Moment erschienen Cruz und Lilly in der Tür. „Um Gottes Willen." Cruz sprang zur Wanne und befreite Sara von den Steinen. Er löste ihre Fesseln und hob sie vorsichtig heraus. Ihr Körper war kalt und steif, sie hustete plötzlich wie wild. Er legte sie behutsam neben Matt auf den Boden. Um beide legte er vorsichtig ein Handtuch. Matt war kurz davor, das Bewusstsein zu verlieren. „Einen Rettungswagen in die Athey Avenue 4. Sofort. Eine Schusswunde." Lilly schrie den Telefonisten nahezu an. Sara nahm Matts Hand. Sie schaute ihre beiden Kollegen an, sie rang nach Luft. „Wir müssen Noah und die Kinder finden. Sie sind in einem Verlies und ihnen geht der Sauerstoff aus", sagte sie keuchend. Cruz nickte beruhigend. „Shawn sucht hier mit einem Trupp schon alles ab. Wir werden sie finden." Ein Rettungssanitäter brachte Matt ins Wohnzimmer und behandelte ihn, er wollte partout nicht ins Krankenhaus. Lundberg dagegen wurde umgehend in die Notaufnahme gebracht. Saras Kräfte kamen langsam zurück, sie konnte nach ein paar Minuten wieder aufstehen.

Alle versammelten sich im Wohnzimmer. Draußen war es stockdunkel, die Nacht war längst angebrochen. Sämtliche Lichtspots waren auf dem Gelände verteilt. Sara und Matt mussten mehrere Stunden bewusstlos gewesen sein. Shawn kam ihnen entgegen, er zögerte, bevor er sprach. „Nichts. Hier ist nichts. Im Keller stehen nur Vorräte. Im Schuppen nebenan liegt nur Gerümpel. Keine Spur von den Kindern." Die Enttäuschung stand in seinem Gesicht, er zog die Arme hilflos nach oben. „Schaut mal, was ich hier habe." Cruz hielt einen Peilsender hoch. „Den habe ich aus Lundbergs Wagen. Er hatte wahrhaftig an sämtlichen Autos Peilgeräte angebracht, u.a. auch an Matts!" Sara seufzte. „Hoffentlich packt er es. Auch wenn er uns das Leben zur Hölle gemacht hat, er hat zumindest versucht, mir mein Leben zu retten!" „Ich denke schon. Die Stichwunde ist nicht sonderlich tief. Er wird auf jeden Fall durchkommen", entgegnete Shawn, ohne wirklich Mitleid für Lundberg zu zeigen.

„Das hilft uns jetzt aber nicht weiter. Wo sind die Kinder?“ Shawn hatte einen verzweifelten Tonfall. Matt verfolgte halb benommen die Szene. „Harold hat noch eine Hütte am Lower Otay See. Dort waren wir immer angeln. Es ist eine halbe Autostunde von hier weg.“ Das Sprechen bereitete ihm Schmerzen. „Na dann los, das ist unsere einzige Spur. Wir dürfen keine Zeit verlieren.“ Cruz pfiff sein Team zusammen. Sie stürmten alle nach draußen, verteilten sich auf die Autos. Sara ging noch zu Matt, er trug einen Druckverband an der Schulter. „Wie geht es dir? Wohl zu viel Jack Bauer gesehen, was?“ Sara streichelte ihm sacht durch das Haar. Die Berührung war warm und vertraut, Matt lächelte. „Verschwinde und hol unseren Jungen nach Hause.“ Sara schaute ihn an. Bevor sie aus dem Haus lief, drehte sie sich noch mal um. „Wo ist Coop?“, fragte sie besorgt. Matt schüttelte den Kopf. „Ich hab auch schon nach ihm Ausschau gehalten, aber er ist verschwunden. Keine Ahnung.“ Sara blickte ihn traurig an. „Hoffentlich ist ihm nichts passiert.“ Sie lief aus dem Haus.

Matt hörte die Autos wegfahren. Er blieb mit den beiden Sanitätern im Haus, er lag auf der Couch. Matt machte die Augen zu und betete, dass Sara die Kinder finden würde. Die Spurensicherung nahm noch sämtliche Proben. Der Leichenbestatter transportierte Harold ab. Matt rief erneut nach Coop. Nichts.

**Kapitel 54**

Der Wagen, in dem Sara und Lilly saßen, führte die Polizeikolonne an. Heulende Polizeisirenen jagten sich förmlich, während die Wagen durch die nächtliche Stadt bretterten. Sara saß neben Lilly auf dem Rücksitz. „Wie geht es dir?“, fragte Lilly. Sara strich mit ihrer Hand durch ihr zerzaustes Haar. „Ich hoffe, der Alptraum hat bald ein Ende.“ Lilly nickte. „Woher wusstet ihr es? Dass Harold der Kerl ist?“ Sara sah ihre Kollegin fragend an. „Das hast du Shawn zu verdanken. Nachdem wir mit Joseph fertig waren, stand Shawn mit Martha noch eine Weile in der Küche. Sie konnte das alles nicht verstehen, sie suchte verzweifelt nach Antworten. Dann erzählte sie ihm die Geschichte von Joshua und Harold, dabei erwähnte sie beiläufig den Namen Baker, Harolds Nachnamen. Zunächst erkannte Shawn die Zusammenhänge nicht, erst als er später nochmal drüber nachdachte und sich die Akten anschaute, wusste er, dass er etwas Entscheidendes übersah. Bei dem Namen Baker hat es schließlich bei ihm Klick gemacht, er kannte den Fall. Daraufhin hat er nochmal mit Martha gesprochen. Sie wusste gar nicht, dass es dein Dad war, der damals den Fall bearbeitete. Sie erzählte von Harolds Wut, die ihre Ehe kaputt gemacht hat. Shawn brauchte eine Weile, bis er die letzten Zusammenhänge verstanden hat, dann hat er mehrfach versucht, dich zu erreichen. Als ich ihm sagte, dass du bei einem Harold bist, sind wir vom Krankenhaus hierher gerast."

„Haben Sie noch Schmerzen?", der Sanitäter schaute Matt besorgt an. „Nein, es geht. Die Spritze wirkt langsam, wir können hier abhauen." Matt stand langsam auf, der Sanitäter half ihm zur Tür. Draußen wehte ein frischer Wind. Sie gingen langsam zum Rettungswagen. Plötzlich hörte Matt etwas. Es hörte sich an wie ein junkern. Coop! „Coop, Kleiner. Komm her!" Er blickte sich um, aber er konnte den Kleinen nicht sehen, obwohl die Lichtspots genügend Licht spendeten. Dann wieder diese Geräusche, jetzt registrierten auch die Sanitäter das Fiepen. „Es kommt von da hinten", stellte einer der beiden fest und zeigte Richtung Schuppen. „Ich geh mal nach ihm gucken“, der Sanitäter lächelte und ging hinter den Schuppen. Nichts. Der Sanitäter rief dann nach Matt. „Herr Cooper, er ist hier! Ich bekomm ihn hier aber nicht weg.“ Matt war erleichtert, dass es dem Vierbeiner gut ging. „Ich komme. Sekunde.“

Der andere Sanitäter stützte Matt und brachte ihn hinter den Schuppen. Coop hatte sich förmlich in etwas verbissen. „Mein Kleiner, da bist du ja.“ Matt wollte ihn streicheln, doch Coop knurrte wieder, Matt wurde stutzig. „Geh mal weg, Coop.“ Er hob Coop mit seinen gesunden Arm hoch und setzte ihn neben sich. Dieser guckte aufgeregt zu Matt. Matt konnte seinen Augen nicht trauen. Was er sah, war ein Henkel, ein Henkel, der zu einer Luke zu passen schien. „Was um alles in der Welt ist das?“ Matt schaute die Sanitäter an. „Sieht aus wie ein Luftschutzbunker. Sicher bin ich mir aber nicht. Sollen wir vielleicht besser Hilfe holen?“, fragte der eine. Doch Matt hatte die Luke schon aufgerissen. Er sah eine Treppe, die zu einer Tür führte. Sie schien sehr schwer zu sein. „Los, helfen Sie mir“, bat Matt die Sanitäter. Sie gingen langsam die Stufen hinunter. Matt betete, dass die Tür nicht verschlossen war. Er hatte Pech. Nichts. Sie ließ sich keinen Zentimeter bewegen.

„Los, zurück ins Haus. Wir müssen den Schlüssel finden.“ Sie rannten zurück ins Haus. Matt so schnell er konnte, seine Schmerzen waren ihm egal. Sie stellten alles auf den Kopf, aber sie fanden nichts. Matt geriet leicht in Panik. „Ganz ruhig“, mahnte er sich immer wieder. Harold! „Ist die Leiche schon abtransportiert?“, brüllte er in den Raum. Ein Beamter der Spurensicherung kam aus dem Bad. „Ja, natürlich. Die Leiche ist schon weg. Was ist denn?“ Matt winkte enttäuscht ab. „Ach, ich wollte seine Taschen durchsuchen.“ Der Beamte kam auf ihn zu. „Na wie gut, dass ich das gemacht habe.“ Er hielt ihm eine Tüte mit den Tascheninhalten hin. Matt erkannte einen Schlüsselbund, an dem mehrere Schlüssel hingen. Er strahlte. „Sie sind ein Held.“ Er drückte dem Beamten einen Kuss auf die Stirn. „Rufen Sie Sgt. Rodriquez an. Sie sollen die Suche abbrechen und wieder herkommen. Sofort.“ Matt nahm den Schlüsselbund und stürmte wieder zu der Luke, die Sanitäter dicht hinter ihm. Coop saß immer noch daneben und fiepste.

Matt stieg die Stufen erneut herunter, seine Schmerzen waren wie weggefegt. Er stand vor der Tür. Matt atmete schwer und versuchte jeden einzelnen Schlüssel durch. Er zitterte. Der vorletzte Schlüssel passte. Die Tür öffnete sich, aber nur sehr schwer. Dunkelheit. Stille. Mehr vernahm Matt aus dem Verschlag nicht. „Hallo?“, seine Stimme war leise. Er hatte Angst vor dem, was er vorfinden würde, wenn er runter geht. Er zögerte. Dann ging er die Stufen langsam hinunter. Er suchte einen Lichtschalter und fand diesen nach längerem Tasten schließlich. Das Licht flackerte aus Neonröhren über seinem Kopf auf. Matt erkannte zwei Gänge. Er musste sich für einen Weg entscheiden. Er wählte den linken. Der Gang schien unendlich lang, ein Sanitäter war hinter ihm. Ihm war genauso unwohl. Plötzlich ein Husten. Coop lief an ihnen vorbei den Gang bis zum Ende. Matt vergaß seine Angst und ging immer schneller. Die Luft wurde immer knapper. Dort war wieder eine Tür, mit einem Riegel davor, der mit einem Schloss versehen war. Mist, dachte er und kramte wieder den Schlüsselbund aus seiner Hosentasche. Das Licht über ihm schien langsam den Geist aufzugeben. Er wurde nervös. Plötzlich vernahm er ein Schnauben. Dieses Mal passte der erste Schlüssel, er schob den Riegel beiseite. Die Tür ging langsam auf, sie knarrte laut. Matt und der Sanitäter zuckten zusammen und wechselten einen schnellen Blick. Matt setzte einen Fuß in die Kammer und sah sich einer stockfinsteren Dunkelheit gegenüber, fast jeglicher Sauerstoff war aus dem Raum entwichen. „Hallo?“, sagte er vorsichtig in die Leere hinein. Seine Augen gewöhnten sich nur sehr langsam an die Dunkelheit. Er suchte auch hier einen Lichtschalter – vergebens. „Hallo", wiederholte er. „Ist hier jemand?" Stille. Aber Matt glaubte, ein Atmen zu vernehmen. Plötzlich ein Laut, ganz leise, aber trotzdem deutlich zu hören. „Hallo? Hallo? Wer ist da?" Matt riss die Augen auf. Er hörte eine Kinderstimme. „Noah?! Bleibt ganz ruhig. Ihr seid in Sicherheit. Ich hol euch hier raus."

Kinder weinten durcheinander. Wie viele konnte Matt nicht raushören, ein Junge und ein Mädchen auf jeden Fall. Matt stieg die Stufen hinunter. Der andere Sanitäter kam mit zwei Taschenlampen, eine gab er Matt. Matt leuchtete das Verlies ab. Jetzt fand er auch endlich den Lichtschalter, eine Birne hing von der Decke und spendete spärlich Licht. Er war schockiert, was er erblickte. Er ging jede einzelne Kammer ab, drei Zellen waren leer. In den anderen saßen Scott und Jessica, die völlig verängstigt waren. Matt schloss die Zellen auf. „Alles in Ordnung, Kleine!" Matt ging langsam zu dem Mädchen, die auf ihrer Pritsche kauerte und an ihrer Haarsträhne rumkaute. Ihre Beine zitterten. Sie war ganz dreckig und ihre Augen waren voller Angst. Matt streckte ihr vorsichtig seine Hand entgegen. „Kleine, alles ist okay. Ich bringe dich nach Hause."

Jessica stockte erst, doch dann reichte sie langsam Matt ihre kleine Hand, die ganz kalt war. Matt nahm Jessica behutsam auf den Arm, ihre Arme schloss sie ganz fest um seinen Hals, sie schluchzte. Er spürte ihren kalten Atem. „Wie heißt du?“, fragte er ruhig. „Jessica“, sagte sie leise. „Jessica. Jetzt wird alles gut, hab keine Angst mehr.“ Matt drückte sie an sich und strich ihr übers Haar. Aber wo war Noah? Er blickte sich verzweifelt um. „Noah?“ Matt bekam keine Antwort. „Noah, wo bist du?“ Wieder nichts. Ein Sanitäter nahm Scott auf den Arm und brachte ihn nach oben. Auch er war völlig dehydriert. Jessica beruhigte sich langsam auf Matts Arm, klammerte sich aber immer noch an ihn. „Noah ist nicht mehr hier“, sagte sie schließlich leise, fast flüsternd.

## Kapitel 55

Matt dachte, er hatte sich verhört. „Was hast du gesagt, Jessica?“ Sie schluckte. „Er wurde geholt und weggebracht.“ Matt war entsetzt. „WANN?“ Die Kleine dachte angestrengt nach, sie hatte jegliches Zeitgefühl verloren. „Ich glaube, es ist noch nicht lange her. Kurz bevor du gekommen bist.“ Matt versuchte, einen klaren Gedanken zu fassen. Er verstand es nicht. „Von wem?

Euer Entführer konnte euch nichts mehr tun.“ Jessica hielt sich an Matt fest. Ihr Kopf lag auf seiner Schulter, sie schluchzte leise. „Er war es auch nicht. Es war jemand anderes. Er war dünner und hatte auch eine andere Stimme.“

Es war mittlerweile tief in der Nacht, als Matt die Kleine aus dem Verlies brachte, kehrte Sara gerade mit ihrem Team zurück zu Harolds Haus. Mehrere Rettungswagen standen auf dem Gelände, weitere Scheinwerfer waren aufgestellt, die die Nacht hell erleuchteten. Sara stieg eilig aus dem Wagen. Ein Sanitäter nahm Matt Jessica ab. Sara rannte Matt entgegen. „Wo ist Noah?“ Er sah schrecklich aus, sie sah seine Verzweiflung. „Er ist weg. Jemand hat ihn aus dem Verschlag geholt.“ Sara sah ihn ungläubig an. Matt legte seine Hände vor sein Gesicht. „Scott und Jessica sind da, Noah ist verschwunden.“ Sara verstand nur langsam das Geschehene. „WAS? Wie kann das sein? Harold ist tot.“ Matt sah Sara an. „Es war nicht Harold, es war jemand anderes. Die Kinder wissen nicht, wer.“ Sara stand unter Schock, sie war kreidebleich. Matt nahm sie in den Arm.

Shawn unterbrach die Stille. „Kommt ihr mal bitte. Ich muss euch was zeigen.“ Matt und Sara folgten Shawn, ohne ein Wort zu sagen, sie waren wie in Trance. Cruz ging unterdessen ins Haus. Sara war kalt, sie machte ihre Jacke zu. Shawn führte sie zu dem Kellerverlies, sie gingen die Stufen hinunter. Matt wollte links den Weg einschlagen, da hielt ihn Shawn fest. „Nein, Matt. Ich wollte euch was anderes zeigen. Hier lang.“ Shawn zeigte auf den rechten Gang. Am Ende war eine Tür offen, auch hier drang Licht heraus. Sara zögerte, folgte dann den beiden aber wortlos, alles wirkte so unwirklich auf sie. Sie standen schließlich vor dem Raum, Matt und Sara warfen sich einen kurzen Blick zu. Matt atmete tief ein und ging vor. Ein Rascheln, dann Stille, bis sie einen Seufzer hörte. „Oh mein Gott“, sagte er leise. „Sara, schau dir das bitte an.“ Sara betrat langsam den Raum und was sie zu sehen bekam, bescherte ihr eine Gänsehaut.

Es dauerte eine Sekunde, bis sie merkte, dass ihr Herz vor Aufregung raste. Überall waren Zeitungsartikel. Über Joshuas Fall. Über ihren Dad. Es gab Fotos. Von Dads Beerdigung. Von ihrer Vereidigung bei der Polizei. Fotos von den einzelnen Tatorten. Sämtliche Ereignisse waren festgehalten. Auch Zufallsaufnahmen hingen an der Wand. Von ihrer Mum. Von Matt. Von Noah. Dann zuckte Sara zusammen. Sie fixierte mehrere Bilder, wo sie drauf zu sehen war. Als sie vor dem Haus der Gores stand, vor dem

Polizeirevier oder als sie im Auto saß und auf James Spencer wartete. „Was für ein krankes Schwein." Sara fröstelte es. „Ich muss hier raus."

Sara lief zur Treppe, aber als sie an der Treppe nach oben angelangt war, blieb sie stehen. Matts und Shawns Stimmen waren im Hintergrund noch zu hören. Sie blickte den anderen Gang entlang und überlegte kurz. Statt nach oben zu gehen, ging sie schließlich langsam den anderen Weg entlang. Sie wollte wissen, wo die Kinder festgehalten wurden. Wo Noah festgehalten wurde. Die Neonröhre flackerte über ihrem Kopf und ließ ihren Schatten erzittern. Ihr war unwohl. Sie kam an der Tür an und warf vorsichtig einen Blick in den Verschlag. Die Leute von der Kriminaltechnik hatten Bogenlampen aufgestellt und der ganze Raum wirkte wie der Schauplatz einer Filmkulisse. Einer schrecklichen Filmkulisse, es war ein schlimmer Anblick. Die Zellen waren höchstens 2 x 2 Meter groß, es war dreckig und kalt. Auf dem Boden lagen Wasserflaschen und Brotpapier. Die Luft stand förmlich. Sara fror. Es war grell, an der Decke hing eine nackte Birne, deren schwaches Licht von den Spots der Spurensicherung überstrahlt wurde. Sara blinzelte vom unwirklich hellen Glanz der Schweinwerfer. Die Beamten waren noch im vollen Gange, sie trugen ihre weißen

Overalls, dazu weiße Handschuhe und Überschuhe. Sie bewegten sich im bedrückten, nahezu ehrfürchtigem Schweigen durch den Raum. Immer wieder bückten sie sich und füllten Inhalte in ihre Tüten, die sie wiederum in Koffern verstauten. Sara lief es kalt den Rücken runter, ihr Herz schlug schneller. „Was machst du denn?", Sara zuckte zusammen und drehte ihren Kopf. Matt stand hinter ihr, er war so lautlos an sie herangetreten, dass sie es gar nicht bemerkt hatte. „Das ist ein absoluter Alptraum", sagte sie leise. Sie fühlte sich wie betäubt. Sie stellte sich Noah in einer der Zellen vor und verlor jeden Halt, ihre Beine sackten weg. Sie war kreidebleich, ihr Atem raste. Matt legte den Arm um sie und stützte sie. Vorsichtig gingen sie nach draußen. Sara weinte fürchterlich. Sie war froh, als sie wieder frische Luft einatmen konnte und das Leben langsam wieder in ihren Körper zurückkam.

## Kapitel 56

„Was ist mit den anderen Kindern? Wie geht es ihnen?" Sara blickte Cruz fragend an, der mittlerweile bei ihnen stand. Cruz schaute zu einem Rettungswagen. „Den Umständen entsprechend. Sie hätten keine Stunde länger da unten bleiben dürfen. Die Luft wurde immer knapper.

Bei Scott Walsh ist es kritisch, er ist kaum ansprechbar gewesen. Er wurde ins Krankenhaus gebracht, genauso wie Jessica Warner." Sara schaute auf den Boden. „Wurden sie gefoltert?", fragte sie vorsichtig. Cruz nickte und atmete tief ein. „Bei Scott das gleiche wie bei Jason. Jessica wurde, wie es aussieht, verschont. Es ging ihm wohl um Jungs. In ein paar Stunden wissen wir mehr."

Lilly eilte in diesen Moment aus dem Haus, sie war aufgeregt. „Ich habe vielleicht was." Nur Cruz schaute sie an und nickte ihr zu, fortzufahren. „Einer der Beamten hat was von einem jungen Mann erzählt, der plötzlich am Tatort war. Er war sichtlich geschockt, als er den Leichenwagen gesehen hat und wollte wissen, was passiert ist." Matt wurde stutzig, auch Sara blickte Lilly an. „Was für ein Mann?", wollte sie wissen. „Ja, jetzt wird es interessant. Er sagte, er sei der Sohn von Harold Baker!" Sara weitete ihre Augen. „Patrick! Patrick Baker." Matt schaute sie nur an. „Ja und? Er war doch mit seinen Jungs unterwegs und kam wohl dann irgendwann nach Hause." Noch während er sprach, wurde ihm alles klar. „Oh mein Gott. Er wusste von allem." Sara nickte. „Nicht nur das, er hat nun auch seinen Dad verloren. Erst Joshua und jetzt seinen Dad." „Und beide durch die Familie Cooper", beendete Matt Saras Gedanken.

Sara war weiß im Gesicht, Matt wurde schlecht. „Wo ist Patrick?“ Lilly schüttelte den Kopf. „Er ist verschwunden! Keine Spur mehr von ihm.“ Matt blickte sich um und ging schnellen Schrittes hinter den Schuppen. „Er hat Harolds Pick-up genommen. Er ist nicht mehr da.“ Lilly sprach in ihr Handy. „Großfahndung nach Patrick Baker.“ Dann ging sie außer Hörweite. Shawn war mittlerweile bei ihnen und bekam alles mit, Sara sprach ihn direkt an. „Shawn, ruf Martha an. Erzähl ihr alles. Sie ist vielleicht die Einzige, die uns jetzt helfen kann.“ Sara sprach sehr laut. Shawn nickte, nahm sein Handy und entfernte sich. Es herrschte großes Durcheinander. Sara winkte den anderen zu. „Los, wir suchen Patrick und Noah. Soweit können sie noch nicht sein.“

Lilly und Cruz stiegen eilig ins Auto. Matt folgte ihnen, aber Sara hielt ihn fest. „Du bleibst hier, Matt. Hörst du!“ Er schüttelte energisch den Kopf. „Auf keinen Fall! Ich lasse dich hierbei nicht alleine.“ Sara wusste, dass sie ihn nicht umstimmen konnte und nickte resignierend. „Na gut, steig ein.“ Cruz fuhr. „Wir haben doch keine Ahnung, in welche Richtung er ist.“ Cruz zeigte Nerven. „Egal, wir fahren einfach los.“ Sara war entschlossen. Lilly bekam einen Anruf. „Alles, klar. Danke.“ Sie legte auf und wirkte erleichtert. „Eine Tankstelle hat Patrick auf seiner

Überwachungskamera. Das war vor ungefähr einer Stunde. Er scheint in Richtung mexikanische Grenze zu fahren." Sara schreckte hoch. „Sperrt alle Übergänge. Sofort!" Sara war aufgeregt. Matt holte Luft. „Wenn er wirklich über die Grenze will, ist er schon drüben. Es sind keine 45 Minuten von Harolds Haus nach Tijuana. „So ein Mist." Sara war wütend.

Saras Handy klingelte, es war Shawn. „Shawn, hast du Martha erreicht?" „Ja, sie ist völlig fertig. Sie wollte sich erst gar nicht beruhigen und konnte das alles nicht glauben." Sara wurde ungeduldig. „Konnte sie dir helfen, Shawn?" „Ich befürchte ja. Patrick ist seit Jahren in Therapie, er hat vor mehreren Jahren zwei Kinder körperlich schwer missbraucht."

**Kapitel 57**

Sara setzte sich aufrecht hin, sie konnte nicht glauben, was sie da hörte. „Was sagst du da?" Alle im Auto schauten sie fragend an. „Warum wissen wir davon nichts?", brüllte sie in ihr Telefon, so dass alle zusammenzuckten. „Wir hatten ihn nicht auf dem Schirm!", entgegnete Shawn frustriert. „Ich habe aber noch was Interessantes. Martha sprach von einem kleinen Ferienhaus in Tijuana. Aber sie dachte eigentlich, dass es diese Wohnung nicht mehr gibt. Sie waren früher immer dort. Alle zusammen. Noch mit Joshua." Saras Herz schlug schneller. Shawn gab ihr die Adresse durch. „Ich bringe Martha dorthin!", sagte Shawn. Sara nickte. „Beeil dich. Bis gleich." Sara gab Cruz den Zettel mit der Adresse und drehte sich um zu Lilly. „Lilly, ruf bitte Verstärkung. Sie sollen sich beeilen."

Cruz wendete den Wagen und trat aufs Gas. „Es war nicht Harold, der Jason misshandelt hat, es war Patrick! Er ist seit Jahren in Therapie wegen abnormen Verhaltens." Saras Stimme war zittrig. Lilly richtete sich auf. „Ich glaub es nicht. Sie waren die ganze Zeit zu zweit! Wir waren so blind. Wieso haben wir Patrick nicht überprüfen lassen?" Auf diese Frage antwortete niemand. Sie fuhren schweigend den San Diego Freeway lang. „Ich befürchte, dass Patrick und Harold nicht aus den gleichen Zielen gehandelt haben", setzte Sara an. „Bei Harold war es ausschließlich Rache, bei Patrick war es Rache gepaart mit seinem Trieb." Sara malte sich aus, was Noah gerade durchmachen musste. Cruz fuhr Höchstgeschwindigkeit. Da es noch sehr früh war, herrschte kaum Verkehr. Der Asphalt glitzerte auf dem Boden. Sie passierten den

Grenzübergang – ohne kontrolliert zu werden. Cruz kannte sich Gott sei Dank gut aus in Tijuana, weil seine Mutter dort lebte. Die Wohnung lag direkt am Strand hinter der Grenze. Die Strecke wirkte unendlich lang. Endlich kamen sie an der besagten Adresse an.

Das Haus lag sehr abgelegen und war völlig heruntergekommen, es musste seit Jahren nicht mehr renoviert worden sein. Vor der Tür stand der graue Pick-up. Sara atmete tief ein, ihre innere Unruhe wurde immer stärker und nahm bald beängstigende Ausmaße an. Sie schaute aus dem Fenster. Die Welt begann langsam im morgendlichen Dämmerlicht Formen anzunehmen. „Matt, du bleibst im Auto." Sara schaute Matt ernst an. „Auf gar keinen Fall", schnaubte er zurück. „Doch. Das ist viel zu gefährlich. Du bist uns mit deiner Schulter keine Hilfe." Matt blickte zu seiner Schulter und gab sich einsichtig, er hatte immer noch Schmerzen. „Na gut. Du hast wahrscheinlich recht. Sei bitte vorsichtig." Sara nickte. Coop blieb bei Matt im Wagen. Cruz und Lilly waren schon ausgestiegen, Sara schaute ihre beiden Kollegen nacheinander an. Sie atmete durch. Das Haus war klein, eher eine Laube, die Fassade war abgebröckelt, im Vorgarten wucherte das Unkraut. Sara stellte sich vor, wie schön es hier einmal ausgesehen haben musste, als Familie

Baker hier glückliche Sommertage verbracht hatte - bis ihnen ein Irrer ihren Joshua nahm. Sie schloss die Augen. Sie konnte das alles noch gar nicht fassen. „Cruz, du gehst hinten rum. Lilly und ich vorne.“ „Willst du nicht warten, bis Verstärkung da ist?!“ fragte Cruz. „Dafür haben wir keine Zeit“, erwiderte Sara ungeduldig. Cruz und Lilly nickten widerwillig. Alle zogen ihre Waffen. Cruz verschwand rechts neben dem Haus, Lilly und Sara gingen zur Haustür. Diese war nur angelehnt, das Schloss hing herunter. Sara gab Lilly ein Zeichen und sie betraten langsam das Haus. Sie versuchten, so leise wie möglich zu sein. Sara hatte Angst vor dem, was sie erwartete.

## Kapitel 58

Der Flur war kurz, der Boden kam schon aus den Fugen, alles war dreckig und staubig. Sara musste aufpassen, nicht zu husten. Der Flur führte direkt in den Wohnbereich. Lilly ging langsam vor. Eine kleine Kochnische war links zu finden. Von Noah und Patrick keine Spur. Das Wohnzimmer war ebenfalls nicht groß. Ein Holztisch mit vier Stühlen stand in der Mitte, an der Wand hingen etliche Bilder. Alle zeigten eine glückliche Familie Baker. Am Strand. Beim Einkaufen. In Disneyland.

Immer strahlten sie. Sara blickte zum Tisch. Sofort schoss ihr das Bild in den Kopf, wie Martha, Harold, Joshua und Patrick an dem Tisch saßen und zu Abend aßen. Alle waren fröhlich und lachten. „Sara, reiß dich zusammen", sie sprach mit sich selbst. Sie musterte den Raum. Rechts ging es zum Garten, ausgefranste Vorhänge hingen an der Tür, die im Wind wehten. Eigentlich waren es nur noch große Fetzenteile. Die langsam aufgehende Sonne drang immer wieder durch und warf Licht in den Raum. Die Tür stand offen. Sara und Lilly sahen sich an, beide nickten. Lilly ging langsam rechts zur Terrassentür und Sara links. Die Frauen standen sich nun gegenüber, sie atmeten schwer. Sara versuchte mehrmals, durch die Vorhänge zu schauen, aber es gelang ihr zunächst nicht. Der Wind machte ihr jedes Mal einen Strich durch die Rechnung. Sie fluchte leise. Beim nächsten Anlauf klappte es. Sie bekam eine Franse zu fassen und konnte durch ein Loch im Vorhang durchschauen. Sie erstarrte.

Was Sara sah, riss ihr fast die Beine weg. Sie wankte, konnte sich aber wieder fangen. Das war der denkbar schlechteste Moment, eine Panikattacke zu bekommen. Sara versuchte sich zusammenzureißen, sie atmete tief ein und aus, bis ihr Atem wieder den normalen Rhythmus gefunden hatte. Sie starrte Lilly an. Die konnte nicht länger warten und spähte auch durch den Vorhang. Auch sie konnte ihren Augen nicht trauen. Sie sah Patrick im Garten, neben ihm lag ein blauer Müllsack. Patrick schaufelte ein Loch. Ein großes Loch, er war fast fertig. Lilly lief ein Schauer über den Rücken. Patrick schnaubte und schwitzte, so viel konnte Sara erkennen. Sie hatte sich wieder gefangen und überlegte, was sie tun konnten. Lebte Noah überhaupt noch? Sie zitterte. Sie mussten schnell handeln, das war klar. Wo um alles in der Welt war Cruz? Sie blickte Lilly ernst an. Ein rascher Blick flog zwischen ihnen hin und her, ein Austausch unausgesprochener Gedanken. Sara gab ihr ein Zeichen und Lilly verstand. Beide stürmten in den Garten, Patrick zuckte vor Schreck zusammen. Sara richtete die Waffe auf ihn und brüllte. „Patrick Baker. Sie sind verhaftet." Patrick starrte Sara und Lilly an. Seine Augen waren total verweint. Er sah aus wie ein Häufchen Elend, sein Gesicht war völlig verdreckt. Sara brüllte weiter. „Patrick, du hast keine Chance. Leg die Schaufel beiseite." Patrick starrte sie nur weiter an. Anstatt aber die schwere Schaufel wegzulegen, hob er sie hoch. „Wenn ihr einen Schritt näher kommt, erschlag ich Noah!" Er blickte auf den Müllsack. Sara registrierte, dass Noah noch leben musste. Was sollte sie tun? Sie wollte nichts riskieren, Patrick war unberechenbar. Sein Blick war eisig, seine Stimme abgehackt und angstvoll gehetzt. Sara hielt schließlich ihre Waffe hoch und legte sie auf den Boden, Lilly tat das Gleiche.

„Ganz ruhig, Patrick. Lass uns reden." Patrick riss die Augen auf. „Reden? Du willst reden? Worüber? Wie deine Familie meine Familie zerstört hat? Joshua hat euch wohl nicht gereicht, jetzt musste auch noch mein Dad sterben. Deine Familie ist an allem schuld!" Patrick brüllte nur. Sara versuchte, ruhig zu bleiben und versuchte, bloß nichts Falsches zu sagen. „Du hast recht, Patrick. Wir haben deinen Dad erschossen. Wir hatten aber keine andere Wahl. Er hat uns keine andere Wahl gelassen." Patrick schrie und weinte. „Ihr lügt!" Lilly schaute Sara an, dabei sah sie Cruz, wie er sich an der Hecke vorbeischlich und bald halbrechts hinter Patrick sein musste. Von da müsste er freie Sicht haben, um einen Schuss abzugeben. Patrick bekam von alldem nichts mit, er brüllte stattdessen weiter. „Mein Dad hat mir alles erzählt. Dass DEIN Dad nicht fähig war, Joshua zu retten. Dass DEIN Dad Schuld an seinem Tod hat. Dadurch ist die Ehe meiner Eltern kaputt gegangen. Ich weiß alles." Sara bekam Panik. „Was hast du vor, Patrick?" Patrick schaute auf den Müllsack runter. „Ich werde das Werk von Dad vollenden. Das bin ich ihm schuldig. Wir wollen nur Gerechtigkeit." Patricks Worte erinnerten Sara sehr an Harolds Monolog. „Patrick, ich versteh dich, wirklich. Diesen Schmerz, den du fühlen musst.“ Patrick ließ sie nicht ausreden. „Du hast doch keine Ahnung. Aber wenn ich dir Noah genommen habe, dann weißt du, was ich für einen Schmerz aushalten muss.“ Er schien die Kontrolle zu verlieren.

Lilly schaltete sich ein. „Patrick, hast du deinem Vater bei den Entführungen geholfen?“ Patrick schaute Lilly an. Bei ihr entkrampfte sich sein Blick, er wurde etwas ruhiger. Seine Arme entspannten sich etwas und die Schaufel lag nur noch locker in seinen Händen. „Zunächst hatte ich keine Ahnung. Erst vor ein paar Monaten, als wir nach Hause kamen, hab ich es mitbekommen. Er dachte, ich steh unter der Dusche. Ich hatte aber noch ein frisches Handtuch holen wollen. Und da hab ich gesehen, wie er mit Essen hinter den Schuppen ging. Ich bin ihm gefolgt und als er wieder hochkam, hab ich ihn zur Rede gestellt. Er hat mir alles erzählt. Seinen Plan von Gerechtigkeit. Zu dieser Zeit befand sich nur Jason da unten.“ Seine Miene signalisierte, dass er darüber nachdachte, mehr zu erzählen. Sara dachte nach. Sie hätte ihrem Dad auch alles geglaubt, was er ihr sagt. Patrick fuhr fort. „Dad sagte, dass er mir vertraut und er hofft, ich würde das alles richtig verstehen. Er hat mir dann seine Ersatzschlüssel für das Verlies gegeben.“ Lilly spürte, dass sie einen Draht zu Patrick hatte. Sie wollte weiterfragen, doch Sara unterbrach sie. „Warum hast du die Jungen missbraucht und gequält? WARUM, Patrick?“ Patrick erstarrte und sein Blick wurde wieder eisig, als er Sara direkt in die Augen blickte. „Weil es die kleinen Scheißer verdient hatten und sie genauso leiden sollten, wie ich es musste!“ Sara verstand kein Wort, doch es schien auch zu spät dafür zu sein. Patrick hob schlagartig die Schaufel hoch und holte aus. Cruz setzte seine Pistole an, er hatte freie Sicht. Lilly beobachtete die Szene, obwohl die Sonne sie blendete. Wie benommen nahm sie die folgenden Momente wahr. Durch einen Schimmer sah sie auf Patricks verheultes Gesicht, sie hörte mehrere Stimmen, die alle durcheinander riefen – gedämpft wie aus großer Ferne. Lilly wollte auch schreien, doch da hörte sie hinter sich eine Stimme, die verzweifelt brüllte. „Patrick, mein Schatz. NEIN.“ Es war Martha.

## Kapitel 59

Martha stand mit Shawn in der Terrassentür. Alle verharrten. Sara blieb stehen, Patrick setzte die Schaufel ab und Cruz senkte seine Waffe, er verharrte aber hinter der Hecke. „Mum, verschwinde. Bitte.“ Patrick hatte die Augen weit aufgerissen und klang flehend. „Schatz, was tust du denn da?“ Martha ging auf Patrick zu. „Bleib, wo du bist, Mum.“ Sie hob ihre Hände. „Junge, was ist denn los mit dir? Noah hat dir doch nichts getan. Lass ihn laufen. Bitte.“ Patrick war aufgebracht. „Laufen lassen?“ Martha nickte, ihr Gesicht war aschfahl. Patrick ging nervös auf und ab. „Mum, diese Familie hat unsere Familie zerstört. Dad hat mir alles erzählt. Und jetzt ist Dad auch tot. Wenn die damals Joshua gefunden hätten, wären wir vier jetzt alle noch zusammen, als eine Familie!“ Martha versuchte, Patrick zu besänftigen, aber er schrie immer weiter. Seine Atemzüge waren kurz und hektisch. „Die sind verantwortlich für das Leid, was unserer Familie widerfahren ist. Und ich werde ihnen jetzt das gleiche Leid zufügen.“ Martha hob die Arme und schrie Patrick an. „DEIN Vater ist für das Leid verantwortlich, was uns widerfahren ist. Er alleine. Durch seinen Hass. Und jetzt hat er auch dich damit angesteckt.“

Martha ging einen weiteren Schritt auf Patrick zu. Sie sprach ruhiger. „Schatz, ich habe genauso gelitten unter Joshuas Verschwinden. Ich habe mich jede Nacht in den Schlaf geweint. Du hast mir damals die Kraft gegeben, das alles irgendwie zu überstehen. Du warst das, mein Schatz.“ Martha schaute Patrick liebevoll an. Nur so, wie eine Mutter ihr Kind anschauen konnte. Patrick hörte ihr zu. Er wischte sich mit dem Handrücken über Augen und Nase. „Saras Vater hat alles getan, um Joshua zu finden. Dein Dad ist aber mit seinem Schmerz nicht klargekommen und hat einen Schuldigen gesucht. Das war Mr. Webber, Saras Dad. Und als der tot war, war es irgendjemand aus der Familie Webber. Egal, wer. Harold wollte jemanden bluten sehen.“ Patrick weinte, seine Augen waren rot und geschwollen. Er rieb sich immer wieder die Tränen aus dem Gesicht. Für eine Sekunde schien er sich zu beruhigen. Lilly dachte, er würde aufgeben.

Doch dann kam dieser starre Blick zurück in seinen Augen. Er presste sich die Fäuste gegen die Schläfen und brüllte. „Das ändert nichts daran, dass die meinen Dad getötet und mein Leben zerstört haben.“ Martha hob sachte die Arme. „Schatz, bitte sei vernünftig. Leg die Schaufel weg und komm her. Wir stehen das gemeinsam durch. Ich lasse dich nicht im Stich.“ Patrick lachte höhnisch auf. „Mum, du hast mich vor langer, langer Zeit schon im Stich gelassen.“ Martha schien nicht zu verstehen. „Was meinst du, Patrick?“ Sara verstand auch kein Wort und warf Lilly einen fragenden Blick zu, auch sie zuckte mit den Schultern. Patrick weinte und trat hektisch auf der Stelle rum. „Tu nicht so, als ob du es nicht gewusst hast.“ Sara kam ein böser Verdacht und sie hoffte inständig, dass sie falsch lag. Auch bei Martha schienen sich die Gedanken zu überschlagen. Sie fing an zu schluchzen, erst leise, dann immer lauter. Es brach aus ihr heraus. Die Wahrheit überrollte sie wie eine Sturzwelle. „Nein, Patrick. Bitte sag, dass das nicht wahr ist." Er starrte sie an. „Doch, es ist wahr. Dein Göttergatte Joseph hatte Gefallen an mir gefunden." Martha schüttelte heftig den Kopf. „NEIN. Warum?? Warum hast du mir nichts davon erzählt?" „Mum, ich war gerade mal 9! Er sagte, du hättest es ihm erlaubt! Das hat er gesagt." „Nein!", schrie Martha, als Patrick weiter erzählte. „Als ich älter wurde, war ich nicht mehr spannend genug für ihn, dann hat er mich nur noch verprügelt." Sara erstarrte, sie begriff langsam alles. Marthas Augen waren weit geöffnet. Lilly schaltete sich ein. „Patrick, wusste dein Vater davon?" Er schüttelte mit dem Kopf. „Nein, er hatte doch nur Joshua im Kopf." Seine Körperhaltung war wie die von einem Kind, als er weiter sprach. „Dad hat mich vor Jahren dabei erwischt, wie ich unseren Nachbarsjungen in eine Grube geworfen habe und dort eine Woche versteckt hielt. Ich war gerade mal 13! Als ich ihm Wasser gebracht habe, hatte mich Dad beobachtet. Er war schockiert und hat mich in Therapie gesteckt. Ohne Erfolg. Irgendwann dachte er, ich habe es im Griff, aber er lag falsch. Er hat mich einfach nur nicht mehr erwischt. Dann kam der

Vorfall an meiner Schule, wo ich die beiden Jungen mit einer Eisenstange verprügelt habe. Einer wäre fast gestorben. Dann konnte ich es vor Mum auch nicht mehr verbergen und ich kam wieder in Therapie, dort lebte ich, bis ich 21 Jahre war. Dieses Mal war es eine geschlossene Einrichtung.“ Martha schluckte, sie musste in die Hocke gehen, damit ihre Beine nicht unter ihr wegsackten. Auch Sara war sichtlich mitgenommen von dem, was sie da hörte. „Und dann, Patrick. Was ist dann passiert?“, fragte Lilly vorsichtig. Er schaute sie aus verweinten Augen an. „Ich hatte es im Griff, als ich nach Hause kam. Ich hatte es wirklich im Griff. Aber dann fing Joseph wieder an, mich zu verprügeln. Es war nicht nur ein Prügeln, er war ein Sadist. Meine Eltern dachten, ich würde mich nur mit den Jungs anlegen und hätte deswegen ständig blaue Flecken. Aber Joseph hat mich erniedrigt, wann immer er konnte. Ich habe es lange hingenommen und ertragen, aber dann kamen die Kinder da unten und...“, er unterbrach kurz und rieb sich die Augen. „Dad schöpfte aber Verdacht und warnte mich mehrfach, die Finger von den Kindern zu lassen.“ Er lachte höhnisch auf. „Ich konnte aber nicht anders. Ich habe mit den Kindern getan, was Joseph mit mir getan hat - immer und immer wieder.“ Sara dachte an die körperliche Überlegenheit von Joseph und sie registrierte Patricks verkommene Fingernägel, die mit

Dreck überzogen waren. „Warum bist du nicht weg von zuhause? Du warst über 20!“, warf Lilly ein. Er hob die Hand. „Ich konnte meine Mum und Hannah doch nicht alleine mit dem Kerl lassen! Wer weiß, was er mit ihnen gemacht hätte.“

Martha weinte und flehte Patrick an. „Schatz, ich wusste von alldem nichts, ich habe vor ein paar Tagen erst von Josephs widerlichem Doppelleben erfahren. Das Monster kommt hinter Gitter. Das musst du mir glauben! Bitte!“ Stille, dann brüllte Patrick aus voller Kraft los. „ICH GLAUBE DIR ABER NICHT!“ Er holte erneut mit der Schaufel aus und dieses Mal wollte er zuschlagen. Sein Zorn hatte ein neues Niveau erreicht, er war kurz davor zu explodieren. Mit erschreckender Klarheit registrierte Sara jedes Detail: die weitaufgerissenen Augen und das unerbittliche Anspannen der Sehnen in seinem Arm, als sich seine Finger immer fester um die Schaufel schlossen. Martha schrie. „NEIN!“ Sara und Lilly stürmten auf Patrick zu. Ein Schuss. Patrick schrie und sackte zusammen, ließ die Schaufel fallen. Er hatte seine Augen vor Schmerzen zusammengekniffen. Cruz hatte ihn in das rechte Bein getroffen. Martha schrie ebenfalls, ging in die Knie, hielt ihr Gesicht in ihren Händen und weinte fürchterlich. Sara stürmte zu dem Müllsack und riss ihn auf. Sie war ganz hektisch. Ihr ganzer Körper zitterte. Noah hatte die Augen zu, aber er atmete. Sara beruhigte sich langsam und hob ihn behutsam raus und hielt ihn im Arm. Lilly kümmerte sich um Patrick, er krümmte sich und sein Bein blutete stark. Überall war Blut. Lilly band ihm das Knie ab. Er würde durchkommen, dachte sie. Shawn rief einen Rettungswagen.

Matt war mittlerweile auch im Garten und lief zu Sara und Noah. Nach dem Schuss hielt ihn nichts mehr im Wagen. Er nahm Noah und Sara in den Arm und küsste liebevoll seine Stirn. Noah hatte eine Beule am Kopf und war immer noch ganz benommen. Coop sprang aufgeregt um ihn rum und schleckte ihm durchs Gesicht. Noah kam immer mehr zu sich und streichelte Coop über das Köpfchen. Sara hielt ihn ganz fest, Matt küsste beiden immer wieder die Stirn. Sie saßen minutenlang auf dem Boden. „Oh Gott, ich bin so froh, dass euch nichts passiert ist", wiederholte Matt immer wieder. Sara lächelte ihn an und nahm seine Hand. „Ich würde gerne mit dir noch mal über die Scheidung sprechen." Er blickte sie mit sanftem Blick an und nickte. Beide mussten lächeln – mit Tränen in den Augen.

**Kapitel 60**

Sara saß an ihrem Schreibtisch und tippte ihren Abschlussbericht, während sie an die gestrigen Ereignisse dachte. Patrick wurde ins nächste Krankenhaus gebracht, er war völlig weggetreten. Martha fuhr mit ihm, sie saß neben der Trage und hielt seine Hand. „Was passiert jetzt mit Patrick?“, Lilly riss Sara aus ihrer Gedankenwelt. „Hm, keine Ahnung. Er bekommt einen Prozess. An einer Strafe wird er nicht vorbeikommen. Er ist eine kranke Seele, genau wie Joseph“, sagte sie sachlich. Cruz schaute sie an. „Von Harold mal ganz abgesehen. Aber ich hoffe, der Richter wird ein Einsehen haben. Seine Geschichte ist einfach zu heftig. Er ist ebenfalls ein Opfer seines Vaters und seines Stiefvaters.“ „Er braucht keinen Prozess, er braucht eine Therapie!“, auch Shawn war mittlerweile im Büro. Sara war anderer Meinung, behielt sie aber für sich.

Sara dachte an Martha, sie glaubte ihr, dass sie von alldem nichts gewusst hatte. Sie muss jetzt für Patrick da sein. Sie und Hannah. Sie machte eine Pause und schaute ihr Team an. „Danke Leute. Ohne euch hätte ich es nicht geschafft. Ich bin sehr froh, euch zu haben.“ Cruz und Lilly lächelten zufrieden. „Und damit meine ich auch dich, Shawn.“ Sara boxte ihm gegen den Oberarm. Shawn grinste und salutierte. „Sehr gerne, Boss.“ Sara machte ihren Bericht fertig und packte ihre Sachen zusammen. Mit der Jacke im Arm ging sie zur Tür. „Ihr kommt doch hier ohne mich klar, oder?! Ich muss los. Meine Familie wartet.“ Sara lächelte ihr Team an. Die Drei nickten einstimmend. Dann blieb Sara stehen und drehte sich nochmal um. „Ach, Lilly. Vor Tim brauchst du übrigens keine Angst mehr haben. Er wurde versetzt, nach Nebraska in ein kleines Kaff. Und seinen Kumpeln wurde allen mit Untersuchungsverfahren gedroht. Die werden dir auch nicht mehr zu nahe kommen. Und dir auch nicht, Cruz.“ Lilly strahlte über das ganze Gesicht, Cruz nickte zufrieden. „Wie, wie hast du das geschafft?“ Lilly war baff. Sara zuckte mit den Schultern. „Sagen wir mal so, ein alter Bekannter schuldete mir noch einen Gefallen. Naja, eigentlich zwei!“ Sie grinste und verließ das Gebäude. Sie nahm ihr Handy und tippte eine Nummer ein. „Mama! Ich bin es. Weine doch nicht. Ja, es ist alles in Ordnung, beruhige dich. Noah geht es gut. Uns allen geht es gut.“

## Kapitel 61

*Zwei Wochen später..*

Oktober. Es herrschten immer noch angenehme Temperaturen in San Diego. Sara und Matt gingen am Strand von PB spazieren, so wie früher. Möwen kreisten am wolkenfreien Himmel. Es war noch sehr früh und daher nicht so voll, alle Strandbuden waren noch geschlossen. Einige Surfer versuchten ihr Glück in den Wellen und ein paar Frühaufsteher gesellten sich ebenfalls dazu. Es war ein klarer sonniger Morgen, aber sehr windig. Sara machte ihre Fleecejacke zu und setzte die Kapuze auf. Matt hatte eine Armschleife am linken Arm, seine Schulter heilte gut. Er trug eine Mütze und einen Rollkragenpullover, dazu seine Sonnenbrille. Der Wind pfiff ordentlich. Das schien Noah nicht zu stören, er tollte mit Coop herum. Er warf immer wieder einen Ball, hinter dem Coop zwar herrannte, ihn aber nicht zurückbrachte. Sara und Matt amüsierte es.

„Komm, wir setzen uns." Matt zeigte auf eine Stelle im Sand, Sara nickte. Sie setzen sich in den Sand und schauten Noah und Coop beim Spielen zu. „Unser Baby. Ich hätte es mir nie verziehen, wenn ihm etwas zugestoßen wäre. Ich bin so froh, dass Patrick ihm nichts getan hat.“ Saras Stimme klang ernst. Matt nahm ihre Hand. „Hör auf, dir den Kopf zu zerbrechen. Es ist ja alles nochmal gut gegangen. Und nur das zählt jetzt!“ Sara seufzte und erwiderte gar nichts. Sie betrachtete das Glitzerspiel der aufgehenden Sonne auf dem Wasser. „Wie geht es den Smiths?“, fragte Matt schließlich. Sara senkte den Kopf. „Da kann man nicht reingucken. Ich habe keine Ahnung.“ „Ich darf gar nicht daran denken“, entgegnete Matt kopfschüttelnd. „Und den anderen Kindern?“, fragte er. „Denen geht es mittlerweile allen wieder gut. Zumindest physisch. Die äußeren Wunden verheilten gut, psychisch wird sich das Ganze wahrscheinlich sehr lange hinziehen. Sie sind alle in therapeutischer Behandlung, die Eltern auch.“ Matt nickte. „Noah tun die Therapiestunden auch gut“, sagte Sara weiter. Matt schaute sie an. „Ja, und uns auch.“ Sara nickte lächelnd. „Ja, das stimmt.“

Noah kam kurz angelaufen, zog seine Jacke aus, schmiss sie in den Sand und rannte wieder zu Coop. Sara räusperte sich. „Wie geht es eigentlich Hannah? Du hast sie lange nicht mehr erwähnt.“ Sie schaute Matt fragend an. „Ach Hannah. Sie hielt es für besser, wenn wir künftig getrennte Wege gehen. Wir würden nicht zusammen passen.“ Matt senkte den Kopf. „Ich würde mich ihr nicht öffnen und alles mit mir selbst ausmachen – und das versteht sie nicht unter einer Beziehung." Sara spürte insgeheim Erleichterung. „Das tut mir leid, Matt", log sie. Matt schaute sie skeptisch an. „Genau. Ich glaub dir kein Wort", sagte er lächelnd und blickte Sara an. Er nahm seine Sonnenbrille ab. „Und dann meinte sie noch, dass ich sie niemals so anschauen würde, wie ich dich anschaue." Sara war verlegen und versuchte, die Situation zu übergehen. „Übertreib es nicht, Matt!" Sie schauten beide lächelnd aufs Meer, genossen den Morgen und ihr Miteinander. „Und was passiert jetzt mit Joseph?", Matt unterbrach die Stille. Sara zuckte mit den Schultern. „Keine Ahnung. Er bekommt einen Prozess und wandert dann hoffentlich viele Jahre ins Gefängnis, wo ihn die anderen Häftlinge gebührend empfangen werden." Sara war zufrieden bei dem Gedanken. „Martha überlegt, ob sie San Diego verlassen soll und an die Ostküste zieht, also wenn alles vorbei ist", entgegnete Matt. „Patricks Prozess steht in wenigen Tagen an. Sie hofft darauf, dass der Richter die Umstände als mildernd betrachtet und er in erster Linie therapeutische Hilfe bekommt. Ein Ortswechsel würde ihm wohl auch gut tun." Sara nickte. „Trotzdem muss er für das betraft werden, was er den Kindern angetan hat. Joseph hat ihn auch zu einem Monster gemacht." „Ja, das stimmt. Aber bedenke mal", warf Matt ein, „sein Zwillingsbruder verschwindet, sein Vater will nur Rache, die Scheidung der Eltern, sein Stiefvater vergeht sich an ihm, seine Mutter lässt ihn im Stich – das ist alles schon heftig." „Matt, warum nimmst du ihn in Schutz? Er hätte sich beinahe auch an unserem Sohn vergangen!" Saras Ton wurde ernster, Matt nickte. „Ja, entschuldige. Du hast ja recht, lass uns nicht streiten. Ich musste nur daran denken, wie viel Last eine Kinderschulter tragen kann, ohne daran zu zerbrechen." Sara schaute zum Boden, atmete tief ein und nahm Matts Hand. „Wir werden niemals in Patricks Seele blicken können."

Der Geruch von Salzwasser wehte ihnen vom Meer entgegen. Noah, der mittlerweile mit einer Sandpanade überzogen war, flitzte am Strand auf und ab. Saras Blick kehrte zurück zu Matt, sie zögerte, bevor sie die nächste Frage stellte. „Wie geht es jetzt mit uns weiter?", fragte sie vorsichtig. Matt löste seinen Blick von Noah und schaute sie an. Er setzte wieder seine Sonnenbrille auf und nach einer kurzen Pause sagte er: „Naja, so wie wir es besprochen haben. Wir gehen mit Noah zu SeaWorld. Also, wenn du das immer noch möchtest." Matt zog seine Augenbrauen noch oben. Sara musste grinsen. „Natürlich will ich das! Und solange ich nicht mit euch angeln muss!"

Matt und Sara musterten sich und mussten dann lächeln. Noah kam zu ihnen gelaufen. Er ließ sich geschafft in den Schoß von Matt fallen. Coop sprang weiter am Strand rum und legte sich gerade mit einer Möwe an. Noah lachte sich kaputt. Sara legte ihren Kopf an Matts Schulter und hielt Noahs Hand fest in ihrer.

**- Ende -**

**Danksagung**

Mein besonderer Dank geht an Gerti Carnine-Züchner, die trotz schwerer Krankheit mühsam und liebevoll dieses Buch durchgearbeitet hat und mir immer wieder wertvolle Tipps gegeben hat. Leider kann sie das fertige Werk nicht mehr in Händen halten. Ich danke ihr von ganzem Herzen und denke oft an sie.

Darüber hinaus danke ich natürlich meiner Familie, insbesondere meiner Mama, die sich immer wieder neue Ideen anhören musste und auch bei Wendung Nr. 1000 noch ein offenes Ohr hatte. Und allen Freunden, die das Buch vorab gelesen und mir immer wieder Mut gemacht haben.

2202560R00175

Printed in Germany
by Amazon Distribution
GmbH, Leipzig